寵妻如令

3

目次

壹之章　東宮有喜

過了半個月，衛烜終於得了幾天閒暇時間，便毫不猶豫地離開侍衛營，往小青山來了。

已是九月底，正是深秋時節，白天的陽光漸漸變得稀薄，天氣有時候甚至陰陰沉沉的，整個北方蕭瑟蒼涼，連帶人的心情也變得糟糕起來。

阿菀穿上狐狸皮做成的襖子，手捂著暖手爐時，衛烜依然是一襲瀟灑的赭紅色錦袍。見到衛烜來小青山，阿菀盯著他看很久。

衛烜初時還能淡然地坐著喝茶，等被阿菀盯著超過半刻鐘，他終於有些忸怩了，身體發軟，耳廓染上紅暈，當下暗暗掐了下手心，故作鎮定。

「阿菀，妳看著我做什麼？」衛烜藉著喝茶的舉動悄悄掩飾身體的變化。

阿菀看著他一會兒，方道：「我聽說五皇子的事情了。」

衛烜淡然回視她，一副洗耳恭聽的模樣。

阿菀嘴角抽了下，這廝裝得還真像那麼一回事，竟然讓她有種無話可說之感。

於是，她也不問了。

不管五皇子是遭人陷害的，還是他本身就有特殊愛好而自作自受，這事情已經塵埃落定，再追究也無用。而衛烜現在能穩穩當當地坐在這兒喝茶，便說明那些事情與他無關。當然，是不是真的無關，只看證據。

如此，阿菀放心了。

那天在麗水天閣發生的事，一切皆是巧合，事後文德帝和三皇子等人也讓人仔細查過，並沒有人為設計的痕跡，連當時經過的那個僮兒只是麗水天閣中的一個普通侍從。五皇子喝得微醺，體內並無藥物，行事也是任憑他自己的心意。

正因為查清楚了，文德帝才會如此惱火，斥責了鄭貴妃，三皇子也險些受到波及，三公主則因為被鄭貴妃事前關起來，倒是沒有受到連累。不過，五皇子被皇帝下令幽禁，似乎打算等到明年迎娶五皇子妃時才讓他出來。

衛烜心裡清楚，上輩子因為太子的身體比現在差了許多，朝臣並不看好太子，所以當時的三皇子得勢，很多人便開始巴結五皇子，私底下有人送了調教好的變童給他，五皇子這種小嗜好京中誰不知道？卻因為三皇子風頭無兩，無人敢多嘴向皇上揭露這事情罷了。

如今，五皇子沒有前世那麼風光，自然不會有人給他面子。當然，憑藉這事扳倒五皇子是不可能的，但至少能讓他以後行事有所收斂。

想到這裡，衛烜眯著眼睛微微地笑了起來。

阿菀看到他的笑容，忍不住吸了一口氣，覺得這傢伙渾身的氣息都快要扭曲了，絕對是在想什麼折騰人的事情。

衛烜很快將京中那些事拋到腦後，難得來這裡，自然是要膩著阿菀。

「趁今天天氣好，我們一起去外面走走。」衛烜說著，便叫青雅去取來一件貂皮披風。雖然現在的天氣於他而言不過是稍涼了些，可是阿菀受不住。

親自為阿菀披上了披風，又繫好帶子，衛烜拉著阿菀從後門偷溜出莊子。

康儀長公主很快知道了，卻睜隻眼閉隻眼由著他們去。現下不在京城中，不必太過拘束，加之阿菀自小太安靜了，衛烜的鬧騰剛好和阿菀木訥的性子互補，她也樂得讓他們到附近逛逛，反正附近除了佃農，沒有其他外人，不用擔心會被人亂說。

衛烜帶著阿菀到草木繁茂的山坡玩，在那裡摘了一種當地人叫地莓的野果。地莓成熟時是紅黑色的，約指甲蓋那麼大，吃起來很甜。丫鬟洗乾淨去了蒂後，阿菀一口氣吃了兩捧。衛烜不喜歡吃甜的，便挑了一些豔紅色沒有熟透的地莓，吃起來酸酸甜甜的。

「行了，別吃太多，會鬧肚子的。」衛烜見阿菀還想吃，忙讓青雅將剩下的收好，準備拿回莊子裡給康儀長公主品嘗。

阿菀懶洋洋地坐在山坡上，眺望著遠處的天空。

山坡上的草都變成了金黃色，坐在上面軟綿綿的，像一塊草甸編織成的毯子。今日難得有太陽，陽光雖然十分稀薄，但是照在身上仍是讓人覺得很溫暖。

一陣風吹來，衛烜伸手幫阿菀拉緊她身上的披風，然後坐在她身邊，讓她靠在自己身上。他低頭，見她頭一點一點的，便道：「妳先睡一會兒，晚點兒咱們再回去。」

阿菀看了他一眼，打了個哈欠，說道：「好，你坐過來一些。」

衛烜臉上帶著笑容，依言緊緊靠著她。

阿菀換了個舒服的姿勢，靠著衛烜的肩膀，閉上眼睛睡著了。

又是一陣風吹來，阿菀的幾縷長髮拂過他的面容。

衛烜小心翼翼地執起她的頭髮置於掌心中，身體坐得筆直，不敢移動，就怕將她驚醒。

阿菀這一睡，睡了半個時辰才醒來。

她慢吞吞地坐直，見衛烜身子僵硬，頓時有些愧疚，「坐麻了？你應該叫醒我的。」

衛烜笑道：「沒什麼，表姊睡得好，我才高興呢！」

若不是現在還未成親，他都想將沉睡的阿菀擁到懷裡了。

衛烜笑容燦爛，襯得他越發俊俏，讓阿菀的心跳快了幾拍，臉不由自主紅了起來。

她竟然……

阿菀覺得很羞愧，衛烜才十四歲，她可不能飢不擇食。只是為什麼他長得這般快？十四歲看起來卻像十七歲，讓她有時會忘記他還是孩子。

衛烜又坐了一會兒，等到身體不麻了才站起來，溫柔地牽著阿菀的手，朝不遠處守著的丫鬟侍衛們走去。

回到莊子後，阿菀和衛烜將他們摘的地莓送去給康儀長公主嘗鮮。

「你們去了山坡那邊？」康儀長公主看到地莓便知道兩個孩子去了何處。她拈起一顆放進嘴裡，清甜的滋呆立刻在口中散開。

嘗了幾顆後，康儀長公主笑盈盈地道：「烜兒這次來這裡要待幾天？小心你父王生氣。」對衛烜在京裡幹了什麼事康儀長公主心裡門兒清，只是她從未對衛烜所做的事評論什麼。

衛烜喝了口茶，說道：「我才不怕他，父王只會罵人，讓他罵兩句也沒什麼。姑母，你們什麼時候回京？表姊明年就要及笄了……」說到這裡，他臉上露出些許羞澀，「到時候我會給表姊準備及笄禮的。」

「現下已經九月末了，再過些日子便回去。」康儀長公主覺得好笑地問道：「烜兒打算送阿菀什麼禮物？」

衛烜興致勃勃地道：「我想送表姊一百隻像大白、二白那樣聽話的白鵝，可是表姊說她不想要……」說到這裡，他委屈地看向阿菀。

阿菀聽得很無語，敢情這傢伙還沒放棄送她一百隻白鵝的念頭？想到一百隻白鵝像大白和二白那般簇擁著自己，不由搖了搖頭。她便是想在京城橫行霸道，也不會做這種蠢事。

康儀長公主也想像了一下那個畫面，然後笑得不行，打趣道：「一百隻太多了，不如送個十來隻好了。」

「好，就送二十隻怎麼樣？」

「行，到時候就放在莊子裡養。」

阿菀：「……」

於是，接下來阿菀便聽著公主娘和衛烜這對未來的丈母娘和女婿討論著養鵝之事。

當京城下起第一場初雪時，阿菀和父母一起回京城了。

如今阿菀的身體雖算不得健壯，但也不會像小時候一樣動不動就生病了，不需要再長久地住在小青山裡休養。

以前還算是為了阿菀的身體而待在小青山，後來康儀長公主卻是圖這邊的清靜，沒有京城那般多擾人的事，方一直未曾回京。羅曄也覺得小青山這裡山清水秀，與友人遊賞更方便，沒有在京城中的拘束，覺得回不回京城都無所謂，所以這一家子便一直住下去。

不過，阿菀明年就要及笄了，自是不能繼續久待。

回去的時候，衛烜與他們一起同行。

天氣雖冷，衛烜和羅曄卻一起騎馬隨行，兩人一路上有說有笑，氣氛很和睦。羅曄是個感性的人，縱是蕭瑟的冬景，也能讓他詩興大發。衛烜為討未來的泰山大人歡心，鞍前馬後地陪著，縱使文學造詣不高，也時不時附和幾句，讓羅曄越發高興。

衛烜面上笑咪咪的，心中卻暗忖，羅曄高興之下，答應明年將阿菀嫁給就更好了。

為了能盡快娶到阿菀，他也是滿拚的，決定對羅曄展開攻勢。

回到京城後，阿菀清靜的時光不復返，開始忙碌起來。

孟妡見阿菀回來，立刻跑過來蹭阿菀的床，一副要和阿菀抵足而眠、秉燭夜談的模樣，便是衛烜的臉拉得老長，也沒能阻止她。

孟妡是來和阿菀報告京裡的事情，首先是孟妘肚子裡的孩子六個月了，明年春天就能降生，她這個做小姨的十分期待。其次是前陣子孟婼被查出有了身孕，可將康平長公主樂壞了，連帶安國公府的人也很高興。

孟妡對阿菀道：「阿菀，我覺得我要好好感謝烜表哥。若不是當初咱們去看大姊姊，知道她的委屈，妳鬧了一場，烜表哥也去尋大姊夫說了些話，大姊姊恐怕會因為這些年一直沒消息，被別人欺負擠兌。我娘親說了，大姊姊的性子是改不了了，讓二姊姊和我以後要多幫襯著她一些。」

說到這裡，孟妡又嘟囔道：「我以前一直覺得大姊姊性子好，很多人卻說大姊姊立不起來。後來我聽娘親說了才知道，大姊姊出生那會兒，皇上並未登基，朝中的局勢不明，娘親沒有時間教養大姊姊，便將大姊姊交給嬤嬤們照顧。後來等皇上登基，一切都塵埃落定時，娘親發現大姊姊已經被養成這般性子了……」

見孟妡頗為難過，阿菀拍拍她的背，說道：「我也覺得大表姊的性子好，反正不是還有二表姊、澧表哥和我們嗎？」

以前阿菀覺得孟婼身為康平長公主的長女，卻被養成這般柔弱的性子令人費解，現下聽孟妡一說才明白個中緣由。不過，孟婼還是幸運的，至少她有三個愛護她的弟弟妹妹，縱是性子柔軟了些，也不會讓她被人欺負。

當然，阿菀想到這些年宋硯和衛烜暗中往來，便知道宋硯能待孟婼數年如一日，怕也是因為衛烜的關係。

某人果然是個大殺器。

孟妡的情緒來得快去得快，說完兩個姊妹的事後，又說起了三皇子府的事，她笑得特別地八卦說：「阿菀，聽說三皇子府這陣子可熱鬧了。三皇子有一個侍妾懷了身孕，卻被人害得小產，好多人都在猜測其中的內情……」

阿菀聽過就算了，並沒有將三皇子府的事放在心上，直到後來聽到了三皇子妃莫茹有喜，才重新正視起這件事，而康平長公主還特意來尋康儀長公主說體己話，讓她感覺到眾人對莫茹肚子裡的孩子的性別也是極為重視。

想來也是為了爭那皇長孫的名頭。

就在阿菀努力地去蹭公主娘，在公主娘的薰陶下多培養一些政治敏感度時，宮裡的諸人也知道了三皇子妃懷孕的消息。

這日，皇后又帶著嬪妃們去向太后請安，然後圍坐在仁壽宮的正殿中陪太后說話，逗太后開心，同時暗地裡各種鬥的時候，崔紅葉開口了。

「聽說三皇子妃傳出了喜信，這可要恭喜貴妃姊姊了。」崔紅葉彎著一雙明眸，用帕子半掩著唇，笑盈盈地說。

比起當初剛進宮時那個青澀的孤女，現下晉升為明妃的崔紅葉，豔麗嫵媚，身段妖嬈，讓男人的目光無法從她身上移開。也因為如此，便是她未生養，仍是能得到皇帝的寵愛。

鄭貴妃看了她一眼，笑著點頭道：「謝謝妹妹。」

崔紅葉眼波流轉，繼續道：「妾身還聽說三皇子很體貼，對三皇子妃非常好，怕她心情不好，遣散了幾個侍妾，真是教人羨慕，三皇子妃果然有福氣。」

聽到崔紅葉這話，其他嬪妃頓時精神大振，打算圍觀新舊兩任寵妃鬥法，這可比圍著太后奉承說話有意思多了。宮裡的消遣太少，皇帝只有一個，搶了今天沒明天，深宮寂寞，自然要尋些事情來打發時間，所以鬥來鬥去什麼的，其實也挺不錯的。

太后低垂著眼皮，彷彿沒有留意到殿內的氣氛轉變。

身為後宮第二大頭目的皇后眼珠轉了轉，看到兩人對上，也是精神抖擻，更恨不得擼起袖子擠過去一起鬥。只是，還未行動，腦子裡馬上浮現兒媳婦那張平靜的臉，頓時萎了。

她現在只怕兩個人，一個是皇帝，另一個是兒媳婦。說來丟臉，旁人家的婆婆都是在兒媳婦面前逞威風，將兒媳婦折騰得有苦說不出，到了她這裡，反而是她這個當婆婆的被兒媳婦折騰得團團轉，實在是太沒面子了。

皇后雖然也想顯擺當婆婆的威嚴，可是不知道怎麼的，只要兒媳婦平靜地看著她，她就僵硬得說不出話來，更不必說兒媳婦一開口，她就頭皮發麻。

因為對兒媳婦莫名的敬畏，所以皇后在得了幾次教訓後，對兒媳婦的某些話是謹記在心的，特別是兒媳婦時常叮囑她，不管什麼時候，若是鄭貴妃開口說話，她就不能答腔，便是想要接話，也要說得越短越好。

於是，後宮時常出現這樣的情景。

鄭貴妃率領著眾妃過來向皇后請安。

鄭貴妃：「皇后今兒氣色不錯，想來近來休息得好吧？」

皇后：「嗯。」拳頭握起來了，這賤人一定是在炫耀昨天皇帝轉道去她那裡的事。

鄭貴妃：「聽說皇后今兒吃了珍珠粉糯糕，可真是教人羨慕呢！」

皇后：「嗯。」好想炫耀，但是兒媳婦說不可以，會被有心人利用這事說嘴。

鄭貴妃：「天氣涼了，皇后身上披的這件斗篷真好看，這上面鑲的是什麼寶石？」

皇后：「不值幾個錢的東西。」更想炫耀了，但是兒媳婦說……

鄭貴妃：「皇后……」

皇后：「對。」

鄭貴妃：「……」皇后這是怎麼了？都不接話，這戲怎麼演得下去？太憋屈了！

圍觀嬪妃們：哎喲，皇后好像變聰明了，竟然不會被鄭貴妃擠兌得做蠢事了！

這種狀況發生的次數多了，無論是鄭貴妃、心思深沉的崔紅葉，或是其他作壁上觀的妃子，終於發現皇后不像以前那般好對付了，這讓她們心中微凜，不敢再像以前那樣嘲笑皇后，對她也敬重了許多，更不再時常利用言辭坑她，讓她成為後宮的笑話。

皇后對這種事情的敏銳度為零，只是覺得近來這些妃子們安生不少，讓她打理起宮務來省了不少精力，鄭貴妃更是不敢隨意糊弄她了。真是怪事兒，難道是因為明妃近來得寵，拉走了其他嬪妃的仇視？

皇后想不明白，但欣然接受了這樣的狀態，日子過得越發滋潤了。

就像此時，她也和其他嬪妃一樣在圍觀鄭貴妃和明妃兩人交鋒。那兩人皆是一臉笑意盈盈，話裡話外姊姊妹妹地叫著，語氣親熱，十句話卻有九句暗藏機鋒，彼此都快要用眼刀子將對方活剮了。

最後還是鄭貴妃這個老資格棋高一著，壓了崔紅葉一頭。比起年輕又無子的明妃只能靠美貌來固寵，鄭貴妃為皇帝生下三個孩子，又是唯一的貴妃，明妃想和她鬥，還是差了些。

不過，鄭貴妃雖然占了上風，太后卻向著明妃，斥責了鄭貴妃一頓，鄭貴妃誠惶誠恐地起身賠罪方才結束。皇后原本欲開口的喝斥噎在喉嚨裡，然後默默閉嘴。她不算聰明，可也伺候了太后多年，知曉太后是什麼德行。若是她方才出聲，太后可能會遷怒她。當著後宮那麼多妃子的面被訓斥，那可真是丟臉丟到家了。

離開仁壽宮後，皇后原想回鳳儀宮，不過想起方才鄭貴妃和明妃的交鋒，心裡又有些擔心，當下腳步一轉，往東宮行去。

自從太子妃診出喜脈後，皇后便頻頻往東宮跑，便是被人暗中嘲笑做為一個婆婆哪能時常往兒子媳婦的居所跑，也並未阻擋她的步伐。

皇后來到東宮，孟妘得了消息後，挺著肚子在宮女們的攙扶下出來迎接。因為她的肚子大了，皇后免了她的請安及行禮，所以她不需要向皇后行禮。

「母后今兒怎地過來了？」孟妘接過宮女呈上來的茶，親手奉給皇后。

皇后並不急著喝茶，而是將方才在仁壽宮的事情說與兒媳婦聽，最後擔憂地說：「妘兒啊，妳可要爭氣些，萬萬不能讓鄭貴妃得逞，一定要給本宮生個皇孫。」

皇后這話實在是……教人不知如何評價是好。周圍的宮女默默低下頭，當作沒聽到，唯有孟妘面不改色，平淡地說道：「母后說的是。」

皇后：「……」這語氣好像有點不對，難道她說錯什麼了？

就在皇后自我反省時，又聽孟妘說：「不過，母后也不必著急，三弟妹如今才確診有孕，未來的事情可說不準，而且前陣子三皇弟府裡發生的事，想必讓三弟妹心裡不好受，母后若是見著鄭母妃，可提點她兩句。太醫說孕婦的心情最是不定，最好顧著些。」

皇后頗為無語，若她真說了這話，等於是在鄭貴妃傷口上撒鹽吧？三皇子的侍妾流產之所有會被人關注，是因為那侍妾所流掉的孩子據傳是男胎，如果能平安生下來，便會是三皇子的長子，可惜流掉了，讓鄭貴妃聽說後著實心痛。

也因為這樣，莫茹被三皇子斥責了一頓，責備她未管理好後院，照顧好那個懷了身孕的侍妾。莫茹有口難言，卻不得不忍氣吞聲，如今她雖被診出懷了身孕，可是有孟妘這位懷孕的太子妃擋在面前，讓她的心情更不好，使得這胎的懷相不太好。

皇后與孟妘說了會兒話，怕影響到她歇息，很快便離開了。不過，皇后話裡話外都對孟妘表達了同一個意思：希望兒媳婦這胎是個皇孫，不然別怪她這婆婆發飆！

孟妘平靜地看著皇后，直到皇后被她看得受不住離開，她才慢悠悠地在殿內轉圈圈。

太醫說孕婦不能時常躺著，多走動對生產有好處。孟妘喜歡轉圈圈，太子和伺候的宮人們都未阻止她這點小愛好，因此，孟妘雖是在東宮裡養胎，卻不代表她的運動量少。

太子回來的時候，看到孟妘在轉圈圈，便親自過去扶著她一起走。兩人做著在宮人眼裡看起來很傻的事，倒是樂此不彼。

只是，今兒太子敏感地發現孟妘的心情比以往更差了。

自從懷孕之後，孟妘的情緒從來沒好過，太子認為這是孕婦正常的表現。孕婦是情緒化的，必須包容，故而他十分縱容孟妘的壞脾氣，即使晚上被她折騰得人仰馬翻，休息不好，也從未說過一句重話。

「阿妘怎麼了？孩子折騰妳了嗎？」太子含笑問道。

孟妘淡淡地瞥了他一眼——自懷孕以來，她看起來更冷淡了，這讓太子更堅定地認為是孕婦情緒化的表現——然後方道：「母后剛才過來了。」

太子沉默了下，笑道：「然後呢？」

然後，就是那樣了。

聽完孟妘簡短的述說，太子道：「男孩或女孩都不要緊，若這胎是女孩，咱們再生，以後總會有男孩的。」雖然很想要一個兒子，皇長孫的名頭也很吸引人，可是太子更是知道有些事情是天定的，強求不來。

孟妘臉色稍霽，趁著宮人沒注意時，親了親他的臉，說道：「表哥真好。」

太子白皙的俊臉微紅，臉上的笑容加深了幾分。

雖然皇后常會過來給孟妘添堵，但孟妘總是能很快嚇走皇后，再從太子那兒得到安慰。與孟妘的處境相比，莫茹的狀況卻是不好，經常傳太醫到三皇子府裡，甚至很多時候都要臥床保胎，連衛烜聽說這事後都頗為不解，他上輩子可沒聽說三皇子妃懷孕時有哪裡不適，怎麼這輩子多災多難的樣子，讓他不禁懷疑這位曾經的皇長孫能不能平安生下來。

不過，想到上輩子未曾懷孕的孟妘都能有孕，三皇子妃臥床保胎好像也沒什麼大不了的。懶得關注三皇子後宅之事，衛烜很快拋開這些念頭，隨著太子妃的預產期臨近，他一心關注著東宮的事，甚至暗中讓人盯著東宮，隨時關注孟妘的情況，可不能讓人鑽了空子，害了她肚子裡的孩子。

孟妘肚子裡的孩子是太子的籌碼，絕對不能出事。

後來，衛烜得到消息，聽說孟妘接連處置了幾個宮人，有些人還莫名其妙失蹤，他不由露出「果然如此」的表情。那個女人果然凶殘，根本不必擔心她，他還不如多擔心太子。

發現到孟妘一如既往的殺傷力後，衛烜將人手集中到太子那兒，務必確保太子平安，不會像上輩子那般以不名譽的方式死去。

除了衛烜之外，還有很多人也相當關心孟妘的肚子。等到孟妘懷孕九個月，眼瞅著再一個月便要生產，所有人的心都提了起來。

就在眾人的目光都移向東宮時，過了正月，孟妘終於發動了。

阿菀聽說這個消息時，正在思安院裡和孟妡對奕，聽到春櫻來報，孟妡手中的棋子瞬間掉在棋盤上。此時，兩人皆有些坐不住，孟妡甚至拉住春櫻問道：「二姊姊現在怎麼樣了？

孩子生下來了嗎？」

春櫻忙答道：「郡主莫急，聽說今兒早上辰時末方發動。奴婢問過嬤嬤了，嬤嬤說太子妃娘娘這是第一胎，一時半刻生不下來，請您耐心等著。」

「一時半刻生不下來？那要等多久才能生下來，總有個時間吧？」

春櫻被問得卡殼，婦人生孩子的時間長短不定，她哪裡知道要生多久，她又沒生過。

阿菀接話道：「既然是辰時末發動的，現在才過了一個時辰，應該還未有消息。」

這才將小姑娘的心焦給按捺下來。

雖是如此，孟妡哪裡坐得住，拉著阿菀便要去尋康儀長公主。

到了正院，康儀長公主正和府裡的管事嬤嬤說話，孟妡便撲過去，眨巴著眼睛道：「姨母，聽說二姊姊要生了，咱們能不能進宮去看二姊姊？」

康儀長公主聽罷，忍不住笑道：「妳們都是未出閣的姑娘家，這種事情哪裡需要妳們操心？聽說妳娘親先前被太子請進東宮了，有妳娘在那兒看著，不會有事的。」說著，就要將兩個姑娘趕回去。

孟妡卻抱著她的手臂搖來搖去地撒嬌，「好姨母，求求您了，我擔心二姊姊，想去東宮陪她，您就帶我和阿菀去吧，我們保證不會讓您操心的。」

康儀長公主自是不肯。婦人生孩子，姑娘家去湊什麼熱鬧？

被孟妡鬧得不行，康儀長公主便示意女兒將孟妡帶走。

阿菀得令，上前拉住孟妡，好言好語地將她勸離。

「急什麼？二表姊身子健康，太醫也說她懷相好，定然會沒事的。」阿菀拉著孟妡往思安院行去，「妳就等著再當小姨吧。」

孟妡的臉蛋皺成一團，「可是，我聽人家說，婦人生產是九死一生，就像在鬼門圈兜了一圈。二姊姊雖然健康，可生孩子又不是如廁，用點力就出來了，那可不輕鬆。」

阿菀：「……」

春櫻等丫鬟：「……」

就在阿菀被孟妡的「生孩子與如廁」的比喻弄得哭笑不得時，下人來報說衛烜過來了。

衛烜一進來，見到幾乎趴到阿菀身上的孟妡，眼神倏然變得犀利，大步上前扯住她的衣服將她從阿菀身上扯開。若不是阿菀盯著，他都要像丟垃圾一樣將孟妡丟出去了。

「妳壯得像頭牛，別黏著阿菀，她會累的。」衛烜威脅地道。

孟妡低頭看看自己的身板，再看看阿菀，瞬間想要淚奔。她雖然沒有阿菀瘦，但絕對稱不上是一頭牛啊，這傢伙的眼睛一定有問題！

不過，也因為衛烜這麼一打岔，緩了孟妡迫切想要進宮的渴望。

到了暖閣坐下，衛烜方問道：「妳們在院子裡做什麼？天氣冷，在外面吹風很有趣嗎？」說著，又瞪向孟妡，將她嚇得往阿菀身後縮。

孟妡覺得衛烜年紀越大越可怕，以前氣勢可沒有這般凌厲。明明大家都是一起長大的，她和阿菀都乖乖的，為什麼就他變得這麼嚇人呢？難道是因為他根子不好長壞了？

阿菀坐得穩穩當當的，對衛烜道：「聽說太子妃要生了，阿妡正擔心著。」

衛烜目光微閃，端起熱茶喝了一口，說道：「有何可擔心的？現在東宮有皇后、康平姑母等人鎮在那兒，太醫也被叫到那邊待命，不會讓人有可乘之機，妳們就安生等著吧。」

然而，聽到衛烜的話，孟妡更擔心了，她驚恐地道：「烜表哥，你是什麼意思？難道有人要害二姊姊不成？」

衛烜：「……」這死丫頭能遲鈍點嗎？

倒是阿菀看了衛烜一眼，忍不住搖頭。原本孟妡沒往那邊想，被他這麼一說，孟妡不就腦補起來了嗎？阿菀雖然沒有刻意去打聽，不過偶爾聽公主娘提及宮裡的事情，便知道後宮不是和諧的地方，尤其孟妘肚子裡的孩子可是太子的第一個孩子。為了各自的利益及算計，想害那孩子的人多了去，康儀長公主也沒少給康平長公主出主意，就怕有人對孟妘肚子裡的孩子不利，被人得逞了。

因為有衛烜在這裡，孟妡便是擔心得要命，也不敢再提進宮的事。

他們這一等，從天亮等到天黑，到了就寢時間，還未傳來消息。為此，孟妡根本沒心思做其他事，便決定今晚在阿菀這裡住下，和阿菀擠一張床。

阿菀的生物時鐘很固定，一到點就打瞌睡，她看著穿著寢衣在內室轉來轉去的小姑娘，打了個哈欠道：「阿妡，先上床睡覺，明天早上起床就能聽到好消息了。況且這麼晚了，宮門下鑰，就算有消息，也只能明天才傳達出宮。」

孟妡擔心得睡不著，但也知道阿菀的話是對的，等也是白等。看阿菀強撐著陪她，想到阿菀身體不好，不能熬夜，便催著阿菀先上床：「妳先睡，我再走走，培養睡意。」

阿菀看了她一會兒，實在是撐不住了，便縮進被窩裡。

至於孟妡是什麼時候睡下的，阿菀並不知道，等她醒來時，發現自己被人纏得快喘不過氣來了。她用力將抱著自己睡得流口水的孟妡推開，在她無意識又要纏上來之前，飛快拿了旁邊的抱枕塞到她懷裡，才得以脫身。

門外的丫鬟聽到裡面的動靜，輕輕敲了下門，得到回應後，便端著洗漱用具進來。

阿菀披散著頭髮坐在床邊，青紗羅帳垂落在身後。她對幾個丫鬟道：「阿妡還在睡，別吵她。」然後又問道：「宮裡有消息了嗎？」

青雅小聲道：「現下天色還早，奴婢並未得知。」

阿菀點點頭，又詢問了昨晚孟妡上床睡覺的時間，便知道她可能還要睡一會兒。

梳洗好，阿菀坐在外間端著一碗熱呼呼的銀耳蛋奶羹慢慢吃著，順便等待外頭的消息。

沒讓她等多久，剛吃了小半碗銀耳蛋奶羹，去前院等消息的青霜回來了，她喜上眉梢，整個人都透著歡快的氣息，讓阿菀看得心中微動，放下了手中的小碗。

青霜笑道：「郡主，宮裡傳來消息，太子妃今兒寅時正生下皇長孫，母子均安。」

皇長孫……

阿菀渾身的力氣彷彿被抽乾，身體放鬆下來，軟軟地坐在了椅子上。

果然，上天還是待他們不薄的。

就在阿菀抿唇微笑時，披著一頭亂髮的孟妡猛然竄了出來，嘴裡叫著：「現在什麼時辰了？宮裡有消息了嗎？怎麼樣了……」

阿菀見狀，連忙拉住她，讓青霜將好消息告訴她，又指揮著丫鬟伺候她梳洗。

孟妡聽後驚喜地瞪大了眼睛，接著跳了起來，「哎呀，我就知道二姊姊會沒事的！二姊姊生了個小皇孫，這可是皇長孫呢，真是太好了！」

不僅孟妡高興，整個公主府一片喜氣洋洋，連宮裡的皇帝、皇后、太后，乃至朝堂，更是人人歡欣鼓舞。

太子有後乃社稷之幸，這位剛出生的皇長孫被寄予了所有人的期望，文德帝甚至越過太子要親自為第一個孫子取名字，之後是各種賞賜如流水般被送進了東宮。

當然，正是幾家歡喜幾家愁。

朝陽宮裡的鄭貴妃並不覺得這是個好消息，臉色非常難看，三公主甚至氣得砸了幾套茶具，又惱又恨，可惜她現在被鄭貴妃拘在自己的寢宮裡，不能像以往那般輕易外出，便是不開心也只能憋著，而孟妘生下皇長孫的事，更是讓她這半年來憋在心裡的火氣爆發出來。

她恨恨地在心裡詛咒皇長孫最好夭折。

和朝陽宮裡一樣，三皇子一大早得到太子妃生了皇長孫的消息，頹然坐了很長一段時間，方起身從容地正了正衣冠，讓人伺候他洗漱，然後去上朝。

三皇子府的正院，莫茹正在吃安胎藥膳，得知太子妃生了皇長孫，手裡的銀製調羹叮的一聲落到了丫鬟捧著的小碗上。

「皇子妃？」

莫茹愣了一會兒，揮了揮手道：「行了，我不想喝了，撤下去吧。」

丫鬟擔心地看著她，覺得主子自懷孕後便消瘦得厲害。旁的孕婦懷孕都是往豐腴發展，她們家皇子妃卻是越來越顯瘦，明明肚子裡的孩子已經四個月，卻不怎麼顯懷，甚至還需要臥床安胎，讓人十分擔心這胎保不住。

莫茹躺在床上，摸著肚皮，蒼白清瘦的臉襯得一雙眼睛更大，失去了少女時期的靈動神采，使她如同勳貴府中的夫人般，為了男人的寵愛及手中的權力，被逼得越發不像自己。

就在莫茹心灰意冷時，丫鬟來報，說慶安大長公主過來了。

莫茹聽罷，掙扎著起身。等她見到走進來的慶安大長公主，心裡的委屈忽然再也壓抑不住，抱住祖母號啕大哭起來。

她哭得極為傷心，淚珠順著臉頰滑落到尖細的下巴，沾濕了衣襟。

慶安大長公主輕輕拍著孫女的後背，任她發洩，並不像以往斥責她軟弱無狀，直到孫女哭累了，方讓丫鬟們端水進來伺候她洗漱。

大哭一場，莫茹的心情寬鬆許多。她可憐兮兮地看著慶安大長公主，嘴角動了動，想問為何祖母明知她這兩年處境困難，卻從未為她說過話，可此時莫名地問不出來。

慶安大長公主將丫鬟揮退，開始教育起這個不長進的孫女。

「……男人算什麼東西？不過是能夠提供妳榮華富貴的玩意兒罷了。我將妳送過來，可不是讓妳為一個不愛惜妳的男人尋死覓活的。妳瞧瞧妳現在什麼模樣，難道就是因為男人不看重妳，妳就不理會肚子裡的孩子了？羔羊跪乳，慈烏反哺，妳便是為了妳的家人，也不應該如此作踐自己！」

莫茹低下頭，咬著唇不說話。

「太子妃今兒生下皇長孫，我知道這事情對妳的打擊很大，不過這與妳何干？要傷腦筋由著男人去傷腦筋，咱們女人可不去應付這種事，要應付也是應付男人。茹兒，妳的聰明勁兒呢？為何被這麼點小事打擊到了？」

莫茹繼續沉默。

慶安大長公主嘆了口氣，耐心教導孫女。這個孫女可是繫著她的期望，只盼著她能走出來，眼光放長遠些，莫像那些內宅婦人般無知，目光只局限在後宅爭寵上。

在慶安大長公主心裡，太子妃倒是個有眼界且不缺手段的，這才是她心中女人該有的樣子。也不知道康平那樣豪爽的人是如何教養出這般厲害的女兒，可惜不是自家的孫女。

皇長孫洗三那天，阿菀和孟妡隨著康平、康儀兩位長公主一起進宮。

剛出生的皇長孫簡直是宮裡的金疙瘩，人人寶貝得緊，但是能去看他的人卻是寥寥無幾，便是洗三禮，也不是所有被邀請進宮參加的命婦能觀看的，唯有一些身分高貴的夫人才能親自去看上幾眼。

其中便包括阿菀和孟妡。

兩個姑娘仗著是太子妃娘家的姊妹，一進東宮便被太子妃身邊的丫鬟請了過去。

她們走進寢殿時，看見孟妘穿著一襲寬鬆的衣裙坐在床上喝魚湯。可能是這胎懷的是男孩，雖然宮裡有保養祕方，但是孟妘的容貌仍是不可避免地受到影響，臉龐比未懷孕前圓了許多，皮膚也有斑紋，過些時日才會消失。

當初孟妘挺著肚子的時候，便有很多人在猜測她這胎是男是女，可她始終待在東宮不外出，沒人能見到她的模樣，而進東宮請平安脈的太醫都是信得過的，自然不會多嘴去外頭亂說，所以沒有傳出她這胎是男是女的消息。當然，以那時的情況來說，什麼都不說才是最好的，不然東宮可能又要被孟妘清理一番了。

「二姊姊，妳變醜了。」孟妡一見面就心直口快地說道。

孟妘看了妹妹一眼，在她湊過來時，掐住她臉頰上的軟肉，問道：「剛才妡兒說了什麼？姊姊沒聽到，妡兒再說一遍。」

阿菀：「……」

孟妡連忙小聲說道：「二姊姊好漂亮，就算生了孩子也是最漂亮的產婦，太子殿下一定也是這麼認為的。」

孟妘點頭，鬆開手，並且理所當然地應和道：「嗯，太子殿下也說我長得好看。」

難道不是她逼著太子這麼說的嗎？

果然，就算是嫁人生了孩子，孟妘也還是沒什麼變化。

阿菀哭笑不得地看著孟妡往她身後躲，對孟妘道：「二表姊身體怎麼樣？無礙否？皇長孫呢？我和阿妡還沒看到皇長孫呢！」

孟妡趕緊探出腦袋，朝孟妘點頭，「二姊姊，皇長孫長得像誰？是不是像大哥一樣英俊？」外甥肖舅的說法在民間很流行，孟妡也認為皇長孫一定長得像哥哥。

「奶娘抱去餵奶了，稍後就會抱過來。」孟妘將一盅魚湯喝完，用帕子擦了擦嘴，對妹妹道：「讓妳失望了，娘親和母后都說他像太子殿下剛出生那會兒，都醜得很平均。」

阿菀和孟妡：「……」哪有人說自己的孩子醜的？

等奶娘將吃飽喝足的皇長孫抱過來，阿菀和孟妡立刻上前圍觀。阿菀覺得皇長孫沒有孟妘說得那麼醜，就像其他剛出生的嬰兒一樣，皮膚紅紅的，臉蛋小得一個巴掌都蓋得住，根本看不出長得像誰。

「果然好醜！」孟妡皺著臉說：「一點也不像嘛，娘怎麼會說像太子殿下呢？」她覺得自己的眼睛沒瞎，太子殿下雖然長得比不上她家大哥俊俏，至少也是少見的美男子，可這麼一團醜醜的小包子，哪裡像太子了？

孟妘接過兒子，手指輕輕地撫過他臉上細嫩的皮膚，無所謂地道：「那我可不知道了，娘說夫君出生那會兒她還抱過。她說像，那就是像了，可能以後會男大十八變吧。」

想到太子以前也是這般醜，孟妘心中微動。

孟妡恍然大悟，終於不再嫌棄小包子醜了。

阿菀：「……」這對姊妹倆真是絕了！

皇長孫的洗三禮辦得極為隆重，大抵是因為這是文德帝的第一個孫子，太后的第一個曾孫，所以兩人都相當重視，而他們重視的結果便是給這孩子無上的尊榮。

因此，皇長孫不僅洗三禮辦得熱鬧，滿月宴更是不遑多讓。

康平長公主聽到皇帝讓禮部為皇長孫的滿月宴所擬的儀禮後，忍不住皺起眉頭，對康儀長公主道：「皇長孫還小，這般隆重會不會折了他的福氣？」

孩子被宮裡的那兩大巨頭看重固然好，但是康平長公主還是憂心剛強易折。現在她已經是當外祖母的人了，不若年輕時對很多事情放得開，行事也多了幾分謹慎，就怕自己一個不小心，給兒女們帶來危險，特別是還有一個女兒是東宮太子妃，她更是不敢大意了。

康儀長公主也知道宮裡的情況，不過她沒有康平長公主那般憂心，出聲安慰道：「畢竟是皇長孫，還是太子殿下第一個孩子，將來指不定還會是皇太孫，皇上和太后重視也是應該的，妳莫要太擔心，宮裡還有太子妃看著呢！」

對於孟妘，康儀長公主還是很放心的，尤其是在孟妘懷孕那段日子以來，她所表現出來的手段，讓康儀長公主對太子將來平安登基多了幾分信心。

聽到她這麼說，康平長公主便是擔心也無濟於事，只能放在心裡。

皇長孫的滿月宴幾乎是按照太子滿月的規格來辦，朝臣看在眼裡記在心中，紛紛各有思量。而這一天，阿菀和孟妡再次進宮了。

這回她們看到的是一個活力十足的可愛小包子，膚色仍有些紅，不過阿菀以前住在醫院時，聽護士說過，這是新生兒特有的情況，等過幾個月就會褪去，變成白嫩嫩的包子。

阿菀又仔細觀察了下，依然看不出皇長孫長得到底像誰，也許是孩子的五官未長開吧。到時候五官長開，就知道是長得像爹還是像娘了。依太子和孟妘的基因來看，她覺得這個孩子將來長得絕對不差。

「終於變得好看一點了，果然是男大十八變！」孟妡高興地湊到小包子面前扮鬼臉，嘴裡發出怪叫聲，想逗他看過來。

可惜小包子完全不給她這個小姨面子，張著小嘴打了個哈欠，眼睛瞇了起來。

侍立在一旁的丫鬟笑道：「小郡主，太醫說皇長孫還小，現在眼睛看不清楚東西，耳朵也聽不到什麼。」

孟妡聽罷，一臉可惜，卻是不死心地想逗他。

這時，孟妘正好梳洗完畢出來，看到阿菀和孟妡趴在床前圍觀小包子，面上露出了些許笑意。她坐到床邊，抱起兒子輕輕拍了拍哄他睡覺，對妹妹道：「妡兒、阿菀，妳們看看他是不是長得好看多了？等他滿百日，變得更白了，會更好看的。」

阿菀坐在一旁，看著姊妹倆興致高昂地討論著小包子醜不醜，有些無語。她還是第一次知道原來孟妘那麼愛美，容不得旁人說她不美，更容不得旁人說她家的小包子醜。

孟妘突然想到了什麼，對阿菀說道：「聽說下個月姨母要幫妳舉行笄禮了，到時候我也給妳添份禮物。」她想了下，又道：「等妳出閣時，我親自去給妳添妝。」

阿菀：「……」這話題跳太快了啦！

孟妡瞪大眼睛，「二姊姊，妳的意思不會是阿菀今年就要嫁了吧？不好吧，娘說十五歲太小了，姑娘家身子沒長好，過早成親不太好。」

聽到孟妡的話，阿菀愣了愣，接著恍然大悟，終於明白康平長公主當初為何放話說自家的女兒要到十七歲才能出閣，真是有遠見。雖說古代的醫術落後，但是古人自有一套智慧，更懂得養生之道，懂得這些也沒什麼。

當然，不是所有人都相信這種理論，大多數人還是覺得女子及笄便可以出嫁了。由此可見，康平長公主身為一個母親，有多麼愛護自己的孩子。

孟妘伸手點了下她的眉心，說道：「別一驚一乍的，事有輕重緩急，可以折中處理。」

孟妡滿臉問號地看著自家二姊姊，不知道她是什麼意思，而阿菀被孟妘意味深長的目光看著，頓時覺得屁股像生瘡似的，想跳起來跑掉。

雖說認命了，但她實在是沒想過今年要嫁人，難道孟妘知道什麼不成？

懷著忐忑的心情，等宴席結束後，阿菀隨著父母回府。

在馬車上，阿菀試探性地說道：「爹、娘，今兒我在二表姊那裡聽她說，等我及笄時，二表姊要給我添份禮物。還有……她還說，等我出閣，要親自過來給我添妝。」

聽到阿菀的話，羅曄露出笑容，說道：「太子妃有心了。」能讓太子妃親自登門給自家女兒添妝，這可是旁人羨慕不來的福分，說出去很有面子，羅曄心裡有幾分得意。

阿菀看了眼眉目含笑的駙馬爹，對他的遲鈍已經無語了，當下期盼地看向公主娘。

康儀長公主還是了解阿菀的，見她期待地看著自己，便笑道：「太子妃確實有心了，不過她要給阿菀添妝，還得過個幾年，不急。」

阿菀終於將心放回了肚子裡，她很相信公主娘的辦事能力，公主娘既然想要多留自己幾年，那就一定會留住。

❤　❤　❤

然而，阿菀沒想到的是，公主娘的確相當給力，駙馬爹卻一點也靠不住。

皇長孫的滿月宴過後，康儀長公主也開始忙碌起來，忙的是阿菀即將到來的笄禮。

康儀長公主只有這麼一個女兒，自然是想要給女兒最好的，笄禮當然要辦得隆重些，為此甚至還進宮同太后掰扯，求了一個恩典。

阿菀由著公主娘高興，公主娘說什麼就是什麼。

而在康儀長公主為女兒的笄禮忙碌時，一個陽光明媚的日子，靖南郡王府的世子衛珺帶著弟弟和妹妹上門拜訪。

去年衛珺滿十五歲，在康儀長公主的幫助下，終於讓靖南郡王上摺子為長子請封世子。

靖南郡王妃去世後不及一年，靖南郡王便迎娶了新的郡王妃。新郡王妃耿氏身分不高，卻是極為美貌。耿氏很快籠絡住靖南郡王的心，壓制了原配留下來的三個孩子及庶子庶女們。靖南郡王素來不關心後宅，甚至在耿氏的挑撥下，對幾個孩子不聞不問。

幸好衛珺已經不小，繼母想要拿捏他並不容易，衛珺在吃了幾次虧後，終於不若昔日那般單純，已經懂得保護自己的弟弟妹妹，再加上康儀長公主不時的幫襯，兄妹三人倒是沒在繼母那兒吃過什麼大虧。

衛珺十分敬重感激康儀長公主，母親去世後，他們兄妹彷徨無助，父親也不長情，日子一久，便不怎麼管他們，繼母一進門，情況更加糟糕。所幸康儀長公主經常打發人送東西來給他們，或是邀請他們去公主府作客，倒是讓繼母收斂了幾分。

衛珺兄妹常到康儀長公主府走動，與康儀長公主夫妻的情分比以前更深，羅曄得空時也會指點衛珺、衛玥兄弟倆的功課，使得兄妹三人都很喜歡來公主府。

如今阿菀要及笄了，衛珺便帶著弟弟妹妹登門送及笄禮。

康儀長公主百忙中抽空見他們，見了衛珺送上來的禮物，笑嗔道：「我知道你們的心意，你們都是好孩子，並不需要費那個心。」

衛珺兄妹不是以郡王府的名義送禮，康儀長公主如何不知道他們的心意？

衛珺溫聲道：「嫒姨莫說這話，表妹的及笄禮，我們哪可能空手而來，那豈不是狼心狗肺，辜負嫒姨和羅叔的心意嗎？相比嫒姨對我們兄妹的愛護，這點東西算不得什麼。」說到最後，他一臉羞愧，覺得自己送的禮頗為寒酸。

他現在吃用都是府裡的，每個月的月例有限，實在是買不起什麼好東西，最後還是弟弟大膽地去尋父親，從公中支了一筆銀子，再湊齊兄妹三人存的錢，買了一份禮物。

康儀長公主笑著寬慰了幾句，完全不在意禮物貴重與否。她會關照衛珺兄妹，除了是看在與靖南郡王妃的交情分上，也是希望他們懂得感恩，對阿菀而言更是一種人脈。

在京城裡想要過得舒心，人脈是最重要的。

康儀長公主細細地詢問了衛珺兄妹的近況，得知他們過得不錯，不禁露出笑容，轉頭對陪在一旁的阿菀道：「難得他們過來，阿菀帶妳表哥和表妹去花園走走。正好現在天氣不錯，花也開得好。」

阿菀起身應下，衛珺也帶著弟弟和妹妹起身向康儀長公主行禮。

衛珠拉著阿菀的手，蹦蹦跳跳地往外走，衛珺和衛珝兄弟倆則慢慢地跟在後面。

「表姊，妳的及笄禮過後，便要當新娘子了嗎？」衛珠好奇地問道。

阿菀淡然地反問道：「誰說的？」

「難道不是嗎？姑娘家及笄了，就可以嫁人了，嬤嬤們都是這麼說的。」衛珠繼續道：「聽說表姊和瑞王世子自幼訂親，不過瑞王世子好凶……」她壓低了聲音，「表姊，大家都說瑞王世子不是好人，哪個姑娘嫁他便會倒楣，妳真的要嫁給他嗎？」

阿莞皺眉，回頭看了衛珺兄弟一眼。

衛珺也皺起眉頭，抿了抿唇，說道：「珠兒莫要胡說，婚姻大事由父母長輩作主，嬤嬤們都待在內宅，外頭的事她們不清楚。瑞王世子很好，不然姨母也不會讓他與表妹訂親。」

衛珠疑惑地看著兄長，然後應了一聲。

衛珝含著怒氣小聲地道：「那個討厭的女人，又讓嬤嬤在珠兒面前亂嚼舌根，我回去非剝了那些嬤嬤丫頭的皮不可！哼，那個女人也該教訓一下了！」

「弟弟，別衝動！」衛珺不贊同地說，雖然繼母很討厭，但也是長輩，不可忤逆。

衛珝知曉兄長的性子，嘟囔兩聲便沒再說下去，心裡卻決定尋到機會就讓那女人好看。

衛珺嘆了一口氣，看向走在前面的阿莞的笑臉時，心跳忽然莫名加快，他嚇了一跳，忙不迭移開視線，不敢再看。

想到阿莞與瑞王世子訂親，可能很快會出閣，心裡不禁悵然若失。

「表姊，妳真的要嫁瑞王世子嗎？」衛珠繼續擔心地說：「不止是嬤嬤，我還聽到很多人都說瑞王世子很可怕，生起氣來連閣老都敢罵，妳不害怕嗎？」

阿莞很無語，那位世子爺的名聲果然很糟糕，連養在深閨裡的小姑娘都知道他不好惹。

「他為人其實挺好的。」阿莞說道，至少在她面前，衛烜小時候還是相當乖巧的，就是現在雖然有些中二，卻也不是時常犯病。

衛珠仍舊不放心地說道：「要是表姊妳沒有和瑞王世子訂親就好了，我大哥溫柔又體貼，很多姑娘都喜歡我大哥，不過我覺得她們都配不上我大哥，只有表姊才配得上……」

阿莞道：「別亂說，小心被人聽到。」

到時候某人真的犯中二病，直接殺上去，衛珺就要無辜躺槍了。

衛珠也想到這一層，自己這話雖是肺腑之言，卻有撬衛烜牆角的嫌疑，若是被他知道……想到可怕的結果，衛珠趕緊捂住自己的嘴巴，表示自己不會亂說。

不過，衛珠還是覺得阿菀若是能當她嫂子就好了，這樣便不怕繼母拿捏大哥的親事。衛珺今年十六歲，到了可以說親的年紀，可惜靖南郡王耳根軟，枕頭風一吹，就決定將長子的親事讓繼妻相看。衛珠知道這件事後差點氣炸，一直擔心繼母會利用親事坑她大哥。

將衛家兄妹送走，阿菀正欲回房歇息，卻不想剛坐下，便見衛烜掀簾子進來。

「怎麼過來了？」阿菀挑眉看他，這種不早不晚的時候，他怎麼過來了？

衛烜雙眼像安裝了雷達一樣，將阿菀上上下下掃描一遍，然後又湊近她聞了聞，方一臉嫌棄地道：「妳身上有脂粉味。」

阿菀：「……」他是什麼意思？

衛烜不高興地說：「聽說今日靖南郡王府的人過來了，可是衛珺他們兄妹幾個？」

對於他的消息靈通，阿菀早就懶得追究，她倚靠在榻上，喝著丫鬟沏上來的果茶，漫不經心地點頭，順便將衛家兄妹上門送及笄禮之事說了一遍。

衛烜聽罷，瞇了瞇眼睛。雖然他很討厭阿菀和衛家兄妹走得太近，但也知道自己沒有資格反對，甚至若是自己反應過度，指不定會被人懷疑。可是，只要想到上輩子阿菀和衛珺有婚約，他的心裡就像吞了蒼蠅一樣噁心。

即便現在阿菀是他的未婚妻，衛烜也不能保證衛珺會不會像上輩子那樣對阿菀懷有別的心思。光想到阿菀被人覬覦，他便惱得想要殺人。

阿菀喝了半杯茶，見衛烜沉著臉不知道在想什麼，連氣息都有些不對勁，忙出聲問道：「你在想什麼？過來坐！」

衛烜乖乖坐過去，說道：「我不喜歡妳身上有脂粉味，以後離靖南王府的人遠一點。」

這話的糟點很多，但是阿菀沒有想歪，衛烜從小就討厭脂粉味，便以為他這狗鼻子嗅到自己身上沾了衛珠的香粉，才會這麼說。

「知道了。」阿菀隨口道，反正她也不喜歡塗脂抹粉，順勢遷就他也沒什麼。

衛烜臉上終於露出了笑影，這才低頭喝茶。

他覺得這是阿菀重視他的表現，這麼重視自己的阿菀，好想將她娶回家裡，放在眼皮子底下，如果能做些美妙的事情就更好了。

所以，還是爭取今年將阿菀娶回家吧。

日子過得很快，過了三月三，三月初五就是阿菀的笄禮了。

不過，在笄禮前天，阿菀得知了慶安大長公主將成為她笄禮上的正賓。

一般女子舉辦笄禮，正賓都會由德才兼俱的女性長輩擔任，像懷恩伯府老夫人、威遠侯府老夫人這一輩的女性長輩若是能成為正賓，那是康儀長公主十分樂意的。阿菀也以為正賓會在自家祖母或是威遠侯老夫人等之中選，誰知道會是慶安大長公主。

「娘，姑祖母怎麼會突然想當正賓？您邀請的嗎？」阿菀奇怪地問道。

雖然未曾明說，但是現下慶安大長公主的孫女莫茹是三皇子妃，而康平長公主的女兒是太子妃，康平和康儀兩位長公主的交情好，瑞王世子又是康儀長公主的未來女婿，與鄭貴妃一系並不怎麼和睦……種種原因下來，慶安大長公主與康平長公主等人是站在對立面的，便是血脈至親，扯上了那個位置，也只能暫時六親不認。

當然，這種事大夥兒心知肚明，平時往來該做什麼就做什麼，但是某些時候的堅持卻不可少。像是阿菀的笄禮所請的正賓，康平長公主一開始屬意的人選是威遠侯老夫人，壓根兒沒想過慶安大長公主。

慶安大長公主的身分足夠尊貴，又是皇帝的姑母，要給阿菀當正賓，那也是一種福分，前提是要忽略其中的彎彎繞繞。

慶安大長公主會將孫女送進京當三皇子妃，證明她的野心不小，與太子等人遲早會撕破臉面的，所以這些年來兩方人馬除了維持表面上的和睦，並不常走動。

康儀長公主翻看著管事嬤嬤呈給她的禮單，無奈地道：「前些天在宮裡遇到慶安姑母，當時和她聊了會兒，她問我妳的笄禮正賓可有人選，我還沒給威遠侯老夫人傳話，只好說有卻還沒有邀請，她便說若是不嫌棄，到時候願意當妳的正賓。」說到這裡，她的表情古怪。

慶安大長公主在宗室中的地位極高，甚至壓威遠侯老夫人一頭，有她當正賓，康儀長公主也高興，可前提是彼此之間沒有那麼多的糾葛。

幸好康平長公主得知阿菀笄禮上的正賓是慶安大長公主時，雖然吃了一驚，卻沒有多想，還勸解道：「慶安姑母也算是位德高望重的長輩，有她當正賓，對阿菀也好。」

聽到康平長公主的話，康儀長公主這才歇了其他心思。

不管慶安大長公主是基於什麼理由主動說要當正賓，對外來說，於阿菀都是有好處的。

阿菀聽完，雖然覺得奇怪，但既然定下了，說什麼都無濟於事。

明天便是笄禮，阿菀坐在公主娘身邊，看著她有條不紊地安排笄禮上的各項事宜，也算是趁機學習。以後她和衛烜成親，等衛烜繼承瑞王府，她便是瑞王府的當家主母，自是要熟悉管家之事。事實上，在她十歲之後，康儀長公主便開始教導她如何管理中饋了。

待了一會兒，阿菀看看時間差不多，便回思安院歇息。

離開前，康儀長公主將一份禮單交給她，說道：「這是各府送來的禮單，妳拿去看看，有不懂的再過來問我。」

阿菀聽話地應下，剛回到思安院，就聽丫鬟來報孟妡過來了。

孟妡是阿菀笄禮上的贊者，贊者通常由笄者的好友或姊妹擔任，孟妡便當仁不讓了。能成為阿菀的贊者，孟妡相當興奮。

所以，在阿菀笄禮前夕，孟妡便耐不住地又跑到阿菀這裡蹭床了。

「阿菀，今天又有很多人送禮物過來了吧？」孟妡趴在案几上，邊啃著果子邊歪著頭看阿菀，嘴巴動個不停，「我聽娘說，京城裡凡是有些臉面的人都送了禮，比我大姊姊、二姊姊當初舉辦笄禮時還要隆重，妳知道為什麼嗎？」

在笄禮的前兩天，陸續有人上門來送禮，公主府也忙碌不停。

阿菀正在看禮單，和丫鬟核對上面的東西。那些送來的及笄禮物，康儀長公主都讓人抬到思安院，放到她的小庫房裡了，說以後要給她作陪嫁的，正好讓她打理一下。

阿菀手裡忙著，隨口道：「為什麼？」

「因為烜表哥啊！」孟妡興奮地道：「妳知道嗎？烜表哥放話了，他很重視妳的及笄禮，所以那些人自然不敢沒表示了，若是誰敢落妳的臉，表哥他就要不客氣了。」

阿菀：「……」

阿菀又翻了下禮單，看著那一長串的各府名字，忍不住沉默了。怪不得這兩天上公主府送禮物的人那麼多，先前她還以為是自家公主娘的面子大，卻不知另有乾坤。敢情都是因為衛烜這廝在外頭吆喝？阿菀可以想像，她又出名一回了。

想到這兩日公主娘看她時的那種曖昧揶揄的眼神，阿菀終於明白，可憐她當時還蠢蠢地看著公主娘，然後被公主娘摟到懷裡揉來揉去，憐愛地搓了一頓也不知道是為什麼，還認為公主娘童心大發，想要玩一下女兒，只得乖乖地忍了。

阿菀很想咬一幾口那個熊孩子，真是怎麼囂張怎麼來。

「表哥呢？不知道到時候會送妳什麼禮物？」孟妡湊過來看禮單，嘖嘖地點評著。與康儀長公主的交情不是那麼深的人家都會提前送禮，而親朋好友則會等到笄禮那日才會送來，這便是親疏有別了。

「……不知道。」阿菀回答得有些不肯定，她很擔心衛烜到時候真的讓人趕著二十隻白鵝過來給她。

就在阿菀的擔心中，到了三月初五這日，公主府十分熱鬧。

這天賓客絡繹不絕，十分熱鬧，被邀請的人都上門來了。

眾人進門時，便見到瑞王府的下人抬著一盆用綢布包著的一丈高物事進了公主府。接著，下人將那綢布拉開，露出了裡面亮晶晶的寶石樹，差點閃瞎了所有人的眼睛。

這寶石樹是西域有名的玉血石拼成的，具有震撼人心的視覺效果。

玉血石是京中時下流行的一種用來做各種裝飾及女子首飾的寶石，做成寶石樹，震住了不少人，更讓人感覺到瑞王府的財大氣粗。

看著寶石樹，所有人心裡只有一個想法：瑞王世子果真如傳聞中那般喜愛壽安公主，連這種東西都捨得送過來。弄到這棵寶石樹，不知道如何勞民傷財，真是個敗家玩意兒！

然而，這次可是冤枉衛烜了，送寶石樹並非他的主意，而是瑞王自個兒的意思。

去年在瑞王府別莊，瑞王為了讓阿菀早點進門好能管束住他家到處闖禍的臭小子，便對阿菀說過，等她及笄時要送她一棵西域寶石做成的寶石樹。

瑞王自不會說笑，大手一揮，就讓人送過來了，絲毫不擔心旁人說他粗俗。

於是，在瑞王為兒子背了無數次黑鍋後，終於輪到他家臭小子幫他背一回黑鍋了。

寶石樹被放在前院的空地，賓客們一進門就能看到。很多人對這棵寶石樹非常感興趣，紛紛駐足欣賞。陽光落在寶石樹的玉血石上，閃爍著喜慶的紅芒。

跟在慶安大長公主身邊的兩個莫家姑娘也抬頭看著一丈高的寶石樹，兩人的神色各異。

莫芳看了一會兒，忍不住轉頭看向堂妹莫菲，說道：「瑞王世子對壽安郡主可真好，這棵寶石樹恐怕是千金也買不來，聽說這幾年通向西域那邊的路不好走了。」

莫芳這麼說是有原因的，大夏朝與西域之間隔著草原，草原上生活著西北草原各部遊牧民族，大夏人稱其為蠻子，其中以狄族部落的勢力最大，牢牢占據著大夏與西域間的商路，想要打通這條商路可不容易。

所以，西域雖然盛產各種寶石，卻極少流通到大夏，使得西域玉血石價格居高不下。而現下瑞王府一送就送了一棵一丈高的寶石樹，如何不教人驚嘆。

反應快的人當下就想到，瑞王早些年在西北征戰，什麼好東西撈不到？方能出手如此闊綽。瑞王不僅有權，更有錢，這種事情還真是嫉妒不來。

莫菲嘴唇抿直，看了莫芳一眼，淡淡地說道：「壽安郡主自然是好福氣。」嘴裡這麼說，縮在衣袖中的手卻是緊緊握著。

莫芳掩嘴一笑，不再撩她。以前她便覺得這個堂妹十分關注瑞王世子，如今終於肯定了她對瑞王世子的心思。真沒想到這個堂妹會對人人避之如蛇蠍的瑞王世子另眼相看，這讓她想到小時候瑞王世子曾和瑞王一起下江南到鎮南侯府給祖母賀壽的事情。

那時候恐怕是發生了什麼事情吧？

而思安院裡的阿菀聽丫鬟說了瑞王府送來西域寶石樹的事，頓時頭皮發麻。

瑞王要不要這麼心急？就算他這麼大手筆，她娘也不會讓她今年就嫁過去呀！

不過，她該慶幸的是，衛烜沒有讓人趕著二十隻白鵝進府來給她。

「阿菀，前面準備好了，咱們走啦！」孟妡笑盈盈地走過來，挽著阿菀一起出門，順便也和阿菀說了一遍放在前院給人瞻仰的寶石樹，「烜表哥果然出人意料。」

阿菀撇了下嘴，幫衛烜正名：「不是表弟送的，是瑞王舅舅送的。」

孟妡奇怪地道：「怎麼可能？我還以為是烜表哥送的。瑞王舅舅這麼大把年紀了，應該不會不著調地做這種事吧？」

偏偏就是瑞王不著調搞出來的！

阿菀只能說人不可貌相。

兩人一路說著話，到了前院廳堂，懷恩伯府的女眷及各府觀禮的夫人們都到了。慶安大長公主被人簇擁著坐在主位上，身上穿著公主禮服，頭上戴了假髻，插著貴重的頭面，整個人顯得很有精神。

阿菀和孟妡過去向她行禮，又與諸人見禮，最後是與被邀請來觀禮的同齡姑娘寒暄。

也不知道是不是她敏感，阿菀在和莫家的兩個姑娘照面時，發現莫菲看她的目光很詭異，能清楚地感覺到其中的審視意味，就如同第一次在小青山的莊子見面時的眼神。

阿菀對人的視線很敏感，可惜她和莫菲不熟，不懂為何她會用這種目光看自己。

笄禮進行得很順利，吃過宴席，來觀禮的賓客們才離開。

瑞王妃是最後離開的，她先是拉著阿菀好一通稱讚，然後對康儀長公主笑道：「壽安是大姑娘了，看到她這可人的模樣兒，我真是愛得不行，心裡就盼著壽安將來進門，我這老婆子能輕鬆輕鬆了。」

瑞王妃這話別有深意，康儀長公主第一時間聽出來了，知道瑞王妃這是同她示好，將來若女兒嫁到瑞王府，瑞王妃便會放權，由女兒來管家。一般新婦進門，且婆婆年紀不大，不會放權給媳婦，好不容易熬成婆，也捨不得手中的權，可瑞王妃卻能如此乾脆，讓康儀長公主不由得對她高看幾分。

「妳太抬舉她了，她人小，懂的也不多，到時候恐怕還要妳幫忙看著，請妳多擔待些了。」不管心裡怎麼想，康儀長公主面上笑得極為得體。

瑞王妃笑道：「妳也太謙虛了，壽安是個好孩子，我巴不得她快快進門來，心裡也踏實。」她沒巴望，巴望著的是家裡那一大一小的兩個男人。想到今早臨出門前瑞王的叮囑，她就覺得無比的心塞。

果然，聽到這意有所指的話，原本拉著她還挺親熱的康儀長公主眼神變了。瑞王妃覺得自己真心冤枉，她也知道康儀長公主如何寶貝這女兒，捨不得那麼早將她嫁人，自己哪裡會這般不長眼睛地來尋晦氣，還不是被逼著來說情。

想現在就叼走她的寶貝女兒？想得美！

康儀長公主心裡冷哼，面上仍是笑意盈盈地打著太極，「她還有很多事要學，我不好意思讓她太早出閣，就怕她規矩沒學好，日後要妳費心教她了。」

不，她很樂意教，只要能早點過門就好！

瑞王妃也笑意盈盈，「康儀說這話就不對了，我可是聽說壽安極為孝順，都懂得幫妳管家了，想來是妳教得好。」

「妳太抬舉她了……」

阿菀：「……」

這兩人客氣來客氣去，明明都是笑咪咪的，為什麼她會覺得寒毛直豎呢？

可能是因為兩人話裡暗藏的機鋒，讓阿菀對於她們當著自己的面談論她幾時嫁的事情絲毫沒有任何害羞感覺，不過為了不讓人看出異樣，她還是低頭作害羞狀，心裡暗暗幫公主娘打氣，希望她堅持住，別讓瑞王府現在就來撬牆角，她還想在家裡待個幾年，不想太早嫁。

最後瑞王妃沒能撬開康儀長公主的嘴得到一句承諾，只得遺憾地走了。

康儀長公主擔心女兒累著，要她先回去歇息，改日再來清點禮單。

阿菀與父母告辭後，便帶著丫鬟回院子了。

羅曄和妻子一起看著女兒的背影，不知怎地，突然有些心酸。

當初那樣小小的一團，脆弱得讓人不敢抱她，連太醫都說可能活不過成年，現在已經長成了亭亭玉立的少女，指不定很快就要嫁人，一想到就令人難受。

康儀長公主也感慨良多，今兒女兒及笄，已是大姑娘了。若非她不捨得，怕是可以出閣了。不過她到底沒有那般感性，轉頭見丈夫眼中水光微閃，忍不住好笑，卻沒有多說什麼，只當作沒有發現，挽著他回了正院。

阿菀回到思安院後，換了一身寬鬆的衣服，便靠坐在窗邊的榻上窩著不動。

青雅端了一碗銀耳蓮子羹過來。

阿菀看了一眼，銀耳肥美，蓮子乳白，上面放了兩顆紅棗，看起來很可口。可是吃了兩口，她就覺得膩了，忍不住道：「我想吃烤羊排……」

她想吃烤羊排、螺絲雞、八寶雞、香水魚、東坡肘子、麻婆豆腐、毛血旺、蒜香排骨、手抓牛肉……好多好多想吃的東西……

又香又油又辣的東西都想吃，她忌口了十幾年，嘴裡都淡出鳥來了。

青雅不知道阿菀怎麼突然垂頭喪氣，聽到她說想吃烤肉，忍不住勸道：「郡主，烤肉油膩又燥熱，對您的身子不好，不僅會壞了您的腸胃，還容易起疹子……」

阿菀立刻說道：「我寧願長疹子！」

青雅閉了閉眼睛，不再搭話。

阿菀見青雅不理自己，甚覺無趣，又吃了半碗銀耳蓮子羹，便讓她撤下去了。

阿菀不想上火不想長痘痘，對自己這張乾乾淨淨的臉甚是喜歡，可架不住嘴饞啊！她現在身體比小時候好太多了，能蹦能跳能吃能喝，也不怎麼生病了，覺得可以不用像小時候那樣忌口了。不知道太醫懂不懂做退火茶，吃了油膩的東西，一杯退火茶就能搞定……

等哪天能自己作主了，一定要將所有想吃的東西都嘗一遍。

懷抱著美好的願景，阿菀不一會兒便在榻上睡著了。

青雅搖了搖頭，也不去叫她，輕手輕腳拿了條毯子過來蓋到她身上，又小心地退出去。

三月的風吹過窗臺，上面那盆篁竹葉子輕輕搖晃發出簌簌聲響。

天色將晚時，有個人突然出現在窗邊，往屋裡看了看，看到睡在榻上的人時，眼中劃過一絲光亮，然後撐著窗臺，輕盈地躍起，從窗外竄了進來。

他站在榻前看了很久，接著撩起衣袍坐到榻邊，兩手撐在榻上，低頭俯視著榻上睡著的人。他的動作很輕，連風也未帶動絲毫，就怕會吵醒她。

阿菀的呼吸輕淺，整個人沐浴在霞光之中，面容祥和，讓人也打從心裡感到平靜。

衛烜瞧了很久，目光不錯地盯著那張沉睡的容顏，許久終於忍不住湊過去，將唇輕輕地印在那微啟的柔軟唇瓣上。

阿菀醒來時，四周昏暗，隱約可以看到面前坐了個人。

她的腦子有些遲鈍，一時間反應不過來。

「醒了？」低沉的男聲響起。

阿菀猛地坐起身來，因為起得太急，榻邊坐著的人還好心地扶了她一把。阿菀擁著披在身上的毯子看他，下意識地道：「你怎麼在這裡？」說著，又看了下窗外，天已經黑了。

阿菀馬上意識到，這傢伙又爬牆了！

「我翻牆進來的，沒讓人看到。」衛烜老實地說，雙眼盯著她的臉。

天色暗，阿菀看不清他的臉，只能隱約分辨他的輪廓，不過聽出了他語氣裡的忍耐。

「你來幹什麼？這麼晚了，若是讓人看到……」阿菀無奈搖頭，「回去吧。」

衛烜沒有吭聲，見阿菀起身，腳伸到榻下摸索著穿鞋子，他便彎腰將鞋子拿起來要幫她穿，可是被她制止了。

阿菀覺得自己沒殘到要讓人幫忙穿鞋的地步，尤其是讓異性幫她穿，有點兒不好意思。她自己穿好鞋，便又催他離開，但衛烜一直沒出聲，讓她頗為無奈，只好將他趕到屏風後頭躲著，走出去叫丫鬟進來掌燈。

青雅守在外面，聽到阿菀的叫喚聲，趕緊進來，點亮了桌上的燈。點好燈，青雅下意識地往房裡看了看，最後目光定在屏風後。雖然沒什麼異樣，可她肯定衛烜就在那裡。

阿菀看到青雅的神情，便明白她知道衛烜過來了，幸好這個忠心的丫鬟對這種事情已經很習慣了，就算不習慣也被某人給折騰得習慣了，還怕被人發現於她的名聲不好，所以每回都自動守在外面。

「我餓了，先去傳膳吧。」阿菀對青雅道。

青雅出去後，阿菀轉到屏風後面，看著雙手抱臂無聊地站在那裡的衛烜。光線昏黃，讓他俊俏的臉龐像是罩了層光芒，比白天時更蠱惑人心。

阿菀的心跳漏了一拍，總覺得此時有些危險。

「你到底是來做什麼的？」阿菀扯了下他的衣袍問道。

這回衛烜不再當啞巴了，而是伸手抱住她，臉靠到她的肩膀上，像小時候那樣說道：「我想表姊了。今日是妳的及笄禮，真好……」

阿菀一時間不知道這話是什麼意思，隨意地應了聲，拍拍他的背，問道：「餓了嗎？」

「餓了。」衛烜老老實實地說。

事實上，從早上開始他便心神不寧，無數次在腦子裡幻想著阿菀插簪時的模樣，可惜姑娘家的笄禮男賓止步，觀禮的都是女眷。他抓心撓肺似的難受，直到笄禮結束，終於尋到了機會，就偷偷跑過來了。

阿菀對他總是有著超乎想像的耐心，這約莫是自小一起長大的福利了，便沒有怎麼斥責他貿然跑來的行為，而是對他道：「用完膳就回去吧。」

衛烜胡亂點頭，沒有給正面的答案。

青雅將晚膳呈上來，還特地多裝了一盅飯，菜也多拿了兩樣。阿菀自己吃不完，加上衛烜這個正在長身體的少年，那就沒問題了。

阿菀沒有為難青雅，衛烜偷偷跑過來，若是讓人知道，她家公主娘恐怕非扒了他的皮不可，所以青雅能幫著瞞下，也算是好了。

擺好膳，青雅帶著丫鬟退到門外候著，沒有讓人進來伺候他們用膳。

不知道是不是已經錯過晚膳時間，或者是有個好胃口的人陪著用餐，阿菀比平時多吃了些，而且讓她感到驚喜的是，今天廚房難得做了一道糖醋排骨，她吃得更香了。

青雅雖然勸阿菀別好那口腹之慾，省得腸胃不適，可仍是讓廚房多做一道糖醋排骨，這令阿菀心裡暖暖的，覺得青雅真是個貼心的好丫鬟。

用完膳，阿菀再次催促衛烜離開，不過，衛烜又有了藉口：「剛吃飽，翻牆很難受，表姊容我消食再走吧？」

他說得可憐，阿菀無言以對。

於是，這麼一縱容，直到阿菀的就寢時間，衛烜這廝還沒走。

阿菀撫了撫胸口幫自己順氣，忍耐地道：「你到底想要做什麼？難道你的禮儀廉恥都還給先生了嗎？」

衛烜從來就沒有禮儀廉恥這種東西，能達到目的就好。若不是怕阿菀不喜，甚至會……盯著她淺淡的唇色，衛烜的喉結滑動了下，沒敢伸出爪子。他知道自己正在挑釁阿菀的忍耐力，但是心裡又忍不住想要知道她能容忍自己到什麼程度。每次見到她，如何也阻止不了這種瘋長的念頭。

罵他無廉恥也好，失心瘋也罷，他就是想要抓住她、占有她，甚至時常會像個發病的人一般偷窺她，收藏她的貼身之物。

然而，看到阿菀忍著睡意，他心裡又不捨了，忙道：「妳先睡，我晚些再走。」

阿菀被他弄得快沒脾氣了，沒好聲氣地道：「都到宵禁時間了，城裡可比不得莊子，若是被巡邏的五城兵馬司的人抓住，丟臉就丟大了。」

「他們不敢！」衛烜嗤笑道，眼神涼薄。五城兵馬司的人怕他怕到遠遠看到赭紅色的衣服就跑了，豈敢過來抓他？便是宵禁時間，他大搖大擺地走在街道上，也沒人敢過來攔他，不過可能會被人偷偷上報罷了。

看他的眼神，阿菀就想以頭搶地。明明小時候最多只是個小霸王一樣的熊孩子，某些時候還是挺萌挺乖的，怎麼現在長大卻變成了個中二病般要毀滅世界的黑暗少年？

到底哪裡出錯了？

就在阿菀拿他沒轍，想著要不要轟他出去時，衛烜突然湊了過來，小聲道：「阿菀，妳若是能親親親親親……親我一下，我就走。」

「……」

阿菀看著連昏暗的光線也遮掩不住臉紅的少年，特別是連個「親」字都說得吞吞吐吐，舌頭都捲不直，非常無語。這時候她應該生氣，卻被他弄得哭笑不得，根本生不起氣來。

連討個吻都會臉紅，純情成這樣，還想夜探姑娘家閨房，他不會是連男女成親後要做什麼都不懂吧？

想到這裡，阿菀輕鬆了許多，根本沒將衛烜當一回事，朝他勾了勾手指。見他臉紅地湊過來，便捏了捏他的下巴，心裡感慨了下這皮膚真細膩，就在那張漂亮的臉蛋上親了一下。

她根本是將他當成小孩子一般親臉頰，完全沒有任何壓力。

衛烜：「……」他想要的不是這種親吻啊！

就在阿菀要退開時，衛烜突然側過臉，唇恰好壓到她的唇上。

阿菀一驚，正要退開，衛烜已伸手扣住她的頭，自己壓了過去。

吻了會兒，他飛快退後，不用阿菀催，說了一句「我走了」，便推開窗戶跳了出去。

阿菀目瞪口呆地看著他一氣呵成的動作，以為自己是什麼毒蛇猛獸，將他給嚇走了。

這熊孩子今天到底是來這裡做什麼的？

❤　❤　❤

慶安大長公主坐在炕上，目光沉沉地看著跪在面前的孫女。

她活到這把年紀，孫女很多，卻不是個個都疼愛，只有幾個能得她另眼相待。以前是莫茹，等莫茹出閣後，便是七丫頭莫菲。

今天去康儀長公主府給壽安郡主做正賓，慶安大長公主是存了私心的。雖然多年未回京，可是她對京城的事情還是略知一二。不管是當年暗中助文德帝登基，還是後來瑞王世子出生後的十年間的事情，她可以自豪地說，沒有人能比她看得更清楚。也因為看得清楚，她才會主動提議去給壽安郡主當正賓。

比起性子豪爽、身分尊貴的康平長公主，慶安大長公主對康儀長公主這侄女更看好，平時不聲不響，卻是個極有手段的，同時也看得清局勢，所以甘於平凡，不會事事出頭，甚至能將太后哄得時常召她進宮說話。便是下嫁給一個沒落的懷恩伯府嫡次子，生了一個病秧子女兒，她也從來不敢小看這個侄女。

康儀長公主是個明白人，值得拉攏，於日後大有好處。

想到這裡，她低垂眸看著莫菲，開口說道：「菲兒，妳長大了，也該收心了。瑞王世子已經訂親，與妳是不可能的。」

莫菲的身子猛地一抖，咬了咬唇，說道：「祖母，您就疼孫女一回，幫幫孫女吧！孫女真的……念了他十年，當年若不是他救了孫女，恐怕菲兒就不在人世了……」

慶安大長公主見孫女伏在自己腿上輕聲啜泣，不禁嘆了一口氣，「癡兒啊癡兒，這世間之事千變萬化，妳以後就會知道，妳所執著的良緣、傾世美貌，很快會變得不重要……」

貳之章

老流氓得計

天邊魚肚白泛起幾許光亮，正是清晨時分正好眠之時，瑞王府的角門響起了敲門聲。

守門的門房正打著瞌睡，聽到敲門聲時，忍不住嘟囔一聲。這大清早的，何人有這膽子來敲瑞王府的門擾人清夢？慢吞吞地打開一條門縫，見到穿著赭紅色衣服的少年站在那裡時，門房嚇得一個哆嗦，連忙將門打開。

「世子，您回來啦！」門房點頭哈腰，笑得諂媚，恭恭敬敬地將他迎進去。

衛烜根本沒他看一眼，抬步進了門。

路平笑盈盈地看著門房，親切地對他道：「福叔，世子一直在府裡，所以不是回來。」

門房：「……」他算是見識到什麼叫睜眼說瞎話，路侍衛果然深諳此道。

衛烜沒有理會路平的忽悠，甚至也沒什麼隱瞞，大搖大擺地走進去，直到在垂花門處被等在那裡的瑞王給攔下。

「去哪裡了？」瑞王沉著臉，皺眉看著夜不歸宿的兒子。

「你管不著！」衛烜很不給面子。

瑞王臉皮抽動了下，上下打量他，懷疑地道：「你不會是學那些紈綺子弟去怡香院那種地方風流快活了吧？也不瞧瞧自己現在才幾歲，立得起來嗎？小心本王讓人去告訴壽安。」

路平：「……」

這話太惡毒了，這是當老子的能對兒子說的話嗎？

路平瞅了瞅，幸好現在還是清晨，周圍除了那父子倆，便只有他，倒也不用擔心他們的言行被人瞧見。至於自己，打死也不會說出去。

衛烜的臉瞬間陰了，森然地看著瑞王，用更惡毒的聲音道：「臭老頭，你還是擔心自己中年不舉吧！我可不像你，女人玩多了，小心以後到地下讓我母妃抽死你！」

瑞王：「……」這熊孩子到底像誰？

路平：「……」這父子倆一個德行，誰也怨不了誰。

瑞王抹了把臉，說道：「行了，老實說，昨晚去哪裡了？」

「出城去了。」衛烜淡淡地說道。

瑞王眸色微深，蹙著眉思索了下，然後伸手按在衛烜的頭上，說道：「別做過頭了，你老子我還想要安享晚年，不希望脖子上的東西隨時不保。」

他真擔心這臭小子哪天覺得膩了，想去搶太極殿上那個位置坐，到時候一家子都完蛋。

衛烜嗤笑了一聲，像是嘲笑瑞王的軟弱一樣，見他臉色微變，方慢條斯理地道：「你放心，我是奉皇上之命行事，不會連累到你的。」

誰知瑞王聽了不僅不放心，一顆心反而又提了上來，伸手拽住兒子的衣領，將他扯到一旁，說道：「臭小子，你嫌自己活得太長了嗎？」說著，他輕輕拍了下兒子的肩膀，果然感覺到他的身體瞬間緊繃，雖然輕微，但瑞王早些年也是騎馬打仗之人，如何沒察覺到，不由怒道：「又傷著了？」

「一點小傷罷了。」衛烜的臉色有些蒼白，但仍是一副滿不在乎的模樣。

瑞王一看他這種神情就想拍死他，於是按在兒子肩膀上的手勁又使了點兒力，見他額頭冒出冷汗來，嗤笑道：「這是一點小傷？」

衛烜忍無可忍地一腳踹過去。

瑞王微微一閃便躲開了，衛烜也不是真踹，見他躲開便收回腳，冷著臉看他，不滿地說道：「既然知道我受傷了，你還用力按？都說虎毒還不食子，你卻是個狠心的。」

瑞王被他說得哭笑不得，嘿了一聲，又想往他傷口上按，不過被衛烜機靈地躲開了。見他轉身就要走，瑞王突然道：「若本王讓你今年娶壽安進門，你是不是能安分些？」

衛烜沒有回頭，睫毛輕顫，冷淡地道：「等你和姑母他們議好了婚期，我會覺得你是天底下最好的父王。」

「臭小子！」

衛烜懶得理會瑞王怎麼想的，帶著路平回了隨風院。

丫鬟捧來清水後退到門外，他才將外袍脫掉，白色中衣的肩膀處已被血染紅一片。把中衣解開，露出纏著肩膀的繃帶，繃帶早被滲出來的血浸得慘不忍睹。

衛烜眼睛眨也不眨地拿剪刀剪開繃帶，猙獰的傷痕赫然映入眼簾，皮肉都翻了起來。

守在門外的路平，聽到主子叫喚，忙進去幫他處理傷口。

路平這幾年與衛烜常在外面奔走，生死之事不知經歷過多少回，便是自己身上也落下各種傷痕，可每回看到主子身上的傷，都有點兒驚悸，有時候甚至覺得主子不僅不害怕，反而在享受著那種窒息般的快意。

路平邊小心幫主子消毒換藥，邊偷瞄主子平靜的表情。若不是他的嘴唇抿起，旁人還以為他根本不會疼。為了轉移他的注意力，路平小聲地道：「主子，昨兒捉的那個人……」

「先找個地方安置好，以後自有用處。」

路平張了張嘴，應了聲是。想起昨晚看到的那張臉，心中頗為困惑。他沒想到世間會有這般肖似主子之人，也不知道主子是如何得到消息的。

包紮完傷口，衛烜重新穿好衣服，微微抬起下頷，恢復了平日囂張到不可一世的模樣。

門外的丫鬟再次進來，朝衛烜施了一禮，默默將沾了血的衣袍和中衣抱起，又端起那盆血水，悄無聲息地出去，將血水倒到院子裡的海棠花下，然後把衣服拿到偏房去焚毀。

衛烜理了理衣服，對路平道：「走，進宮。」

路平忍不住道：「主子，您不休息一下嗎？」昨晚在外面奔走一夜，又受了傷，他真擔心主子熬不住。他覺得主子根本不拿自己的身體當一回事，怎麼危險怎麼來。

「不用，我很好。」

路平只得閉上嘴巴。

早朝結束後，衛烜到太極殿向文德帝請安，待了一會兒才離開，然後轉道去了東宮。

太子此時正毫無形象地趴在榻前，看著榻上被裹得嚴實的小包子。

皇長孫已經滿三個月，每天憨吃憨睡，在太子妃的細心照顧下成長茁壯。比起從小就體弱多病的父親，皇長孫真是個讓人欣慰的健康包子，太后和帝后都很高興。

太子也很安慰，兒子健健康康的，不用擔心他夭折了。他逗了會兒兒子，可惜皇長孫剛喝完奶，正想睡覺，對騷擾他的父親絲毫不理會。

太子逗了好一會兒，見兒子不理他，頓時有些氣餒，對坐在一旁翻看宮務的孟妘道：「阿妘，灝兒怎麼一天到晚都在睡？」

皇長孫滿月時便有了大名，是文德帝親自取的，叫做衛灝。一般孩子都是滿周歲才取大名，記入族譜，可見文德帝對第一個孫子的重視。

康平長公主當初也擔心孩子取大名太早，被鬼差盯上。民間有說法，孩子未滿周歲，神魂未穩定，容易被路過的鬼差招魂，得先取小名兒混著叫。不過皇帝任性起來，哪裡是能拒絕的，最後只好作罷。

「嬤嬤說小孩子就是這樣，要多睡才會長大，你別去吵他。」孟妘頭也不抬地道，翻著冊子的速度飛快，也不知道她看進了多少。

太子嘴裡應著，動作卻不是那麼回事，繼續逗弄兒子。直到皇長孫耐不住父親的騷擾，小嘴微微嘟起就要乾嚎時，太子才趕緊收回手。小包子脾氣去得也快，繼續酣睡。

這時，宮人進來稟報，瑞王世子過來了。

太子對孟妘道：「孤去和烜弟說說話，妳若是累了就去歇息，讓奶娘照顧灝兒就好。」

孟妘點點頭，輕描淡寫地說了一句：「不准喝酒。」

太子：「……好。」

宮人：「……」太子妃總是將太子管得死死的，這算不算懼內？

看到太子妃平靜地望過來，宮人們繼續該幹啥就幹啥，就算太子懼內，那也不是他們該多嘴的事情，所以出了東宮，太子仍是清貴端方，太子妃仍是賢良淑德。

衛烜和太子說了點朝堂的事，便施施然地準備離開，太子則是親自將他送到門口。

這一幕被很多人看到了，後宮的女人們對東宮的事情素來上心，等聽到衛烜很快離開，便並不怎麼關注了。衛烜這些年來的行事沒什麼章法，明明應該與鄭貴妃這個姨母更親近，他卻和三公主、五皇子交惡。若說他與太子親近，也不見得他和太子有多好，每次去東宮只是待一會兒就走了。

三皇子也弄不懂衛烜到底在搞什麼，或者是圖什麼，倒是文德帝這些年來依然寵他如昔，沒有皇子能越過他，更不用說太后簡直將他慣上天了。

送走衛烜，太子進書房批閱摺子，沒多久便又回去繼續騷擾他家的小包子。

「烜弟剛來說，他昨兒在京郊的莊子看到一個和他長得很像的姑娘。」太子抱著兒子坐在炕上，與另一邊坐著的孟妘說道。

孟妘來了興致，說道：「聽說烜弟長得比瑞王元配還要出挑，京中難有公子能與烜弟比肩。以前還有人說，若是烜弟是個姑娘家，還不知道如何的傾城傾國。」

太子聽得頗不是滋味，心說，長得像個姑娘家偏又一臉煞氣的傢伙有什麼好？連小姨子孟妡都說他這姊夫長得才好看，太子妃應該喜歡他才對，怎麼對衛烜這般抬舉？

孟妘心思活泛，衛烜不會無緣無故進宮來就為了說一個姑娘和他長得像，這不是活活打自己的臉嗎？想到小時候模糊間聽到的事，她突然有了個猜測。

「阿燁，其實那個姑娘並不是像烜弟，而是像早夭的康嘉公主吧？」

太子吃了一驚，忍不住低聲道：「妳知道？」

康嘉公主便是太后早夭的女兒，後來文德帝登基，封賞宗室時，便將那個未能活到成年的同胞妹妹追封為康嘉公主。太后之所以如此疼愛衛烜，蓋因衛烜的長相和當年的康嘉公主極為相似，彌補了太后心中的愧疚。

這事太子也是查了很久，再加上衛烜的故意提點才知道的，這也是衛烜投誠的一個舉動。不然這幾十年前的事情，當年宮裡的老人都不在了，憑太子現在的勢力根本查不出來。

如今出現一個如此肖似的人，還是女孩兒，若是讓她出現在太后面前，不必想也知道太后的選擇。想到這裡，太子忍不住摸著姆指上的扳指，眸色微深。

孟妘瞇著眼睛想了片刻，對太子道：「讓烜弟派人看好那姑娘。」

太子聽到孟妘的話，便知道她心裡有計較，笑著點了點頭。

這話題便就此打住了，夫妻倆皆沒有太放在心上，轉而說起其他事情。

過了幾日，便聽說瑞王突然下帖子給妹夫羅曄請他喝酒，而這酒喝完的結果便是第二日京城突然傳出了衛烜和壽安郡主的婚期定下的消息，婚期就定在今年秋天。

眾人聽到這個消息時，不由面面相覷，心裡只有一個想法：瑞王的酒果然不能沾啊！

而阿菀得知自己和衛烜的婚期定在今年時，第一個反應是不可能。

公主娘早就說了，要多留她幾年，怕是要像康平長公主放話的那樣，十七歲再讓她出閣，是不可能會答應讓她今年就出嫁的，況且公主娘也捨不得。而駙馬爹更是個感性的人，疼她不比公主娘少，自然也不會捨得太早嫁女兒。

所以，阿菀直覺這其中是不是有什麼事情弄錯了，便叫來善於打聽消息的青霜問道：「妳仔細說說這是怎麼回事，什麼叫外面都傳遍了？」

阿菀這麼說著時，旁邊侍立著的幾個青字輩丫鬟也緊緊盯著青霜，畢竟她們都是伺候著阿菀長大的，等以後阿菀出閣，她們會是陪嫁丫鬟，得提前做好準備。

至於陪嫁丫鬟的身分，那就真的只是單純的陪嫁，屆時到瑞王府幫襯主子的。青字輩的丫鬟們早就被余嬤嬤特地調教過，爬床是要不得的，故而打從心裡沒有爬床的想法。

「奴婢今兒出門幫姑娘買味珍齋的點心時，就聽很多人說郡主和瑞王世子的婚期定下了，還是瑞王和駙馬決定的。他們說得有板有眼，奴婢覺得應該是真的。」

「我爹？」阿菀又吃了一驚，心說駙馬爹不會這麼不靠譜吧？

事實上，等聽完青霜說的話時，阿菀便知道駙馬爹被瑞王這個老流氓給坑了。

「昨日瑞王下帖子請駙馬去喝酒，聽說兩人喝得醉醺醺時，瑞王和駙馬商量世子和郡主您的婚事，瑞王希望郡主能在今年過門，駙馬當時喝醉了，不僅應下，還親自簽字畫押，甚至收了瑞王的聘禮中的一尊玉佛……」

阿菀木然，瑞王這是提前預謀好的。

想罷，她起身更衣，理了理臂釧，往正院行去。

剛到正院，阿菀見到守在院子裡的畫扇等丫鬟，正奇怪她們怎麼都蹲在院子裡不進去伺候時，就見畫扇走過來同她行禮，輕聲說道：「郡主可是要來找公主？」

阿菀點頭，看了眼幾個丫鬟小心翼翼的模樣，恍然大悟，但仍是問道：「怎麼了？」

畫扇小聲說道：「駙馬現在還宿醉未醒，公主正在照顧他，公主似乎有點兒生氣。」

阿菀忍不住縮了縮脖子，她長這麼大還沒見過公主娘生氣，公主娘總是笑得很溫柔，便是遇到為難的事情，也不會顯露出多餘的情緒，一直給人溫溫柔柔的印象，簡直是標準的賢妻良母，以夫為天，表面功夫做得滴水不漏，堪稱小白花中的戰鬥機，無人能及。

阿菀覺得，這種看起來不會生氣的人，生起氣來才恐怖。

這不，連畫扇這些丫頭都不敢靠近主臥室，怕會受到波及。

「郡主，您還是先回去吧。」畫扇勸道。

阿菀想了想，覺得畫扇說的對，公主娘大概正忙著和駙馬爹談人生和理想，沒空理會自己，於是很體貼地不去打擾他們，同畫扇說了一聲，便帶著丫鬟回去了。

幸好到了傍晚，康儀長公主遣了畫扇到思安院叫阿菀到正院用膳。

阿菀一聽，問道：「畫扇姊姊，阿爹可還宿醉？」

畫扇笑道：「郡主放心，駙馬雖然還有些難受，不過喝完醒酒湯，現在好多了。」

哦，看來駙馬爹被公主娘修理得很慘！

阿菀整了整衣襟，朝正院而去。

到了正院，丫鬟們正在點燈。此時還未到掌燈時間，天色不算暗，但室內比白日時暗了些，擔心傷眼睛，便提前點上了燈，弄得一室亮堂堂的。

阿菀一眼便看到神色萎靡的駙馬爹耷拉著腦袋坐在那兒，也不知道是宿醉難受，還是被公主娘修理的。他眼巴巴看過來時，就像隻可憐的小狗。

公主娘則如同往常一般，端莊嫻雅地坐在丈夫身邊，面上帶著柔和的笑容，見到阿菀過來，朝她招手叫她到身邊，說道：「聽丫鬟說妳下午沒用多少點心，可是餓了？」

阿菀並不餓，雖沒吃點心，可她有吃其他零食。只是，見駙馬爹可憐兮兮地看過來，她馬上貼心地道：「是有些餓了。」

康儀長公主自是不會餓著女兒，便讓人先傳膳。

羅曄暗暗鬆了一口氣，看到女兒背著妻子朝他狡黠地笑著，像小狐狸般可愛，他忍不住也回了個笑容。想到自己幹的糊塗事，笑容又僵了，然後差點淚崩——那麼貼心的小棉襖，竟然被他這麼輕易允嫁，好傷心啊！

康儀長公主和阿菀注意到丈夫（駙馬爹）的神情，母女倆都很無語。阿菀想安慰駙馬爹，礙於公主娘在，不好多說什麼，免得駙馬爹處境更慘。

為了轉移公主娘的注意力，阿菀很努力吃飯，並且對康儀長公主說道：「娘，太醫說我的身體好多了，不必像小時候那般忌口了，我想吃很多好吃的東西，以後讓廚房做好不好？」

康儀長公主不為所動地道：「妳忘記上個月妳多吃了一碗香酥排骨然後腹疼之事了？太醫說妳的脾胃還有些虛弱，得慢慢將養著，不宜吃過於油膩之物。乖，等過幾年妳好些了，就不必忌口了。」

說完，康儀長公主用公筷夾了一筷子白灼青菜到女兒碗裡。

所謂白灼青菜，根本就是燙青菜，撈起來後再灑點細鹽香油而已。

阿菀：「……」又是沒味道的青菜，她都快要變成草食性動物了！

好想吃紅燒肉、香酥肉！

這還不夠，她家駙馬爹也忙不迭夾了一筷子青菜給她，還朝她笑了笑，阿菀覺得自己根本是白幫駙馬爹了。

用完膳，一家三口坐到花廳喝茶，伺候的丫鬟嬤嬤都被遣到外面守著。

氣氛有些凝滯，康儀長公主端著茶盞沒說話，羅曄低頭看著手中的茶盞，依然是蔫頭蔫腦的，顯然宿醉仍難受著。

阿菀見父母不出聲，也不好貿然出聲，賣萌這種事情是要看場合的。

所幸康儀長公主沒有沉默太久，她開口道：「阿菀秋天就要出閣了，也不過是幾個月的時間，幸好嫁妝早就準備好了，不必太費心。嫁衣倒是要做，讓府裡的繡娘從現在開始趕工，三四個月的時間也夠了，剩下倒是不怎麼急……」

阿菀：「……」真的要嫁啊……

羅曄垂著頭，萬分愧疚地道：「阿媛，都是我的錯，是我喝多了，才會答應瑞王讓他們今年完婚……不如我親自去向瑞王賠罪，同他商量將婚期再推兩年，等阿菀十七歲再出閣吧。」

阿菀看向駙馬爹，見他臉色澀然，便知道他說這話十分考驗他的三觀道德。君子一諾千金，既然答應的事情，便是拚上性命也不可反悔，這是讀書人的氣節。她以前不懂，來到這個世界後接觸得多了，方知道古代讀書人對於承諾看得有多重，甚至重逾性命。

康儀長公主淡淡地道：「現下整個京城的人都知道了，你過去賠罪要求推遲婚期，豈不是讓人看笑話？到時候阿菀的名聲也會受到連累。」

何況她可不認為瑞王會答應，對於這位兄長，康儀長公主還是了解的，說他是個老流氓可真沒冤枉他，才會使手段，鬧得人盡皆知，讓她想挽回也無法。

阿菀眨了眨眼睛，馬上明白為何這事會一夜之間傳遍京城，敢情這是瑞王的手筆？不愧是被人暗諷流氓的男人，行動力不容小覷。

她忍不住想扶額，從來不知道瑞王會這麼盼著她嫁過去，這對他有什麼好處？

羅曄聽罷，更加內疚了。

康儀長公主是個有成算之人，既然事情變成這樣，便不會再想著怎麼挽救，反而抓住機會，開始為女兒謀算好處。縱使她不滿女兒太早出閣，可想開後，便不再多做無意義的事。

不過，女兒提早嫁過去沒什麼，圓房卻是得推遲，得等女兒的身子骨長得壯實些。

與丈夫開始討論起女兒的親事，康儀長公主認為阿菀是未出閣的姑娘家，不宜旁聽，愣是將她給趕回思安院。

回到思安院，阿菀依然像是在雲裡霧裡，感覺不怎麼真實，甚至沐浴時坐在沐桶中，還摸了下自己胸前正在發育的小籠包，很清晰地感覺到自己這個身體才十五歲，放在上輩子只是個初中生，而初中生就要嫁人了？

一直神思不屬，直到阿菀披散著頭髮坐在床上，呆滯地看著搖曳的燭光，被一陣從窗外吹進來的夜風弄得打了個哆嗦時，才發現就寢時間到了。

摸了摸手臂泛起的雞皮疙瘩，阿菀覺得自己應該先睡覺。

於是，她躺在床上，等丫鬟放下青紗羅帳，將門關上後，她閉上了眼睛，催自己入眠。

萬籟俱靜，一聲喀啦脆響響起，縱使輕微，阿菀仍是捕捉到了。

她心有所感，想也不想地直起上半身，扒開床帳往外探頭，剛好看到從窗戶翻進來的人。

桌上點著一盞被剪去燈芯的八角宮燈，光線幽幽暗暗的，只能讓人看清楚輪廓，自然也讓阿菀看到了爬窗進來的某人。

這廝又夜探姑娘家的閨房了，絕對有做採花賊的能力！

「阿菀……」

阿菀扒著帳子，只露出顆頭在外面，看向站在不遠處的少年，沒好聲氣地道：「三更半夜的，你不睡覺，跑過來做什麼？」

衛烜有些手足無措，吶吶地道：「我聽父王說了，咱們的婚期定下了……」

阿菀看他那模樣，心裡頗不是滋味。他背對著燈光，看不清他的表情，她由己推彼，覺得他也許也是乍然聽到這個消息，還不太適應，才會半夜翻牆過來尋自己，不由釋然幾分。

這麼想的阿菀並不知道，自己這是習慣性地為某人開脫，這便是從小一起長大的可怕之處，讓她容易對他放下戒心，甚至心軟。

不知道自己正在心軟的阿菀，朝衛烜招手道：「過來坐。」

衛烜一聽，趕緊過去，正想爬上床時，阿菀伸出一根手指，無情地指著床前的腳踏處。

果然沒有那麼美好的事情！

衛烜懨懨地坐在腳踏上，心裡越發盼著快點成親，同時不免埋怨家裡的老頭子，既然都設好坑讓羅曄乖乖跳下去了，幹麼不坑得乾淨俐落點，直接將婚期定在下個月呢？還要等到中秋過後，總覺得時間好漫長。

兩個剛定下婚期的未婚夫妻便一個坐在床上，一個坐在腳踏上，開始聊起天來。

今晚的衛烜給阿菀的感覺就像個神經敏感纖細的少年，彷彿她的話說重一點，就會傷害到他純純的少男玻璃心，讓她差點想要以頭搶地。

「阿菀，妳是不是不高興？」

「你又知道了？」

「嗯，我感覺到了。」因為阿菀今天發呆的時間比平時久。

「……」她沒有不高興，只是一時間很茫然。

「妳是不是不想嫁給我？」他的聲音更低落了。

「……沒有。」

「妳都停頓了一下，一定是這樣。」他的聲音更委屈了。

阿菀瞥見坐在腳踏上的少年曲起腿，將臉埋在雙腿間，姿勢看起來就像流落街頭的可憐小屁孩一樣，讓她很想嘆氣。

「真的沒有，我以前不是說過了嗎？長輩們安排就好，我不會反對的。」阿菀認命地說。

她早就認命了，讓自己去習慣這個世界的規則，所以早早地就做好了心理準備，以平常心去看待這樁親事。

何況，她並不討厭衛烜，甚至比起其他陌生的男人，她更熟悉和她一起長大的衛烜。與其將來嫁個不知道什麼秉性模樣的男人，還不如嫁給青梅竹馬的衛烜。或許她該慶幸的是，他們早就訂了親，不用像這時代的女子一樣，養在深閨中，為自己將來會嫁什麼樣的男人而憂慮，甚至所嫁非人。

所以，她現在看得很開。

「真的？」

「真的，比你送我的珍珠還真。」

就在這話落下時，阿菀突然被躍起身的衛烜撲倒了，而且不給她反應的時間，他抱著她，像隻小獸般在寬大的拔步床上滾過來滾過去，以表達他愉快的心情。

阿菀腦子懵懵的，木木地由著他將自己當成豬欄拱著，儼然忘記了斥責，耳朵裡滿是他的歡快的笑聲。笑聲壓得低低的，應該是怕外面守夜的丫鬟聽到。

「阿菀，我真高興，我太高興了……」

知道了，知道了，快點起來！

阿菀拍著他。

衛烜繼續滾，阿菀被他弄得渾身熱呼呼的，額頭出了一層薄汗，不想陪他幼稚地滾來滾去，終於用力地將他像狗皮膏藥似的撕下來，「自己滾，別拉我！」

衛烜爬了起來，又貼到她後背，熱烘烘的身體貼著她纖細的背部，用愉快的聲音說：「我高興嘛！阿菀，妳終於答應嫁給我了！」說著，伸手攬住她的腰，臉湊到她的後背蹭著。

阿菀覺得自己好像養了一隻黏人的寵物，根本沒法將他當成男人看，而且他才十五歲，也因為他幾次純情且幼稚的行為，她心裡已經認定他並不懂男女之事，就算自己嫁過去，估計也是蓋棉被純睡覺。

這麼一想，不由放下心來，看來嫁過去也沒什麼。

阿菀將依依不捨的衛烜趕走，雖然他看起來挺無知的，不會幹什麼逾矩的事情，她還是怕他待太久被人察覺，於他們的名聲不好。她知道名聲的重要性，可惜衛烜是個膽大妄為的，不管她說幾次，他當著她的面好好答應以後不會再犯，但下次依然會爬牆過來，根本沒給她拒絕的機會，就算她氣得揍他也不改。

氣到最後，阿菀都被他弄得沒脾氣了。

或許，以後嫁過去，就不用擔心他冒險爬牆了？

這個念頭一起，阿菀不禁無語，自己竟然墮落到只有這麼點要求了嗎？

躺回床上，阿菀直接拉起被子蒙住腦袋，決定睡覺，什麼都不想。

由於晚上花了些時間安撫純情少年的玻璃心，導致阿菀睡得遲了些，第二日還未睡飽，便被一個嗜嗜呼呼的小姑娘叫醒。

阿菀呆滯地坐在床前，看著巴在她身邊嘴巴動個不停的孟妡，兩眼沒有焦距。

「阿菀，妳有沒有在聽我說？」孟妡湊到她面前。一張放大的俏臉幾乎要頂到自己的臉，那小鼻子都蹭過來了，阿菀下意識往後退一些，淡定地道：「聽到了。」一自然的神情，絲毫讓人看不出先前她還在神遊。

孟妡聽罷，嘆了口氣，又開始喋喋不休起來：「……姨父怎麼會答應讓妳今年出嫁呢？這也太早了，我娘說姑娘家成親太早會傷身子的，就算姨父不知情，姨母應該也是知道的，姨母才不會同意讓妳嫁這麼早呢！對了，聽說姨父當時喝醉了，所以被瑞王舅舅給設計了，是不是這樣？我娘說，瑞王舅舅是個老流氓……」

正伺候阿菀洗漱的丫鬟動作紛紛停頓了下，然後偷偷瞄了眼什麼話都敢說的福安郡主，不禁有些汗顏。

阿菀哭笑不得地拍拍孟妡的頭，「別胡說，讓人聽到不好。」

就算瑞王真是個老流氓，也不是她們這些晚輩能說的，若是傳出去，對她的名聲可不說，世人會認為她非議長輩，一點都不孝順。

在這個流言能殺死人的世界，名聲於一個姑娘來說，重過性命。雖然阿菀很想表達自己對那些陋習的不屑，卻也不得不遵守這個世界形成的規則。

「我才沒胡說，我爹娘都這麼說的！放心，我只在妳面前說，我才沒那麼傻，到處說嘴！」孟妡反駁道。雖然她是話嘮，但她是個有原則的話嘮，除了在最信任的姊妹面前，她在外面可是人人稱讚的貴女。當然，她也樂意和阿菀說話，因為阿菀不僅是很好的聽眾，口風也很緊，不用擔心她傳出去。

「阿菀，我娘說瑞王舅舅想讓妳早點過門，才會特地請姨父喝酒。灌醉了姨父讓他答應你們的婚期，又讓人放出流言，弄得滿京城皆知，這樣姨母想反悔也不能了。」

阿菀聽了孟妡的話，心有戚戚焉。瑞王行事光明正大，設計了讓人一目了然的陽謀，可偏偏就是這光明正大的陽謀讓人無可奈何。瑞王這是算準了康儀長公主絕對不會讓女兒的名聲受累，所以這計策用得真好，康儀長公主即便明白他的目的，也只能照著做。

「用早膳了嗎？」阿菀突然問。

孟妡張了張嘴，被阿菀突然打斷了話，讓她一下子卡殼，「沒有。」

「那一起用膳吧。」阿菀愉快地說著，牽著小話嘮叨出門，果然讓她閉嘴了。

剛出門，就見余嬤嬤捧了幾本帳冊過來給阿菀，順便告訴阿菀，康儀長公主吩咐，今兒不用她去上房請安，讓她在自個兒的院子裡歇著。

阿菀很自然地應了，心裡暗忖，駙馬爹昨晚果然被修理了，不知道今天是不是沒法起床。真可憐，繼續給他點蠟。

不用去向父母請安，阿菀便帶著孟妡在思安院用早膳。

用完膳，便到小書房裡去看帳冊。這是康儀長公主對女兒的訓練，讓她跟著管家看帳。阿菀的心算能力不錯，自從挖掘出她的這項技能後，康儀長公主就放手讓女兒去算帳了。

孟妡探頭看了一眼，驚奇地道：「阿菀，妳在幫妳娘管帳嗎？」

「不是。」阿菀翻著帳本，隨意地答道：「我娘說，這些都是以後給我的陪嫁產業。」

孟妡：「……」為什麼阿菀總是可以這樣平靜地說這種讓人害羞的事情呢？

「妳真的今年就要出閣啊？姨父和姨母也同意了嗎？」孟妡不死心地問道。

「嗯，我爹娘昨日已經商議好了。」

「那姨父沒事吧？」孟妡好奇地問，覺得康儀長公主那般厲害的人，姨父這次做出這種不靠譜的事情，她一定會生氣的。

雖然康儀長公主在外面的名聲很好，但是孟妡時常跑阿菀這裡玩，相處的時間多了，小動物第六感也知道康儀長公主笑臉下的彪悍，可想而知若是惹毛了她會有多慘。孟妡自從聽說羅曄同意了瑞王提議今年讓阿菀和衛烜今年中秋後完婚之事，就一直同情著羅曄。

都說康儀長公主是個賢良淑德的女性，以夫為天，丈夫決定的事情從未反對，搞定了羅曄也算是搞定了康儀長公主，所以這次瑞王出馬搞定了羅曄，這婚期便算是定下來了。但也只有他們知道，事情並不是這樣。

「沒事，就是宿醉難受。」阿菀輕描淡寫地說，決定給駙馬爹一點面子。

孟妡露出一副憐憫的神情，看得阿菀直想笑。果然，稍微了解康儀長公主性格的人，都會覺得這次羅曄必會被修理得很慘。就算阿菀不說，大家也可以腦補，駙馬爹的形象沒了。

有一搭沒一搭閒聊著，阿菀邊看帳本，邊一心二用應付著話嘮，看得旁邊磨墨的青雅佩服不已，心裡糾結著郡主這麼一心二用，會不會算錯啊？可也沒聽管事說帳被算錯過……

等孟妡說過癮了，終於想到了讓她今兒一早就跑過來的事情，她悶悶地問道：「阿菀，妳今年真的要出閣了？」

阿菀抬頭看了她一眼，見平時活潑的小姑娘蔫蔫的，心裡了然，伸手拍拍她擱在桌上的頭，說道：「就算我出閣了，也是在京城，妳想我了就過來找我不就行了？以後又不是見不到，和現在沒什麼不同的。」

孟妡想了想，突然高興起來，只是她的高興不到幾息時間又垮下臉，心裡憤憤地想著，根本就是大大的不同，至少到時候在衛烜的地盤，她就算想去蹭阿菀的床也蹭不到了，因為阿菀的床要給大魔王霸占了。

雖然沒有成親，但小姑娘也知道夫妻是要睡在一起的。

等阿菀看完帳本，見孟妡懨懨地趴在那兒，問道：「怎麼了？」

孟妡瞅著她，「阿菀，妳就要嫁人了，我還不知道怎麼樣呢！等到十月，娘親說也要給我舉辦笄禮，到時就要給我……」

見她俏臉微紅，阿菀接著道：「要給妳找夫君了嗎？」

「阿菀！」

看她臉紅炸毛的樣子，阿菀感嘆著年輕真好，她就沒辦法像孟妡一樣，說到這種事情來個臉紅心跳、羞澀掩面奔走之類的少女情狀，果然她心態老了嗎？

將帳本放好，阿菀攬著她起身去院子裡散步，邊安慰道：「別擔心，妳娘那麼疼妳，會給妳挑個對妳很好的夫君的。」

孟妡才不擔心未來的夫婿對她好不好，若是那男人對她不好，她二姊姊會宰了他的。為了不讓二姊姊凶殘地宰了妹夫，孟妡決定要選一個對她好的男人。

等孟妡離開後，阿菀終究還是擔心駙馬爹，便去了正院。得知駙馬爹正在歇息，阿菀先是看了下天色，然後再看著公主娘悠悠然地坐在那兒清點著她的嫁妝單子，讓阿菀一時間不知道說什麼好。

康儀長公主見到女兒過來，不給她腦補的機會，招手叫她過去，攤開一本冊子，點著上面的東西，與她說道起來。

等阿菀被公主娘指點著看完一本冊子，她才後知後覺發現公主娘又在給她特訓了。

「以前我還想著能多留妳兩年，慢慢來教導，現在卻是不行了，只能讓妳這段時間多學一點。」康儀長公主摸摸女兒的臉，表情複雜，「為人媳婦和為人子女是不同的，做姑娘時在家裡那是嬌客，千好萬好，嫁了人後便是別人的媳婦，縱使婆母再和善，也沒辦法將妳當親生女兒疼，該做的事情不少，還要做好，不能落人口實……」

阿菀見她心情不好，趕緊摟住她，撒嬌道：「就算嫁了人，我也是娘親的女兒。我想娘了，或者是娘親想我了，我就回來陪您。」

康儀長公主心裡熨貼，嘴裡卻嗔怪道：「說什麼傻話，哪有出嫁女頻頻往娘家跑的？少不得會讓人說閒話，屆時瑞王府的臉面過不去，妳也要遭殃。」

阿菀聽得真不是滋味，心裡罵著這變態的規矩陋習，明明嫁得那麼近，竟然像隔著星河的牛郎織女一般，沒事竟然不能輕易回娘家。

接下來的日子，阿菀差點忙成狗，公主娘彷彿要在她出嫁前的這幾個月，將她認為以後對她有用的東西都塞到她腦子裡，讓她整天忙得團團轉。

婚期定在中秋，現在已經四月底了，這期間還有很多事情要做，三書六禮是絕對不能少的，聽起來不多，但是細究起來，絕對可以將人逼成狗。也因為如此，這個夏天，阿菀這一家子並沒有去莊子避暑，全都留在京城裡了。

進入五月時，京城熱得像蒸籠一樣。

因為白天忙著學習，晚上又熱得難受，所以阿菀有些苦夏的症狀，心裡無比地期盼著能下一場雨，好涼快涼快。

這天晚上，空氣悶熱得不行，阿菀在床上翻來翻去地睡不著，突然聽到窗戶處傳來熟悉的聲響，撩起紗帳探頭一看，發現某位世子爺今晚又來爬牆了。

「阿菀……」

阿菀爬起身來，邊用扇子扇涼，邊問道：「你大半夜不睡覺，跑過來做什麼？」

「我很久沒見妳了，想妳。」

阿菀：「……」你以為你說幾句煽情的話，我就會忽略你的年紀了嗎？毛頭小子也想學大人說情話不成？

一心認定某位世子爺是個純情少年的阿菀，根本沒將他的話想歪，繼續道：「聽說婚前見面不吉利，以後不要隨便跑過來。」

果然，衛烜的眉頭擰了起來，臉上的表情明顯很糾結，阿菀看得心裡直樂。自從婚期定下後，康儀長公主就不准衛烜像以往那般隨便上門了，衛烜只得晚上翻牆進來。阿菀每次見他過來，都會提心吊膽，生怕被人發現。

阿菀的話，確實讓衛烜糾結不已。以前他不信這個邪，但是事關他和阿菀的一輩子，他還是遲疑了，不過今天都爬過來了，還是撈夠本再走吧，大不了以後他暗地過來偷窺過過癮就好，不出現在阿菀面前。

於是，心裡有了變態主意的衛烜蹭過去，伸手要抱阿菀，結果被她冷酷無情地拒絕了：「熱死了，你離我遠一點！」

衛烜：「……」阿菀好凶！

阿菀讓他坐到腳踏上，拿扇子幫他扇了下，問道：「說吧，你來這裡做什麼？」

衛烜趁她不注意，伸手拽住她的裙襬在手裡，嘴上卻道：「我好久沒見妳了，就是想妳嘛。還有，也想問問妳，康儀姑母和母父近來可有計劃要去哪裡？」

「什麼？」阿菀有些疑惑，不明白他問這個做什麼。

「我是說，羅姑父可有計劃要出京去辦什麼事情，或者是和姑母去訪友之類的。」衛烜含蓄地旁敲側擊道。

「沒有。」阿菀拍了下他的頭，「我娘說我們的婚期定下了，這段時間要待在京城裡忙這事情，不會去哪裡，我爹也沒空去訪友。」她爹已經萎靡很久了，相信會繼續萎靡下去，哪有心思去做其他事情？

聽到她的話，衛烜鬆了口氣。

自從和阿菀的婚期定下後，他每天都過得既愉快又焦心，天天翻著黃曆數著將阿菀娶進門的日子，數著數著，便數到了上輩子康儀長公主夫妻去世的日子。

上輩子，康儀長公主夫妻是在今年七月中旬過世的，衛烜不得不防。他可不願意讓阿菀再歷經一次喪父喪母之痛，所以務必要保住他們。

前生他與阿菀的交集不多，一切都是他一廂情願，癡纏不休，後來因為年紀大了，阿菀從來不會在私下和他見面，每次都是他想方設法地製造機會去見她，甚至在發現他對她產生了那種男女間的慾望時，阿菀便對他冷冷淡淡的，盡可能地疏遠他。也因為如此，他並不知道七月時，康儀長公主夫妻到底是因何事離京，又去做了什麼。

當時他接到康儀長公主夫妻身亡的消息後，阿菀已經在衛珺的陪同下，趕去望坡鎮迎回父母的靈柩。他策馬追去，只見到阿菀在靈堂裡吐血倒在衛珺懷中。

也因為父母之死的刺激，阿菀好不容易養好的身子就這麼敗了。

於衛烜而言，上輩子的事情起初是擺脫不了的惡夢，蝕心蝕肺，後來則是他心底的一塊疤痕，雖然已經不痛，卻留下了無法磨滅的痕跡。

而這惡夢的根源便是阿菀的死亡，是他到死都無法釋懷的事情。

阿菀的死，衛烜仔仔細細查過，那時十五歲的阿菀雖沒有現在的健康，卻極少再生病了，如果這麼養下去，太醫說她到二十歲孕育子嗣應該沒問題。可是，康儀長公主夫妻的突然死亡，是摧毀阿菀身體的一個原因。

悲傷過度，加之接踵而來的喪事操辦及守靈等原因，生生熬著，康儀長公主夫妻下葬後，阿菀便病倒了，足足養了一年身子才好些。而一年後，阿菀被太后召進宮，遇到三公主時，被三公主惡意推進御花園的湖裡，又病了一場……

昏暗的燈光下，衛烜的眼睛掠過森然寒意。

「你到底怎麼了？突然跑過來問這些，難道是我爹娘那兒有什麼事情？」

阿菀清柔的聲音傳來，在安靜的夜中如同柔軟的鵝毛拂過人的心坎一樣，讓人沉醉。衛烜有種不願醒來的醉意，將頭輕輕靠在床沿，安靜地感受著她的氣息。沒有人知道，光是感受到她的呼吸，便讓他感動。

她是鮮活而健康的，就陪在他身邊，沒有離開，更沒有到他永遠也找不到的地方。

阿菀覺得衛烜今晚不太對勁，莫名其妙跑過來，詢問她爹娘近期是不是要出門辦事或訪友，這讓她第一時間琢磨著是不是有人想要對付她爹娘，所以衛烜特地過來問她。

當然，也可能是自己腦補過頭了。

「什麼怎麼了？」衛烜抬頭看她。

阿菀見他滿臉無辜的樣子，有種想要擼起袖子揍他一頓的衝動。於是，她很不客氣地伸手戳了下他的臉。衛烜還未成年，有種介於少年及男人之間的純粹乾淨，令她偏愛。自家的小孩養得這般好，讓她也有點驕傲呢！

「若是沒什麼事情，你為什麼突然過來問這些話？」阿菀又戳了他幾下，「別忽悠人，你有幾斤兩我還不知道？」

不，他有幾斤兩阿菀絕對不知道，甚至她一定不知道他時刻在覬覦她，想對她做一些讓她哭泣的邪惡事情。視線滑到少女白皙的脖子上，只露出一小截卻比裸露全部更吸引人。他的喉結滑動了下，怕自己忍不住，趕緊移開目光。

只是眼睛可以強迫不看，少女身上的幽香卻若隱若現，無處不在地撲入他的鼻翼中，提醒著她的存在，讓他的身體慢慢地躁熱起來。

生怕被發現異樣，衛烜不著痕跡地換了個姿勢，漫不經心地道：「自然是沒什麼事，我只是擔心姨父突然接到朋友的來信，出門訪友，到時候趕不回來參加我們的婚禮，這樣妳豈不是要難過了？我可不想咱們的婚禮發生什麼意外。」

聽到這話，阿菀暗暗翻了個白眼，覺得他在瞎操心，只是，想到他這兩年來的表現，巴不得趕緊娶她，倒也能了解一點。

阿菀沒好聲氣地道：「你想多了，我爹現在可沒有心情出門訪友，其他的事情再重要，也沒有他女兒的婚禮重要，所以他這段時間都不會出門，你就安心吧！」說著，阿菀捏了捏他的耳朵。衛烜坐在腳踏上，頭剛好到她腰部位置，阿菀捏他耳朵捏得十分順手。

她不知道她捏住他的耳朵時，衛烜的身體幾不可察地顫了一下。

「還有，你是不是忘記你父王幹的好事了？我爹現在心情很不好，都是拜你父王所賜。」阿菀說著，用力掐了他一下，幫她可憐的駙馬爹出氣。掐不到瑞王不要緊，掐他兒子也一樣，這叫父債子償。

衛烜咳嗽了一聲，彷彿很不好意思地說：「我也不知道父王會做這種事情，我已經去向姑父、姑母賠罪了。」心裡卻給他家老頭子暗暗打氣，幹得好，繼續努力！

阿菀聽罷，忍不住覺得好笑，這熊孩子很懂得討她爹娘歡心，因為他特地上門來請罪，使得她爹娘對他更滿意了，一腔怒火只往瑞王身上燒去，對即將要娶走自家寶貝女兒的衛烜倒是如春風般柔和，沒有像以往那般橫挑眉毛豎挑眼的。

或許，還有當時衛烜保證婚後待她好，有空就陪她回娘家有關？

阿菀當時看罷，實在是想捂臉。

兩人有一搭沒一搭地說著，阿菀心裡生出的疑惑很快被衛烜揭過去。隨著夜色漸深，她不得不催他離開，雖然看他可憐兮兮的模樣頗心軟，可再心軟也不能讓他在這裡過夜。

並非是因為男女大防，一個連討要個吻都臉紅的少年讓她覺得沒什麼危險性，主要是怕他得寸進尺，所以一開始不能太過縱容，這種事情某人絕對幹得來。

衛烜還是被阿菀趕走了。

他輕鬆避開公主府巡邏的侍衛，悄無聲息地融入黑暗中，從容離去，未驚動任何人。

這種潛伏躲避的功夫，還是他上輩子在軍營中和一個小老頭學的，那老頭在邊境待了一輩子，看著瘦沒什麼用，卻有這一手祖傳的功夫，若是他想，連皇宮的守衛也發現不了他。聽說他祖上是盜墓的，直到大夏立國才金盆洗手，改回正當營生，但是這手藝卻一代代傳下來，以便亂世到來時，能重拾老本行混口飯吃。

衛烜救了他一命，這老頭為了報恩便教他了。

上輩子在軍營中，衛烜學到了很多東西，一身紈絝習性悉數褪盡。三年的征戰，讓他成為北方蠻夷部落懼怕的修羅，手上沾滿了敵人的鮮血，澆灌了那方草原。

雖然記憶很痛苦，卻在這輩子醒來後，將那些習慣帶了回來，造就了現在的衛烜，讓他早早少了那無用的劣根性，走上另一條路。

這輩子他只想讓阿菀生活在他看得到的地方，不願阿菀多思多慮弄壞身子。上輩子的事情只需他一個人承擔便好。身為一個男人，自然要為心愛的人擔起一切。

她只要養好身子，陪著他一起慢慢變老，然後死同穴。

站在黑暗的皇城中，衛烜抬頭看向天上的星子，突然笑了一下，笑容狠辣。

時至六月，莫茹的肚子已經九個月大。

自她懷孕滿七個月後，皇后便免了她進宮請安，讓她在府裡好生安胎。莫茹溫順地向皇后謝恩，眼角餘光恰好瞄到皇后明顯得意的神情，還有嫡親婆婆鄭貴妃平淡神色下的晦澀。

當時，她是近乎平靜到沒感覺的。

這種情緒十分稀奇，她突然對祖母的話有了些許領悟，自此不再虐待自己和孩子。

在她的肚子顯懷，無法伺候丈夫時，她也平靜地為三皇子安排了伺候的人，由他選擇到哪個側妃或侍妾院子裡，心裡泛不起絲毫的波瀾。

有時候她會摟著女兒，摸著肚子裡的孩子，在心裡對他們說：娘親會做得更好，爭取給你們更多的東西。屬於她的，沒人能拿走。

在她安胎的那段時間，三皇子後院熱熱鬧鬧的，兩個側妃和幾個侍妾你來我往，鬥個不停，她隔岸觀火，倒是瞧出了不少趣事。若是以往，她難免會泛酸，可是這人一想開，換一種態度來看事情，便會發現其中的可笑之處。想到自己曾經是她們當中的一員，她當時下是難受的，卻很快又釋然了。

在莫茹忙著安胎，將中饋交出去，什麼都不管的時候，果然出了事情，三皇子寵愛的陳側妃暴斃了，留下了一個女兒。

三皇子知道這事情後，沉默了一會兒，便讓人好生安葬陳側妃，又乾脆利索地處置了幾個參與的侍妾，接著將陳側妃留下的女兒抱到莫茹身邊讓她養。

對於這個庶女，莫茹沒有什麼想法，她已經有自己的女兒，不想再多養一個，所以她拒絕了。當然，她並未貿然拒絕，而是給了一個非常完美的藉口：她現在還懷著孩子，精力有限，無能為力。

三皇子只好作罷。

最後，那個庶女沒有給另一個同樣有女兒的劉側妃養，而是安置在後院中，先由嬤嬤們照顧著，似乎是要等莫茹生下孩子後，抱到她身邊讓她養。

莫茹只是笑了笑，沒有搭腔。

通過這次的事情也讓她更看清楚了丈夫是個什麼樣的人，對於祖母當時勸她的話有了更深刻的感受，於是，浮躁的心情慢慢沉澱下來。

這一段時間，莫茹過得很好，原本因為安胎時交出的中饋雖未回到她手裡，但是劉側妃已然不敢像先前那般自作主張，偶爾會恭恭敬敬地過來詢問她的意見，相信等她出了月子，管家權總會交回她手上的。

就在莫茹日子過得舒心滋潤，只等著肚子裡的孩子出生時，莫菲過府來探望她。

對於這個家族中身分最尊貴的堂妹，莫茹起初是有些嫉妒的，不過因為她們姊妹相差的歲數大，相處時日不多，最後便釋懷了。自理解祖母的意思後，莫茹的心理有了巨大的變化，對於祖母養在身邊的堂妹莫菲也寄予了極大的期盼。

「七妹妹今兒怎麼過來了？六妹妹呢？」莫茹邊叫丫鬟上茶果，邊笑著問道。

莫菲勉強地笑了下，說道：「六姊姊這些日子身子不適，在家裡休養。我今兒無事，便過來看望四姊姊了。」

姊妹倆敘了會兒家常，莫茹揮退丫鬟，打量莫菲的神色，問道：「妳怎麼了？」

莫菲低聲道：「四姊姊，昨兒妹妹隨祖母進宮，後來遇到了三公主，三公主她……」

莫茹忍不住皺眉，忍耐地看著堂妹，等她將話說完。

「聽說三公主這一年來都被貴妃娘娘拘在宮裡學習規矩，很少到宮外走動。三公主對妹妹說，她心裡煩悶，約妹妹一起去看馬球。妹妹當時應了……」

「恐怕不只是看馬球吧？」莫茹冷笑道：「聽說孟灃時常邀請朋友去打馬球，可有這事？」見莫菲啞口無言，臉色更冷了，「七妹妹可和祖母說了？」

莫菲點頭，「妹妹已和祖母說了，祖母說讓我到時候就稱病在府裡。」

莫茹滿意地點頭，眼珠一轉，又對她道：「以後三公主不管和妳說什麼，妳都莫要應，省得自己倒楣。她是公主，無論做了什麼，自有皇上護著。祖母年紀大了，比不得當年了，咱們做孫女的，自該體諒她老人家。」

莫菲目光微閃，問道：「四姊姊，就算三公主想要嫁給孟灃，也全憑她喜好嗎？」

莫茹笑笑，端起桌上的茶抿了口，「康平長公主的面子皇上自然是要給的，但是……呵，那位是天下之主，自然與常人不同，所以三公主才能這般肆無忌憚。」

莫菲眼神微微發亮。

她從三皇子府回去後，聽說不小心失足落水，當天便感染了風寒，足足病了半個月才好，和三公主的約定自然也作廢。

京城中有幾種娛樂是極受貴族子弟歡迎的，打馬球便是其中之一，孟灃更是打馬球的好手，經常呼朋引伴去打馬球消磨時間，甚至組織了馬球隊。

這日，孟灃又邀請了一干好友去城西的馬球場，打算來場馬球賽，卻在這裡遇到衛烜。

他施施然走來，讓圍在孟灃身邊的世家子弟驀然僵硬，下意識後退好幾步，恨不得離他遠一點，孟灃身邊一下子成了真空地帶。

孟灃也不在意，笑看著衛烜，在所有人驚悚的目光中，一把攬住他的肩膀，故作親暱地湊到他耳邊，笑道：「未來的新郎官怎麼會來這裡？你也來打馬球？」

衛烜伸手一彈，孟灃只覺得手疼得像火灼一般，不由自主鬆開，接著聽到衛烜充滿惡意的聲音響起：「可以啊，洗乾淨脖子等我打你吧。」

別人打馬球是打球，衛烜打馬球是打人。

孟灃趕緊搖頭，訕笑道：「表弟說笑了，我們這些小蝦米怎麼會是你的對手呢？你要練手的話，就去侍衛營吧，那裡的人皮粗肉厚又耐摔。」

一個侍衛營也消耗不了這廝的精力，他到底是吃什麼長大的？

衛烜卻下定決心要和他比一場，伸手扯住他，像拖牲口一樣將他拖走了。

馬球場的觀眾席上有一些來觀看的貴女，遠遠看到衛烜拖著她們的男神走，頓時叫囂著要讓人去給欺辱孟灃的衛烜好看，讓他知道他和男神之間的雲泥之別。

不過，等有機靈的丫鬟小聲提醒那位是瑞王世子後，所有人都閉上了嘴，擔憂地看著遠去的兩人，心裡糾結著自己是要勇敢地去拯救男神好，還是先保全自己好？

生命和男神，哪個重要？

就在這種糾結中，馬球場上的兩人已經手持著球棍開始比賽。

比賽途中，貴女們心目中的男神果然是被那個混世魔王分分鐘虐成了狗，看得那群姑娘們再次嗷嗷叫了起來，恨不得擼起袖子去屠魔。

她們的情緒很激動，儼然忘記了自身安危，紛紛擠到了看臺前。

可能是眾人太過激動了，就在孟灃被衛烜一棍子挑下馬後，恰巧往看臺摔了過來，還摔到了一個被人群擠出來的姑娘身上，被那姑娘反手一把托住他的腰，硬是牢牢地抱住，阻止了那股讓兩人摔倒的衝力。

被公主抱的孟灃：「……」

被驚呆了的眾人：「……」

衛烜坐在馬上，居高臨下地看著這一幕，忍不住挑起了眉梢。

康平長公主的兒子孟灃訂親了。

這個消息一傳出來，所有人都愣住，下意識詢問孟灃訂親的對象是不是三公主。當得知與孟灃訂親的人是兵部侍郎柳侍郎的女兒時，大家紛紛追問起事情緣由。

在眾人心裡，孟灃雖然是家勢人品皆不俗的女婿人選，奈何三公主這幾年來行事霸道，將他視為香餑餑，對他癡纏不休，使得康平長公主幾次為兒子安排的好事都被三公主攪黃，便是有人想將自家女兒許給孟灃，也因為想到三公主而打退堂鼓。

三公主膽大妄為，不是沒有沒有御史彈劾，可惜被文德帝壓下後，沒人再不識趣提這話。文德帝近幾年來積威更甚，內閣輔臣已不如十年前般能說得上話，大家自是要收斂自己的鋒芒，不再當那出頭鳥。

礙於康平長公主在，文德帝也意思意思斥責了三公主，奈何比起姊妹來，閨女顯然更重要，那種斥責根本沒能讓三公主收斂，康平長公主被氣得胸悶，也只能撂開手。

她便是讓兒子打光棍，也絕對不會讓三公主進門。

於是，孟灃的親事便這樣拖了一年又一年，如今孟灃都十九歲了，眼瞅著翻了年就要及弱冠之齡，和他同齡的世家子弟都可以打醬油了，而他不說有媳婦，連房裡人都沒一個。幸好孟灃性子灑脫，不在意此事，獨自一人反而更自在。

三公主霸道，皇帝態度曖昧，康平長公主強硬，孟灃瀟灑……種種原因下來，大家都要以為孟灃年近而立也娶不到媳婦，誰知他突然訂親了，甚至事前根本沒有傳出風聲。

有人打探清楚後，哭笑不得，甚至同情起孟灃。

若說三公主霸道讓人不喜，那麼與孟灃訂親的柳家姑娘便是力大無窮，能一手扛起大男人，孟灃這做丈夫的以後威嚴何在？如何振夫綱？若是夫妻發生了口角，孟灃怕是會被未來的夫人一巴掌搧飛出去吧？

當日在馬球場上發生之事，觀眾太多，根本瞞不住。孟灃與衛烜切磋球技，被衛烜一棍子挑下馬，恰巧被「英雄救美」，被一個姑娘抱了個正著。

孟灃被個姑娘不小心救下，身為男人，自要負責，第二日康平長公主便遣官媒去柳侍郎府裡說親。既然兩人有了接觸，即便是意外，但為了女兒的清白，柳侍郎很爽快地允婚了。

於是，孟灃的親事不到一天就搞定，又花一天請欽天監算吉時，婚期便定在明年春天。

這速度之快，根本沒讓人過多質疑，等大家得到消息時，事情已成定局。

阿菀聽說這事情時，正被公主娘抓著學習，學得頭昏腦脹之餘，趁機要求去康平長公主府走走，權當休息。

剛到康平長公主府，便在院子裡看到孟家兄妹倆正一人抱著一隻白鵝蹲在那裡說話，伺候的下人們離得有些遠，望天望地，只當作沒看到那對兄妹倆詭異的姿勢。

孟妡見到阿菀過來，很高興地朝她揮手，叫她過去。

孟灃沒有妹妹的厚臉皮，見到阿菀過來，頗為尷尬，忙站了起來，和阿菀見禮。

阿菀笑道：「你們在這裡做什麼？天氣熱，怎麼不進屋子裡涼快涼快？」

孟灃輕咳一聲，說道：「阿妡說三毛和四毛不喜歡待在屋裡，便帶牠們出來遛遛。好了，阿妡，既然阿菀過來了，我們回屋裡去吧，省得熱出病來。」

孟妡還是聽她哥的話的，一抹額頭的汗水，乖乖地到水閣去了。

丫鬟上了茶果點心後，阿菀對孟灃道：「我聽說表哥訂親了，特地來恭喜表哥，這下子姨母終於能放心了。」

康平長公主為了兒子的親事操碎了心，現在終於定下，她可以放心了。

康平長公主還是挑剔的，能讓她看中，證明她應該也是滿意柳侍郎府的姑娘吧？

孟灃端起涼茶喝了一口，臉上露出無奈的神色，嘆了口氣道：「我這還不是被烜弟害的？妳以後嫁過去了，記得幫為兄報仇！」說著，開始鼓動阿菀折騰衛烜，好出出惡氣。

正在灌茶中的孟妡插嘴道：「其實柳姑娘也沒那麼差。」

阿菀看了她一眼，沒想到這個素來敬愛兄長的小話嘮會幫外人說話。

孟妡見阿菀疑惑，湊到她身邊小聲道：「昨兒我跟著我娘去柳府，和柳姑娘說了幾句話，她看起來瘦瘦的，力氣可大著。」然後一臉妳懂的表情。

阿菀：「……」這麼暴力不好吧？

「我沒說她差。」孟灃拍拍妹妹的頭，「只是烜弟當時真是害死人了，大庭廣眾之下，如此多沒面子啊！」說著開始長吁短嘆。

阿菀：「……」

孟妡：「……」

兩個姑娘都同情地看著他，阿菀問道：「真的是表弟將你挑下馬的嗎？」

孟灃神色沉重地點頭，嘆著氣說：「別人打馬球都是追著那球打，偏偏烜弟打馬球就喜歡捅人，也不知道當時那群姑娘怎麼突然跑到看臺邊，我就這麼摔過去了。為兄的一世英明，被烜弟給弄沒了，如今京裡的人還不知道怎麼編排這事情。幸好親事定下了，柳姑娘也不至於受到什麼流言傷害。」

孟妡鼓了鼓腮幫子，想幫哥哥罵衛烜那個攪事精，可是見阿菀在這裡，到底不好當著她的面罵，便嘟囔道：「大哥，你當時覺得很丟臉是不是？柳姑娘也不是故意的，你千萬別因此而遷怒她，男人遷怒女人可不是什麼男子漢……」

孟灃被她弄得哭笑不得，說道：「妳哥是這般小氣之人嗎？」

「不是。」她家大哥最是豪爽不羈，雖被一個女人救了，並且以那種丟臉的方式被抱住，卻也不會胡亂發脾氣。

孟灃笑了笑，陪兩人坐了一會兒，見沒什麼事，便回了自己的院子。

離開之前，他笑著對阿菀道：「等妳成親時，為兄會送份大禮給妳。以後若是烜弟欺負妳，妳便讓人告訴我，為兄幫妳出氣，讓烜弟知道妳娘家可不是沒有兄弟的。」

阿菀噗哧一聲笑出來，大方地道：「知道了，到時候就有勞表哥了。」心裡卻道，衛烜若是真敢欺負她，她自不會像小白兔一樣乖乖任由他欺負。

只是，衛烜真的會欺負她嗎？

孟灃離開後，孟妡將丫鬟揮退到外面，和阿菀說起悄悄話來。

「老實說，我有點擔心柳姑娘。」孟妡眉頭皺緊，「妳知道三公主就是個討厭鬼，這些年一直在破壞我哥的親事，若是她知道我哥和柳姑娘訂親，還不知道會怎麼對付柳姑娘呢！雖然說一個在宮裡，一個在宮外，她的身分擺在那兒，不會明目張膽地出手，可就怕她來陰的，讓柳姑娘暴斃……」

阿菀拍拍她，勸道：「別想太多了，她再無法無天，皇上可不會允許她做這種事，何況宮裡還有二表姊在呢！」

孟妡哼唧道：「二姊姊只是媳婦，很多事情不好管，而且……皇上到底是父親，不然這些年也不會由著三公主這般行事……」說到這裡，她神色平淡，既已是事實，惱怒無益。

阿菀聽了半天孟妡的嘮叨，方回公主府。

回到思安院，她想了想，讓青雅磨墨，寫了一封信，讓人送去瑞王府給衛烜。

衛烜剛從外面回來，天氣悶熱，出了一身汗，正準備去沖冷水澡，丫鬟呈上了一封信。

「誰的？」

「壽安郡主派人送過來給您的。」

衛烜漫不經心的神色變了，趕緊拿過去，揮退旁人，自己坐在浴池旁的小杌子上，就著明亮的光線展開信，動作小心翼翼的，彷彿捧著什麼絕世珍寶。

可惜，等他看完信，指尖忍不住將那信給掐皺了，一臉的不悅。

阿菀竟然為了別的男人如此上心，太他娘的不爽了！

雖然不爽，可這是阿菀第一次請求他，他倒是沒有拒絕。

將捏皺的信紙一角撫平，摺好信放到一旁，衛烜便脫掉衣服跳到浴池裡。

洗完澡，看了下天色，直接進宮去了。

衛烜在宮裡待的時間不久，只去了太極殿和仁壽宮，等到宮門下鑰，方踩著夜色離開。

踏著夜色，衛烜又一次去翻了公主府的牆。

路平被打發去了公主府隔壁巷子的一處三進院子等候，暗暗嘆氣，又得提心吊膽地擔憂著某人會不會被捉包，真是小廝難為啊！

阿菀正準備歇息，聽到聲音，見衛烜又翻窗進來，心裡浮現一種「果然如此」的感覺。

她怎麼就是一點也不驚訝他今晚會翻牆過來呢？習慣真是可怕。

衛烜見她坐在床上，宛若在等他一樣，頓時心花怒放，馬上就蹭過去，想要爬床，卻被阿菀冷酷無情地阻止了。

「我又不做什麼，就在妳的床上坐坐也不行？」衛烜委屈地道。

阿菀聲音很平靜，「有一就有二，若是我允了，你今晚恐怕就不肯走了。」

衛烜無言以對，他確實會這麼幹。

「行了，說吧，你又來做什麼？」阿菀拍拍他的肩膀，讓他別太萎靡，中秋過後就要舉辦婚禮了，兩個月不到，他就不能再等等嗎？

衛烜懨懨的，「我今兒進宮去了，和皇祖母說了會兒話，皇祖母說三公主性情不定，以後讓三公主跟著她一起吃齋念佛。」

阿菀心道，這招真狠，直接將人整去太后的小佛堂裡了！

「你這樣……會不會惹鄭貴妃生氣？」阿菀擔心地道：「她會去皇上面前說什麼吧？」

若是皇帝覺得衛烜挑唆不喜怎麼辦？

衛烜嗤笑道：「她現在可是自顧不暇了，哪裡有空管我的事？明妃可是一直盯著她，她現在什麼都不敢做，而且還有幽閉在東六宮的衛炫。明年衛炫成親，才會被放出來，這段時間她要好生表現才行。」

阿菀低頭，瞄見他猙獰的表情，心頭突然發冷，不由伸手拍拍他的頭，問道：「灃表哥那兒是怎麼回事？這柳姑娘……」是不是他安排的？

「不是我！」衛烜很鬱悶地道：「孟灃也太沒用了，竟然讓個姑娘家在大庭廣眾之下抱住，說出去真是丟臉！」不過，想到上輩子他到死時都沒聽說孟灃成親，這輩子孟灃能提前幾年訂親，還是很幸運的。

至於孟灃娶了個力氣大的姑娘當妻子更好，這樣三公主想使壞，便不會輕易得逞。

自覺自己竟然也能做好事的衛烜，很快將這事情撂開不提，纏著阿菀和她說話，看她對自己的緊逼慢慢放鬆防備，由他得寸進尺，心裡著實開心。

於是，這一開心，色心又起，繼續討要一個吻。

「妳親我一下，我就走。」

很好，這次沒有結舌，衛烜覺得自己大有進步。

阿菀被他弄得哭笑不得，捏了捏他的下巴，發現他的臉紅得像塗了胭脂，偏偏一雙眼睛眨啊眨的，期盼地看著自己。她不知道說什麼好，隨意地在他臉頰上親了一下。

衛烜自然是不滿意，趁著阿菀沒有防備，吻上她的唇，然後趁她不注意時飛快地跑了。
阿菀呆呆地坐了一會兒，接著冷靜地掀開被子，冷靜地躺下，再抓起枕頭蓋住臉……
翌日，宮裡傳出三公主自動請求到仁壽宮陪伴太后，每日到小佛堂虔誠抄寫經書，為皇上祈福的消息。
這是對外的說法，稍微有些理智的人皆不覺得三公主會是個主動去吃齋念佛的主，能讓她乖乖到仁壽宮去，定然是太后和皇帝默許的。等又有人聽說昨日傍晚衛烜突然進宮，分別去了太極殿和仁壽宮時，能聯想的空間更大了。
今日三皇子休沐，本是打算要好好陪伴快要生產的妻子，卻未想會得到這麼一個消息。
「真的是三妹妹自己請求的？母妃怎麼說？」三皇子臉色凝重地問。
莫茹扶著腰，靠坐在榻上，丫鬟體貼地在她腰後放了個靠墊，儘量讓她坐得舒服些。聽到宮裡來的人來稟報三公主主動要去仁壽宮陪伴太后之事，她臉上也露出些許詫異之色，心裡卻嗤笑，三公主是絕對不可能喜歡陪著個老太婆整天吃齋念佛，怕其中有什麼隱情，或許，這和孟灃突然訂親有關。
宮裡來的內侍答道：「殿下，昨晚太后突然將三公主召到仁壽宮後不久，便讓人去告訴貴妃娘娘，說是三公主主動留在仁壽宮陪太后娘娘，在那兒抄寫經書為皇上祈福盡孝心。貴妃娘娘讓奴才轉告您，讓您與皇子妃娘娘保重身子，三公主能陪伴太后左右，是三公主的福分，讓您莫要擔心。」
三皇子的臉色稍緩，又詢問了些事，得知昨日衛烜也進宮時，心裡已然明白了。
等內侍得了賞離開，三皇子沉下臉，突然伸手將桌上的茶盞掃落。莫茹嚇了一跳，皺起眉頭，看到丈夫陰沉的臉色，抿了抿唇，倒是沒有說什麼。

「好一個衛烜！」三皇子聲音有些沙啞。

三皇子雖然氣衛烜如此不給面子，倒是未氣昏了頭，很快便收斂了面上的怒氣，又變成了那個謙和穩重的三皇子殿下，未見絲毫的失態。

莫茹見他如此快速地控制住自己的脾氣，心裡有些發寒。她垂下眼睛，指揮丫鬟去收拾好地上的狼藉，便將伺候的人都揮退出去，扶著腰起身，走到三皇子身邊。

三皇子見她走過來，趕緊扶住她，讓她坐在自己身邊的椅子上。

「夫君莫要氣壞身子，瑞王世子素來狂妄，氣壞了身子不值當。」莫茹柔聲安撫道。

三皇子的氣已經消得差不多了，如同莫茹所說的，衛烜的脾氣他也是知道幾分，他厭惡一個人時，便要整死那人方休。雖他不知道這些年來衛烜為何突然與自己的兩個同母弟妹形同仇人，若非有皇上鎮著，指不定衛烜真的會出手弄死他們。

先前他還慶幸著，任衛烜再跋扈，還是有所顧忌，不敢對皇子公主出手，只能小打小鬧，可如今兩個弟妹接連出事，由不得他再心存僥倖。顧忌著皇帝，衛烜不會愚蠢地出手除去他們，但是他可以整得他們慢慢地失去帝心，形同喪家之犬。

縱使是皇子公主，未得聖心，在宮裡這個踩低捧高的地方，只能任人欺辱。

喝了口茶嚥下那股澀然，三皇子突然開口道：「茹兒，妳說衛烜他到底意欲何為？」

莫茹著實詫異，她嫁過來幾年，丈夫素來不會同她說太多事，她只要為他管理好內院便可。這會兒竟然問自己，略一想便明白了他的意思。

「妾身覺得，衛烜如此，不過是為了壽安郡主罷了。」莫茹直接點明。

三皇子皺眉，似是不解，「壽安？與壽安何關？」他知道衛烜看重壽安郡主，但再看重，也不過是個女人罷了，將來娶進門也就那樣了。

莫茹笑了笑，自是明白他的意思，在這個男人心裡，女人只是依附男人的玩意兒，喜歡就寵一下，不喜歡便放著，從來不是個兒女情長的男人，所以他不會明白衛烜為何如此看重壽安郡主，甚至覺得衛烜為了個女人連他們這些至親都不要簡直是匪夷所思。

可是，她很羨慕壽安郡主，不是哪個女人一輩子都有個男人如此珍惜惦記的，而女人所求的除了榮華富貴外，也不過是一份良緣，與心中的那個人一起白頭偕老。

「聽說壽安郡主與康平長公主的幾個兒女從小一同長大，親如兄妹。孟灃這次好不容易訂親，壽安郡主自是不想這樁親事出什麼意外，衛烜應該也是因為壽安之故，方會進宮尋父皇、皇祖母。」莫茹看了三皇子一眼，含蓄地道：「三妹妹是個極好的姑娘，可惜她與孟灃無緣，夫君應該也知道三妹妹是個性情中人，知道孟灃訂親恐怕會極難受。」

即便不進宮，她也能想像三公主得知孟灃與柳侍郎之女訂親時的反應，心裡不禁慶幸自己現在懷著身子，不用進宮請安，省得面對三公主。雖然那位是嫡親的小姑子，但她可不知道這天下還有這般不知羞恥的姑娘，心中頗為不屑，皇家的臉面都被她丟盡了。

三皇子聽明白了她的意思，面無表情地看了她一眼，見妻子面上帶著笑容，白嫩的手輕輕地搭放在高高聳起的肚子上，神色微微緩和了些。

「我聽說烜弟與灃表弟交情不錯。」三皇子說道，實則並不覺得衛烜是為了個女人而特地讓太后將三公主拘起來，定然是為了孟灃。

莫茹垂眸，她的丈夫啊……優點極多，在旁人眼裡是個優秀的男子，是京中眾多夫人們眼中的乘龍快婿，可是她卻覺得這男人頗為剛愎自用。

三皇子終究是不放心，同莫茹說了一聲，讓丫鬟進來給他更衣，他要進宮一趟。

莫茹挺著肚子送他出門，目送他離開的背影，想了想，也讓人送信到安慶大長公主府。

雖然她盼著三公主倒楣，卻不能什麼都不做，她這一生註定要和三皇子綁在同一條船上，自然要為他謀劃。

康平長公主一早聽到宮裡傳來的消息，瞬間神清氣爽，便攜著女兒去尋康儀長公主說體己話。見了康儀長公主，笑著拍拍她，說道：「康儀，妳這女婿選得好，姊姊不如妳！」

康儀長公主臉上帶笑，心裡卻頗無奈。這女婿不是她選的，是他自己撞上來的。不過她也沒想到衛烜能做到這個程度，實在不像個十五歲的少年。單是他能哄得住太后和皇帝，使其地位數年不變，無皇子能越過他，便讓康儀長公主心生感慨。

旁人只看到太后和皇帝對衛烜的縱容，卻不知道衛烜為了維護這種摻雜著其他東西的縱容付出了什麼代價。康儀長公主不知道衛烜暗地裡為皇帝做什麼，可是他每次出京回來，便能感覺到他的氣息在悄然轉變，可見所做之事十分凶險。

為了維護這來自帝王的寵信，衛烜必須拿捏好一個度，這十分考驗一個人的智慧手段。人人都說他是混世魔王，卻看不到他每走一步都極其小心，有著不能言說的心酸。

「難為烜兒為灃兒做到這一步，待明年灃兒順利成親，我可得好生感謝他。」康平長公主繼續道：「這也是託了阿菀的福。」

雖不知衛烜是如何說服太后和皇上，但衛烜能做到這一步，康平長公主已經滿意了。只要三公主不出來禍害別人，讓兒子順順利利成親便好。而衛烜能出手，也是因為阿菀之故，不然依那小魔王的性子，根本懶得理睬你會如何，這點自知之明康平長公主還是有的。

「姊姊莫要說這種話，阿菀和灃兒、阿炘情同兄妹，都是自家親妹妹，何必計較太多？等明年柳姑娘進門，姊姊就好生準備當祖母吧。對了，阿炘十月要舉行笄禮，很快也要議親了，姊姊可有什麼人選？」

隨著康儀長公主拋出來的話題，姊妹倆又開始湊到一起說起兒女的親事來，讓原本還想蹭在這裡聆聽長輩們談話好挖掘八卦的孟炘跺了跺腳，捂著臉跑去找阿菀了。

孟炘去思安院找到阿菀時，神神祕祕地湊過去，詢問道：「阿菀，烜表哥是怎麼說服太后和皇上將三公主關起來的？」

這個問題阿菀昨晚也詢問過衛烜了，可惜衛烜並未給答案，讓阿菀差點想掐他的脖子，鬧到最後仍是沒能問出來。

「我也不知道，妳若是見到他，可以自己去問問。」

孟炘縮了縮脖子，堅決地道：「那我還是不要知道了。」然後她很快又高興起來，「那個討厭鬼被外祖母關在仁壽宮裡了，希望能將她關到給她選好駙馬，直接嫁過去為止，省得又來破壞我大哥的親事。」

阿菀想，若是皇室真的要臉面的話，皇帝這次便不會像以往那般對三公主的行為睜隻眼閉隻眼。文德帝以往縱容三公主，不過是因為康平長公主並未幫孟灃訂親，由著三公主去胡鬧，如今孟灃和柳姑娘的親事已是板上釘釘之事，若是再讓三公主胡攪蠻纏，那可真是缺德了，這種得罪人的事情可不好做。

聽完阿菀的分析後，孟炘想了想，嘆了口氣道：「有時候我真不知道皇上是怎麼想的，咱們那位舅舅好生難懂。」說著，心裡不免有些為太子夫妻擔心。

阿菀點頭，確實，皇帝還真不是普通人能了解的生物。

參之章

阿菀出閣

三公主的事情被人傳了幾天便過去了，當然，這件事也讓眾人對衛烜在太后及皇帝心中的地位又有了更深刻的認識，看到他時恨不得繞道走，就怕自己不小心招惹到他。

衛烜我行我素慣了，完全不在意旁人的眼光，每天往返侍衛營和王府，而且天天都要翻一次黃曆，數著日子。

轉眼到了七月。

七月初，三皇子妃莫茹生下了一個男孩。

這個在衛烜上輩子的記憶裡金貴無比的皇長孫，如今不僅委屈成了排行第二的皇孫，身子也比上輩子孱弱，與現在已經六個月大，長得白白嫩嫩的皇長孫比起來，著實不討喜。

文德帝聽完宮人的轉述，雖然也賞賜了生育有功的三皇子妃，但到底比不得皇長孫出生那會兒的賞賜，讓有心人覺得皇帝心裡還是看重太子妃所出的皇長孫。

衛烜聽了這事，面上笑得雲淡風輕，心中有著釋然。

歷史終究是不同了，他也很快要迎娶阿菀了，而不是像上輩子那般求而不得。

七月中旬，京城突然下起了暴雨。

不僅京城，京外很多地方都下起了豪雨，雨勢之大，十年難得一見。大雨持續下了三天，朝臣們紛紛開始擔心起來。

果然，幾日後便聽說很多地方發生水患，洪河決堤，多處城鎮莊稼被大水淹沒，百姓流離失所。各處的災情一件件報上來，文德帝急得嘴裡都起了水泡，太子也跟著忙得腳不沾地，宮裡宮外的氣氛相當壓抑。

大雨下了十來天才停，四處災情嚴重，朝廷少不得要派人去賑災，而衛烜便是主持賑災的人員之一。聽說衛烜被任命去賑災，瑞王等人自是為他擔心不已，擔心他年輕沒經驗，做不好皇上任命的這事情。
衛烜也皺起眉頭，心裡算了算，對他家老頭子說：「一個月時間足矣，我會在婚禮前儘量趕回來。若是有誰給我扯後腿，我少不得要動手懲治一番，屆時京裡就要麻煩您了。」
誰敢不長眼睛扯後腿耽擱了他回京成親的日子，他遇佛殺佛！
瑞王：「……」這熊孩子到底清楚自己是在幹什麼嗎？
看著熊兒子殺氣騰騰的模樣，瑞王心塞得不行，忙叮囑道：「你給本王省點心，便是不如意也不准隨便殺人，免得你回京被人參一本，你老子我還要辛苦地給你擦屁股。」
衛烜瞥了他一眼，嘲弄地道：「他們安分守己，我自然不會做什麼。若是他們敢搞小動作，那可怨不得我了。父王也知道，這賑災素來油水極多，我可是知道這次賑災的隨行人員中，被塞了很多人進來。」
這也是文德帝將他塞過來的原因。他就像文德帝手裡的一把利劍，並不怕他去得罪人。
瑞王聽罷，便知道他已經打聽清楚，只好拍拍他，隨他去了，自己則暗自做好了將來幫他收拾爛攤子的準備。
人家說生個兒子好養老，偏偏他生的這個兒子卻是個討債鬼，專門敲骨吸髓的。
對於衛烜要去賑災一事，阿菀也是極擔心的。
大災之後必有大疫，自然災害之後，最容易發生細菌性傳染疾病，衛烜又是去前線賑災，她真擔心他不慎被傳染，故而在得知這事時，第一時間便列了好幾張單子的藥物，讓人備好，打算讓衛烜一同帶過去。
阿菀剛準備好，衛烜晚上又來翻她家的牆爬她的窗了。
「阿菀，我明天要出發了。」衛烜仗著將要分離，這次終於成功爬上阿菀的床，將她摟個滿懷，心滿意足地在她脖頸間吸了口氣。

看在他要離開的分上，阿菀默許了他像小狗一樣黏人的行為。

「路上萬事小心，凡事別爭著出頭，要注意休息和衛生，飲食更要小心，別喝那不乾淨的水……」阿菀開始嘮嘮叨叨起來，順便將自己上輩子知道的注意事項一股腦兒地說出來。

衛烜安靜地聽著，等聽到阿菀說的幾種匪夷所思的防災措施時，他的臉上沒什麼變化，心裡卻已經了然。

果然，阿菀上輩子所在的那個世界應該是一個比大夏朝更好的地方，至少那裡的人更自由，能學的東西更多，甚至不拘男女，女子也能接觸那些只有男人才能學的東西。

不過，那個地方再好，他去不了，也無法見識。

所以，阿菀還是乖乖待在這裡，待在他身邊就好了。

阿菀將自己記得的事情說了一遍，問道：「記住了？」

衛烜眼珠轉了轉，故作勉強地道：「妳說的東西太多了，我記不住，妳再說幾遍好不好？我會仔細記在腦子裡的。」說著，他殷勤地倒了杯水給她潤喉，一副打算挑燈夜戰的架勢。

阿菀：「……」

最後，衛烜在阿菀這裡待得比平時多了一個時辰才走。

臨行之前，他捉住阿菀的手，看著她的眼睛，認真地道：「妳放心，我會在婚禮之前趕回來的，到時候我來迎娶妳。」

阿菀愣了愣。

就這麼愣神的功夫，眼前突然出現一張放大的臉，然後嘴唇被吻住了。

文德二十一年七月，天降暴雨，大夏綏河一帶決堤，兩岸百姓哀鴻遍野，瑞王世子奉命護送賑災銀糧等物資南下賑災，並督查各州府官員賑災。

而後不過十來日，京中便得到消息，瑞王世子在賑災途中任性行事，突然斬殺數名官員，朝野俱驚，紛紛譴責其無視祖宗家法，殘暴不仁。

瑞王世子斷案全憑喜好，仗著皇帝寵信，拿皇帝之令大行其道，遇到不合他脾氣的人或事，便憑著一些不足以成證據的東西將當地官員直接捆了扔到牢裡，幾個反對他的官員更是被他當場斬殺，弄得當地官員戰戰兢兢，人人自危。

瑞王得知這消息，頓時眼前發黑，腦海裡浮現出「終於來了」的想法。

果然，熊兒子不給他惹禍便會皮癢！

接著，御史也紛紛上奏彈劾瑞王世子，奏章疊滿御案。三皇子一派和一些自詡剛正的朝臣更是落井下石。唯有太子為此奔走，瑞王也頂著朝臣的壓力，為兒子開脫。

文德帝將彈劾衛烜的御史奏章留中不發，另外翻出了一份密摺。

楊慶端著茶過來，小心地看了眼那份密摺，垂下眼靜立在一旁，心裡隱約明白，衛烜世子此次行事張揚殘暴，應該是得了皇帝的吩咐。雖然眾人皆罵瑞王世子無法無天，彈劾他的奏章不斷，他卻知瑞王世子最後定然無事。

稍晚，楊慶見到滿眼血絲的太子，忙上前向他請安。

太子托起他，低聲詢問道：「父皇可看了綏河州府傳來的奏章？可有說什麼？」

楊慶笑道：「殿下莫憂，皇上已經看了，不過並未有旨意，若殿下想知道，可進去親自瞧瞧。」這些事情太子遲早會知道，他也不瞞著，權當賣太子一個面子。

太子笑了笑，溫和地道：「有勞公公通傳一聲。」

楊慶應喏，轉身進了太極殿。

不多時，太子從太極殿出來，回到東宮時，看到太子妃正抱著皇長孫在大殿中玩耍。

殿中央鋪著手工編織的柔軟毯子，七個月大的皇長孫穿著輕薄透氣的綢布小衫，露出白嫩的胳膊和小腿，像隻小烏龜一樣，趴在那兒，努力地用肚皮及四肢向前爬行。可惜力氣不大，很努力才蹭出那麼一點兒距離，反而弄得自己滿頭大汗，小臉通紅。

孟妘拿帕子幫兒子擦汗，將一顆彩色鑲鈴鐺的小皮球放在兒子面前一臂之處滾動著，叮叮噹噹地吸引小傢伙的注意力。小孩子喜歡色彩鮮豔的東西，鈴聲也很容易吸引他們的注意力。為了心愛的小球球，大夏朝尊貴的皇長孫殿下又嘿咻嘿咻地朝前爬著，兩條小腿一蹬一蹬地使勁兒，努力想要抓那顆彩色小皮球。

太子覺得好笑，走到母子倆面前，他身上明黃色的朝服瞬間吸引了皇長孫的注意力。

「啊呀……」皇長孫朝父親叫得歡快，雙手揮舞著，顯然是已經認出了這個每天都會陪他玩耍的男人。

比起性情古怪的娘親時常喜歡玩弄兒子，皇長孫比較喜歡天天都抱他，會溫柔和他說話的父親。每次太子一出現，他的視線就跟著太子轉，還伸手要他抱。為此，孟妘很淡定地道，定然是太子的衣服太鮮豔，兒子才會比較喜歡親近他。

太子就著宮女端來的水淨了臉和手，又擦乾了水漬，才坐到乾淨的毯子上，將像隻小烏龜一樣朝他爬過來的兒子抱了起來，扶著他坐好。

七個月大的孩子已經能坐得很穩了，而皇長孫顯然是個極有追求的孩子，還不會翻身就想坐，會坐了又想爬，等以後會爬了估計就想著要走了。剛到父親面前，皇長孫凶殘地伸出爪子，抓住父親衣服上的絲條用力扯著，張嘴就要咬。被太子制止時，更凶殘地一腿蹬到他胸口上，讓太子十分無奈地將他抱遠些。

孟妘見他陪兒子玩耍，便親自端了碗酸梅湯去餵他，讓他喝一些解暑，說道：「殿下今天回來得有些早。」同時又看了看他，發現他今天的心情不錯，一改這段日子的凝重。

太子笑了下，溫聲道：「方才孤去太極殿見了父皇，聽父皇說了緩河州府的賑災事宜。因為有烜弟在，賑災的銀糧大多數已經分發到受災的百姓手中，百姓大多已被安置妥當，只有少部分銀糧被當地官員私吞了，烜弟現下正在處理此事。」

孟妘挑了下眉梢，沒想到會聽到這個消息。雖說後宮不干政，但前朝和後宮仍是有些聯繫，朝堂發生什麼事情，也會影響到後宮。這陣子孟妘抱兒子去向太后、皇后請安時，聽著那些嬪妃們聊天，偶爾也會涉及到朝堂的事情，特別是關於衛烜被彈劾之事。

先前傳回來的消息只說在賑災時衛烜膽大妄為，多數隨行官員遭了他折騰，甚至心情不好時直接殺人，讓眾人叫苦不迭，除此之外便沒其他消息了。現下聽太子之意，孟妘若有所悟，覺得衛烜弄的這一齣，倒是蔫壞蔫壞的。

私吞賑災銀糧可是大罪，若是揭發出來，輕則丟官，重則性命不保。衛烜看似胡鬧，卻胡鬧出這些事情來，怕是到時候那些為了壓制衛烜而彈劾他的朝臣要被打臉了。

起先沒有什麼消息傳來，應該也是眾人不想鬧大，皆瞞著不報，畢竟能被派去賑災的官員都不是笨蛋，更沒有愣頭青，大多數人被塞過來都想撈些油水，就看多或少罷了。這種事情屢見不鮮，只要面上過得去，倒是不會有太大的問題。

卻不想衛烜這個煞星竟然沒有收下送上來的好處，反而唯恐天下不亂，怎麼高興怎麼來，仗著皇帝寵愛，一開始就胡鬧，等眾人發現衛烜的目的時，已經來不及了。

孟妘突然看向太子。

「怎麼了？」太子扶著皇長孫的下腋，教他站立，見他總想飛起雙腿踹自己，忍不住拍了拍他肉肉的小屁股。見孟妘望過來，神色有異，太子不禁問了一聲。

孟妘搖了搖頭，最終沒有開口詢問衛烜是不是在幫皇帝做事。俗話說法不責眾，自來這種賑災之事裡面彎彎繞繞，衛烜不會不知道，但他仍是選擇揭發出來，得罪的人可不少，恐怕這裡面已經不是他自己的意思了。

若真是皇帝的意思……孟妘暗暗嘆了口氣，有點為阿菀擔心。這種得罪人的事情衛烜做得越多，以後怕是不得善終，將來阿菀怎麼辦？

想罷，她又看向正和兒子一起嬉戲的丈夫，抿了抿唇。

自從衛烜離開後，阿菀心裡便開始七上八下，每日就算被公主娘折騰得頭昏腦脹，仍是沒能讓她停止擔憂。

衛烜倒是會隔幾天讓人傳回些消息給她，可惜都是「安，勿念」之類的，根本沒啥意義，反而讓阿菀更擔心了。

幸好還有孟妡這個話嘮時不時傳遞外頭的消息來給她。那一刻，阿菀實在是愛死這個喜歡到處打探八卦的小話嘮了，總能第一時間挖出小內幕。有了準確的消息，得知他安好，比什麼都不知道要好。

不過，孟妡卻不開心，特別是得知衛烜竟然真的會殺人時，小姑娘嚇得臉都白了，暗暗撫著胸口，努力回想著自己以前有沒有得罪衛烜的地方，她要趕緊補償，免得被那大魔王哪天翻舊帳將她殺了，那就死得太冤了。

衛烜在賑災途中做的事情傳回來，京城裡的人對他沒一句好話，連帶的阿菀這個即便要嫁給衛烜的人也被人扯出來說了一回。同情她的、嘲笑她的人都有，讓阿菀這個宅在家裡默默備嫁的低調人士又成了京城的話題人物。

對於外面的事情，阿菀很淡然，她表面上看著很冷靜，唯有夜深人靜時，會在床上翻來滾去的睡不著，十分煎熬。

她知道衛烜殺過人，在他十三歲時，有一回他突然消失一個月回來，阿菀在他身上聞到了濃濃的血腥味，還有那股殘存的冰冷殺氣，阿菀便有所猜測。所以，這回聽到他殺人的事情，她心臟又抖了下，卻沒有太大的反應了。

她該相信他的。

幸好，衛烜這次沒有辜負她的相信。

中秋前朝廷又有了消息傳來，這次賑災被扯出了私吞災銀之事，衛烜所殺之人都是與此有關的，並且將一份詳細的名單傳回了京城。文德帝看罷，當即震怒，將那批官員貶的貶、殺的殺、流放的流放。

這事很快平息下來，衛烜的名聲卻更臭了，這其中的原因，莫過於私吞賑災款之事涉及的人太多，很多人的利益皆因衛烜而受到損害，會欣賞他才有鬼。

孟灃看著下屬傳回的消息，微微嘆了口氣。

自古成大事者，不拘小節。文德帝固然是明君，卻也是帝王，衛烜選擇成為皇帝手中的一柄利劍，怕是這一生走得會更累，死後不知史書會如何評價他，怕是名聲臭不可言吧？

「大哥，烜表哥什麼時候會回來？」

孟灃掩住手中的信件，見妹妹趴在旁邊看著自己，不禁笑道：「妳問這做什麼？妳前些天不是怕他怕得要緊嗎？」說著，伸手捏了捏妹妹的小鼻子。

孟妡拍開他的手，嘟囔道：「我這不是為阿菀擔心嗎？你瞧，還有五天就要舉辦婚禮了，到時候他趕不回來，阿菀豈不是會被人笑話？」

「不會的。」孟灃自信滿滿，以衛烜那性子，便是爬也會在婚禮前爬回來。雖然對他的性子挺無奈的，但孟灃多少有些了解，甚至覺得衛烜即便再狂妄恣意，阿菀也是他的魔障，讓他一生萬劫不復。

孟妡見他自信滿滿，高興地問：「大哥得到什麼消息了？」

「沒有。」

孟妡大怒，覺得自己被自家兄長惡意玩弄了，不由踹了他一腳，又扮了個鬼臉，說道：「我要去告訴阿菀，你不道地，竟然辜負我們的信任！」說著，拎著裙子跑了。

孟灃：「……」

孟妡跑去康儀長公主府尋阿菀，順便將她哥的話說給阿菀聽，安慰道：「妳別擔心，烜表哥一定會準時回來娶妳的。」

阿菀無言，「……我不擔心。」

「騙人，妳眼底都發青了，一定是擔心得睡不好。」孟妡很犀利地道破。

阿菀揉了揉額頭，無奈地說道：「不是，是我娘最近教的東西太多了，不好消化，連睡夢中都是我娘嚴厲的臉，才會睡不好。」

孟妡捂嘴直笑，「妳慘了，這話讓姨母知道，姨母非罵人不可。」

阿菀聳聳肩膀，決定不和她計較。

隨著婚禮的日期越來越近，公主府和瑞王府都緊張地籌備婚禮，雖然衛烜不在京城，卻也沒有因此而影響什麼。

當然，對外看來是沒什麼影響，私底下康儀長公主卻很擔心衛烜趕不回來，屆時女兒就要成為笑話了，為此她頭髮幾乎愁白。相比之下，羅曄倒是樂觀地認為，若是衛烜趕不回來，婚期就推遲，能推到兩年後更好，這樣女兒就能在家裡多留一些時間了。

阿菀和康儀長公主都被駙馬爹（丈夫）的樂觀弄得哭笑不得，然後直接無視了他。羅曄不禁有些沮喪，覺得自己是個失敗的男人，以後再也不沾酒了。

可能是為了和羅曄作對，在婚禮前三天，衛烜終於風塵僕僕地歸來。

聽到衛烜回來的消息，兩家長輩精神大振，可以沒有後顧之憂地繼續準備婚禮了。

當然，羅曄可能很失望，可惜康儀長公主為了女兒的婚事忙瘋了，根本沒心情照顧他的情緒。反正自從他喝醉酒被瑞王坑過後，這段時間他便一直處在低迷的狀態中，比起妻子康儀長公主很快看開，著手為女兒準備婚事，過了這麼長的時間，他還是沒辦法放下。

阿菀得知衛烜回來，也鬆了口氣，當天便收到衛烜讓人送來的信件，主要是報平安的。

信寫得極短，且字跡有些潦草，讓她猜測他寫這封信時應該正在路途中，而且在趕路。她仔細看了一會兒，指尖滑過上面的字。這字頗潦草，與往昔不同，筆鋒處鋒芒畢露，字比以前他寫給她的那些信好看多了。

這才是衛烜真正的字吧？以往他寫給她的信，應該都是他特意往幼稚上寫的。

阿菀看了看，嘆了口氣，讓人端來火盆，將那封信燒了。

青雅奇怪地看著她，不明白她為何要將這封信燒了。以往瑞王世子也不是沒給主子送過信，皆被她收起來用匣子裝著。若說因為男女大防之類的，並不必如此，畢竟兩人已經訂了親，有了名分，根本不用計較這些。

將信燒完，阿菀又托腮想了片刻，對青雅道：「青雅，今晚妳守夜吧。」

青雅愣了下，恍然大悟，忙應了一聲。

果然，晚上阿菀就寢時，某個剛回京的人又迫不及待來公主府翻牆爬窗了。

阿菀端端正正地坐在床的正中央，雙手擱在膝頭，雙腳輕輕點在床前的腳踏上，頭髮未挽，如潑墨般散下，襯得她在燈光下的臉龐更加精緻美麗。

這種等待的姿勢，看起來宛若正在等候夜歸丈夫的小妻子一般。

衛烜可恥地臉紅了，心情激動得指尖都有些發顫，恨不得直接撲過去將她揉進懷裡……

幸好理智制止了他。

「阿菀，我回來了。」衛烜的聲音有些沙啞，卻透著濃濃的歡欣之情。

阿菀點頭，目光在他身上掃了一遍，「一切可順利？」

衛烜漫不經心地應了一聲，蹭過去坐在她身邊，然後伸手攬住她的腰，發現她未拒絕，便發揮得寸進尺的精神，雙手纏到了她的腰上，將她緊緊摟到懷裡。

阿菀非常無語，只是想到他剛回來，一路辛苦，便決定讓他多抱一會兒。

這一抱，便抱了一刻鐘，直到阿菀忍無可忍地擰著衛烜的耳朵，才將衛烜推開，同時再次指著腳踏處，示意他坐到那兒，省得他又得寸進尺。

「阿菀，妳真是狠心，枉我在外面一直在想妳……」衛烜的聲音哀怨極了。

阿菀臉上有些發熱，怕他繼續說下去，趕緊轉移話題，詢問他在路上的事情，就怕他沒有照顧好自己，或者受了什麼罪。幸好除了趕路累了些，他倒是沒有受太大的罪，至於他在賑災途中所做的事，兩人都有志一同地忽略，沒有提及它。

衛烜不願，阿菀不想。

等說得差不多了，衛烜又眼巴巴地看著她，說道：「還有三天……我就要娶妳過門了。」

阿菀臉上又發熱了，努力保持平常心，面上冷靜地應了一聲。

室內只點了一盞宮燈，光線不怎麼明亮，於衛烜而言並無妨礙，他能清清楚楚地看到阿菀臉上的表情，發現她平靜得讓他忐忑，不禁說道：「妳、妳不會反悔吧……」

話還沒說完，頭就被阿菀呼了一巴掌。

「反悔個屁！」

衛烜：「……」

「都說由長輩作主了，就不會反悔，而且我娘這般疼我，我要是反悔，我娘早就想法子解除婚約了，懂嗎？」阿菀又拍了他一巴掌，積壓在心裡的擔憂在這一刻終於爆發出來。

天知道這一個月她有多擔心，晚上幾乎都睡不著，生怕他在外面受傷，或者是喝了不乾淨的水感染病菌。偏生他每次寄回來的信只有短短幾個字，也不知道是什麼情況，外頭又是一堆不利於他的流言，她能撐著，也算是自己的心態好了。

所以，看到他擺這副委屈的模樣，再想想自己為他擔心，就忍不住手癢，好想揍他。

衛烜目瞪口呆地看著突然爆發的阿菀，阿菀從來都是理智冷淡的，極少會失控，可是這會兒她為了自己而失控……心臟突突地跳著，不知道她怎麼了，不過倒是將她的話聽進耳朵裡，他瞬間雙眼發亮，再也忍不住，躍起身直接撲了過去……

安靜的夜裡，房裡突然響起了一陣悶響聲，讓正坐在門口守夜的青雅眼角跳了跳，暗暗地掐了下手掌心，又繼續淡定地坐著。只是，對剛才的悶響還是很在意。

再三天就要舉辦婚禮了，應該不會……那麼急吧？

衛烜再度被阿菀趕走。

他自知理虧，小聲地道：「我明晚來看妳，妳好生歇息，要不要我幫妳揉揉……」

「不行！」阿菀揉著後腦杓，咬牙切齒地道：「我娘說，婚前三天，未婚夫妻是不能見面的，不然會不吉利，難道你想要我們以後……」

話還沒說完，就被一隻手捂住嘴，他的氣息拂過她的臉，額頭與她相抵，聲音是男性特有的沙啞：「那我不過來了，我們這輩子都要好好的，一起白頭偕老！」

阿菀：「……」她誆他的，他也信？

衛烜很快便離開了，阿菀坐了一會兒，然後捂住發燙的臉，翻身上床，淡定地睡覺。

而衛烜回到王府後，縱使身體很累，精神卻亢奮得睡不著。

現在什麼都改變了，不僅康儀長公主的命運改變了，太子夫妻的命運改變了，連皇長孫也換了個人……最讓他高興的是，阿菀對他的感情也改變了。雖然阿菀沒有多說，但他仍是感覺到阿菀心裡對他的在意。

這樣很好！

真的很好！

上輩子，在七月的暴雨之前，康儀長公主夫妻有事離京，死在那場雨夜中。而這輩子，他們一直待在京城裡，為女兒準備婚事，無暇外出，原本命運的軌跡改變了。

阿菀的父母現在好好地活著，阿菀也將要嫁給他，一切皆往好的方向發展。

衛烜面上帶著微笑，輕輕撫著一只先前從阿菀那裡拿走的她特地做給他的香囊，接著珍而視之地將之鎖進了一個匣子裡。

匣子裡放著的皆是阿菀送他的各種小玩意兒。

❤ ❤ ❤

衛烜回來了，兩家長輩心中大定，阿菀的心情也大定，三天後便要舉辦婚禮。

阿菀白天被公主娘抓著學習，晚上被余嬤嬤抓著做美容美體。

貴族女子十分注重婚前調理，以前孟妘出閣那會兒，阿菀隱約有些了解，等輪到自己時才知道簡直是讓她三觀再重組一回。從三個月前開始，余嬤嬤便著手為她調理身子，每隔幾天晚上都要她泡得香噴噴的，泡得多了，那種味道便會自動留在肌膚上，微微出汗，更會泌出一種淡雅的香味。

阿菀終於知道香妃身上的香味是怎麼來的了，原來還可以這樣弄。

三個月下來，短時間內看不出成效，但是這麼一點一點積累，效果卻是顯著的，阿菀現在都覺得自己又香又嫩又滑，皮膚像剝了殼的蛋，自己照著鏡子時都忍不住摸上兩把。

想到自己被調理得這麼嬌嫩香滑，就是為了給一個男人摸……尤其是那個男人還是衛烜時，阿菀又想以頭搶地。

除了這些小糾結，隨著婚禮臨近，阿菀開始傷感起來，捨不得一起生活了多年的親人。

婚禮前一天，親朋好友紛紛上府來給她添妝。

阿菀被丫鬟仔細打扮過後，乖巧地坐在思安院裡裝淑女，然後以孟妡為首的一群姊妹朋友都湧過來看她，順便恭喜她。

可能是近來衛烜在京中的名聲太可怕了，眾人並不怎麼敢打趣阿菀，只說了幾句恭喜便轉移了話題。唯有衛珠坐在阿菀身邊，看起來悶悶不樂的。阿菀估摸著，這小姑娘可能仍是覺得衛烜不好，不想讓她受委屈。

如人飲水，冷暖自知，好不好各人心中自有數。

阿菀拍拍小姑娘的腦袋，衛珠擠出笑容，拉著阿菀的手不說話了。

「沒想到六妹妹比我們還要早出閣。」羅寄悠笑嘻嘻地感慨了一聲，然後轉頭看向蹲在阿菀身邊正捧著點心啃得像隻小倉鼠的羅寄茱，故意說道：「七妹妹，妳能不能別吃了，看著像什麼樣子？」

阿菀笑道：「我聽說五姊姊的好事也近了，屆時妹妹可要回去嘲笑妳一番。」然後又拿帕子給怯生生的羅寄茱擦臉，笑道：「七妹妹喜歡吃，便給她吃多點，挺可愛的啊！」

羅寄悠無奈道：「七妹妹再吃下去又要發胖了。來之前，五嬸可是特地叮囑我要看著她，別讓她吃太多，不然將來嫁不出去。」

一番話說得其他人都忍不住掩嘴笑起來，羅寄茱也有些不好意思，小聲道：「今兒是六姊姊的好日子，我心裡一高興，就想吃多點。」

孟妡也被她逗笑了，嘴快地道：「那明天阿菀出閣，妳豈不是要多吃幾碗飯？」話剛落，就見羅寄茱似乎在考慮，讓她不由瞪大了眼睛，這姑娘難道真的這麼想？

有羅寄茱、孟妡等人插話，氣氛終於變好了些，大家開始笑鬧，沒有先前的拘束。她們與阿菀和孟妡的交情都不錯，可惜阿菀明天要嫁的人是名聲響亮又可怕的瑞王世子。想到他近年來的豐功偉績，這群小姑娘都不敢亂說話，生怕傳到衛烜耳裡，她們便要遭殃。

所以，在來之前，她們其實挺同情將要嫁進瑞王府的壽安郡主，特別是聽說這樁親事當初是由瑞王主動開口定下的，心裡儼然認為定然是瑞王這老流氓強迫的。

當然，同情歸同情，她們不敢多嘴說什麼。

很快有丫鬟過來稟報，太子妃過來給阿菀添妝。

聽到太子妃竟然親自登門，在場的人皆吃了一驚，看向阿菀的目光不免頗為羨慕。孟妡卻高興起來，拉著阿菀起身，要去向太子妃請安。

孟妘的到來，確實讓公主府十分有面子，康儀長公主面上矜持的笑容更親切了幾分。正拉著孟妘說話，便見阿菀和孟妡帶著一群少女熱熱鬧鬧地往這兒來了。

「見過太子妃！」

規規矩矩地向太子妃請安後，阿菀和孟妡便雙眼亮晶晶地看著出現在這兒的孟妘。在孟妘開口說了聲恭喜後，阿菀便叫了一聲「二表姊」。

孟家姊妹與阿菀親暱的模樣落到旁人眼裡，更加確定了壽安郡主與太子妃情同姊妹的傳言，也讓那些今日來添妝的人心裡多了些想法。

今日是阿菀在家的最後一天，明日她便要披上嫁衣，離開這個家，離開寵愛她的父母家人，嫁給別的男人為妻，到另一個陌生的地方生活。

想到這裡，阿菀心裡十分難受。

不僅她難受，康儀長公主夫妻更難受。

晚膳依然是一家三口坐在一起用膳，但是此時餐桌上卻是一片安靜，氣氛也相當壓抑。

半晌，還是康儀長公主先開口道：「先用膳吧，菜涼了就不好吃了。阿菀脾胃不好，不能吃涼了的飯菜。」

阿菀和羅曄悶悶地應了一聲，父女倆同時拿起筷子，卻沒有夾菜，而是機械地扒著面前的那碗白飯，看得康儀長公主的難受去了不少，嗔道：「你們難道只吃飯就飽了？」

阿菀抬頭看她，扁了扁嘴，小小聲地叫了一聲娘。

羅曄也苦逼地看著妻子，生怕自己開口就哭出來。男人流淚，總歸是不好看。

「行了，阿菀只是嫁人罷了，以後又不是見不到，想她了就叫她回家不就行了？」康儀長公主說道，極是霸氣。

羅曄聽罷，心情好了許多。

阿菀則對公主娘側目，以前不是說出嫁女不能輕易回娘家嗎？

康儀長公主很淡定地接受了女兒的異樣目光，她只有一個女兒，養得這般大，自己捨不得讓她受委屈，甚至從未與她分離過，習慣了關心她、愛護她、保護她、擔心她，哪裡容許突然有一天她嫁人了就因為那狗屁規矩不能時常見她，她自是要霸氣一點，不然想女兒想到難受了都不好相見，那是自己活受罪。

幸好衛烜以前也承諾過，成親後會時常帶阿菀回來看他們。

用完膳，阿菀便回了思安院。

等她沐浴出來，余嬤嬤又帶著兩個宮裡出身的嬤嬤過來幫她保養身子，手上沾著一種特製的藥用香膏在她身上塗塗抹抹。那味道極為清淡，不是那麼讓人難忍。讓阿菀難忍的是，被保養到身下私密處時，她臉紅得幾乎要滴血，忍不住夾緊雙腿。

「郡主，放輕鬆，嬤嬤不會害妳的。」余嬤嬤溫聲安撫著，臉上掛著溫和的笑容。

阿菀：「……」哪有人一邊笑一邊往別人脖子以下不能描寫的地方摸的？真猥瑣！

雖然猥瑣了點兒，但這種全身保養的事，連公主娘也押著她接受，阿菀只好忍耐了。

好不容易挨到準備睡覺時，公主娘帶著畫扇過來了。

畫扇捧著一個紫檀鑲金的盒子，將之交給康儀長公主便退下了。

「阿菀過來，娘教妳一些事。」康儀長公主朝香噴噴的女兒招招手。

阿菀疑惑地走過去，坐到公主娘身邊，見她很淡定地打開盒子，從裡頭抽出一張薄如蟬翼、色彩鮮麗的絹畫。

好一副高清妖精打架圖！

阿菀囧了。

「這是宮裡最好的畫師所畫的避火圖。」康儀長公主拉著女兒展開婚前教育，「雖然妳和烜兒年紀還小，不宜今年圓房，不過這種事情也該知道些。不用怕，妳聽娘仔細說……」

阿菀：「……」

她沒害怕，只是……為什麼公主娘您能這麼淡定呢？連哪種姿勢比較舒服也能平靜地講解，她很不好意思啊！

這邊阿菀風中凌亂地被公主娘抓著進行婚前教育，瑞王府裡衛烜也有同樣的遭遇，不過他沒阿菀鎮定，反而大發雷霆。

衛烜的親生母親去得早，瑞王妃這做繼母的也不好管他，甚至從未想過提前給他放幾個房裡人教導他人事。在衛烜十三歲時，太后特地將幾個內務府調教好的教導人事的宮女送過來給衛烜，可惜他眼裡只有阿菀，看都沒看一眼，竟然直接將那幾個嬌滴滴的宮女打發去幹粗活了，簡直是暴殄天物。

這也說明了某位人人懼怕的混世魔王其實是個對男女情事什麼都不懂的可悲童男。

瑞王原本沒有想到這些，還是瑞王妃提點了幾句，他才想起自家熊兒子都要成親了，竟然啥都不懂，豈不是讓人笑話？

於是，瑞王讓人尋了宮裡最好的畫師所作的避火圖，讓人送去隨風院給兒子，讓他自己研究一番。那般清晰的避火圖，凡是男人，應該都看得懂，不必太過擔心。

「這是什麼？」衛烜狐疑看著桌上的鑲金嵌玉的錦盒。

「世子，這是王爺讓人送過來，叮囑您一定要看的東西。」路平說道，心裡也不知道這是什麼，但送過來的管事看起來很慎重的樣子，讓他也謹慎幾分。

衛烜想了想，揮手讓路平到外頭去，然後打開了錦盒。

不一會兒，路平聽到裡頭傳來了摔東西的聲音，不禁眼皮狂跳，難道出什麼事情了？或者是王爺送了什麼刺激他發病的東西過來？

正想著，就見衛烜挾著一身熊熊火焰衝出來，將那錦盒一把塞到自己懷裡。

「去告訴老頭子，爺才不看這種傷眼的東西，滾！」

路平：「……」

瑞王聽完路平轉述的話時，瞬間驚呆了，然後為了確認自己並沒有送錯東西，還親自打開錦盒檢查，確實是避火圖，而且是最接近真人的絹畫，畫風精美，哪裡傷眼了？

難道本王的兒子腦子有問題？

想到這裡，瑞王開始擔心了。如果兒子視這等夫妻之事如毒蛇猛獸，認為其傷眼以致於不舉的話，以後壽安嫁過來豈不是要守活寡？那他如何對得起康儀妹妹？

衛烜不知道自家老爹的流氓想法，若是知道，絕對會凶殘弒父。

除了阿菀，他才不看其他女人，噁心死了！

衛烜氣了半天，想到明日便可以娶阿菀進門，才平靜了幾分。

抬頭看了看夜色，夜空中星子閃爍，明日定然是個好天氣。
這讓他又想翻牆見阿菀了。

天邊泛起魚肚白時，阿菀被人叫醒了。

今兒是她出閣的日子，從一大早開始，整個公主府都忙碌起來。用了早膳，阿菀聽說懷恩伯府的幾位伯母過來幫襯，姊妹們也一同過來了。不久康平長公主也攜著女兒過來，孟婼也被宋硯送了回來，說是要親眼看著表妹出閣。

房裡的姑娘們擠在一起，十分熱鬧，大家你一言我一語地說著話，笑臉中透著歡快的氣息。今日是阿菀的大喜日子，無論她們心裡有什麼想法，都不會當著她的面說出來。

等到嬤嬤領著喜娘進來要幫阿菀絞面上妝，姑娘們才依依不捨地離開，留下了孟妡、衛珠等幾人陪坐在一旁。

今天的孟妡一反過去的話嘮，變得十分安靜。衛珠也是心不在焉，她們皆呆呆地看著喜娘為阿菀絞面上妝，將原本已經美麗的面容裝點得越發出眾。

孟妡看著看著，眼眶紅了，吸了吸鼻子，忍著不哭。

衛珠也低下頭，看著阿菀穿上了大紅色的嫁衣，頗有幾分惆悵。想到自家大哥自從聽說阿菀和衛烜的婚期定下後，時而失神發呆，心裡酸酸澀澀的難受。

等喜娘為阿菀上好妝，指揮青雅等丫鬟清點婚禮上用到的東西時，孟妡終於忍不住撲過來摟住阿菀嗚嗚咽咽地哭了起來。

阿菀被她哭得難受，拍拍她道：「哭什麼呢？不過是出嫁罷了，又不是見不到了，以後想我就去瑞王府找我。」

孟妡悶悶地道：「可是我以後都不能和妳同床共枕了，沒人給我蹭床了。姊姊們都嫁了，只剩下我一個人，我好難過……」說著說著，突然張嘴大聲哭了起來。

阿菀：「……」難道她的價值就是給小姑娘蹭床的？

最後還是康平、康儀兩位長公主過來，將哭得上氣不接下氣的小姑娘接走。

康平長公主摟著女兒，笑著對阿菀道：「阿菀莫見怪，當初她兩個姊姊出閣時，她也是哭得像隻小花貓，這是捨不得妳呢！」

康平長公主將女兒帶走之後，衛珠也尋了個藉口離開，屋裡只剩下伺候阿菀的丫鬟和康儀長公主母女倆。

「娘，您怎麼來了？前面不忙嗎？」阿菀問道，體貼地從丫鬟手裡端過一杯茶呈給她。

康儀長公主滿臉複雜，接過茶喝了口道：「有妳大伯母她們招呼著，沒事的。」然後將茶盞遞給丫鬟，她起身去拿了一把梳子，按習俗幫女兒梳頭。

這自又是一番讓人難受的離別愁緒，阿菀還沒出門，已經被弄得幾次要掉眼淚，幸好有全福太太在旁邊勸慰著，不然哭花了妝就難補妝容了。康儀長公主也實在受不住，為女兒梳好頭，便擦著眼淚出去了。

吉時一到，外頭響起了劈里啪啦的炮竹聲，還有歡呼聲。

喜娘和青雅等丫鬟忙碌起來，阿菀手裡被塞了一柄玉如意，接著被嬤嬤和青雅扶了起來，聽嬤嬤說道：「郡主，要去向公主駙馬辭別了。」

阿菀腦子空空的，木然地點頭，頭戴著鳳冠，被攙扶去了廳堂。

康儀長公主夫妻坐在廳堂的上首，夫妻倆皆是眼眶紅紅的，等到阿菀跪下磕頭拜別時，羅曄終究沒忍住，當著眾人的面掉了淚。

秉著「反正都已經丟臉了，那就無所謂了」的破罐子心情，羅曄拉著女兒的手，差點就哭著說「女兒咱們不嫁了，爹養妳一輩子」這等煽情的話，幸好被康儀長公主眼疾手快地掐住他的腰間軟肉，讓他疼得瞬間閉了嘴。

於是，阿菀蓋上大紅蓋頭，被堂哥背著出門了。

鞭炮聲陣陣響起，阿菀趴在堂哥背上默默流淚——被駙馬爹剛才那生離死別的悲慘模樣給鬧的，真是太心酸了。直到被一雙有力的手臂抱起，周圍一陣驚呼，才後知後覺地發現好像出了什麼不得了的事情。

她被某位世子爺當眾從堂哥背上扯了下來，接著被霸道地抱著送進花轎。

要不要這麼狂妄啊！

更狂妄的是，當花轎到達瑞王府大門前，不是喜娘和陪嫁丫鬟攙扶她下轎，依然是被某人抱了下來，還直接抱著跨火盆進了瑞王府……

可想而知，明天京城又有話題可以說了。

婚禮流程不必贅言，在一陣熱鬧的氣氛中，阿菀終於被送進了新房。

當蓋頭被纏著金紅色綢緞的秤桿掀起來時，阿菀第一眼看到了眼睛眨也不眨地凝視著自己的衛烜。他穿著大紅色的新郎官袍子，俊逸難言，整個新房都成了他的背景。

可惜當看到他那癡樣兒，讓她無端想到了「癡漢」這個詞。

可能是從小一起長大，便是到了此時，她也十分冷靜，根本害羞不起來。

喜娘是個機靈的，當作沒看到衛烜的失態，忙機靈地道：「請新郎官坐在旁邊。」

衛烜順從地坐到了阿菀身邊，繼續眼神炙熱地盯著她，盯得她臉皮不受控制地發熱。

幸好大家都知道衛烜的凶名，不敢多說什麼，按著婚禮的流程行事，直到喝了合巹酒和吃了各種象徵吉祥如意的果子食物，儀式終於結束了。

衛烜也該出去敬酒了。

他根本不想出去，正想任性地賴在新房裡，卻被早有預料的瑞王派來的小廝給硬請了出去，讓他的臉色有些發黑。

「阿菀，妳先坐著，我稍後就回來了。」衛烜叮囑道，又看向周圍的人，冷聲命令道：「照顧好世子妃。」

丫鬟們紛紛應是，態度異常恭敬。

衛烜離開後，阿菀便頂著鳳冠，無聊地坐在那兒數白鵝。

這種時候會有皇室和宗室的女眷們過來尋她說話，一是讓新娘子認認婆家人，二是讓新娘子放鬆心情。可惜無人敢惹衛烜，過來的宗室女眷們看著親近，無形中卻透著股疏離。

太子妃孟妘和三皇子妃莫茹都來了，四皇子妃現在懷了身子，不宜出門。有她們兩人在旁調劑氣氛，一時間也和樂融融。且有孟妘親自為阿菀介紹在場的女眷，沒人敢不給面子，阿菀也將這些人認得個七七八八。

女眷們待得差不多後便告辭離開了。

青環端了一碗肉糜百合枸杞粥過來給阿菀墊肚子。粥米熬得軟嫩，百合也去了藥味，枸杞作為點綴，混合在一起，吃起來十分清爽，可見廚子做得很用心，應該是事前備好的。

「這是世子吩咐廚子提前做的，就怕郡主餓壞肚子。」青環抿嘴笑道。

其他丫鬟皆忍不住微笑，而瑞王府的丫鬟多是沉默，不發表意見。

吃完了肉糜百合枸杞粥，阿菀便在丫鬟的伺候下去淨房沐浴更衣，然後穿著一身大紅色繡著富貴如意圖案的衣裙回了新房，坐在鋪著鴛鴦喜被的大床上等衛烜回來。

不多時，聽到外面響起腳步聲，阿菀知道衛烜回來了，不由得挺了挺背脊。

衛烜喝了些酒，白皙的面容浮現幾許紅暈，一雙眼睛卻黑得發亮，不見絲毫醉態，雙眼如若勾魂一般，筆直地看著阿菀。

丫鬟們悄無聲息地退下，並且體貼地將門關上。

阿菀被衛烜這般盯著，有幾分毛骨悚然，總覺得下一刻就要被他吞吃入腹。

她深吸了口氣，冷靜地朝他招了招手。

衛烜坐到她身邊，手不老實地勾住她的腰肢，在阿菀看不到的地方，指尖激動得發顫。男性渾厚的氣息從他身上傳來，侵襲著阿菀的呼吸和理智，讓她更不自在了。

不過，雖然不自在，阿菀還是努力撐著，淡定地道：「坐好，我們先來談談人生吧！」

衛烜：「……」

新婚之夜，小妻子突然說要談談人生，簡直不能更悲慘。

阿菀這話一說出口，就見衛烜幽怨地看著自己，不知怎麼地有些尷尬，她覺得自己一定是腦抽了，才會突然說出這句話。正想說點什麼來補救，衛烜慢吞吞地開口了。

「妳想談什麼？談完之後……一起睡覺？」說到這裡，衛烜又激動起來，瞅著阿菀在燈光下無瑕的臉龐，喉結滑動了下，感覺口乾舌燥，手已經準備扯她腰間的衣帶結繩。

「咳，就談一下……你能不能離我遠一點？」

可能是現在的地點不對，滿室大紅，給人一種想入非非之感，特別是一抬頭便看到不遠處的龍鳳雙燭，讓她越發不自在。發現腰間的衣帶被扯開，她更不自在了。

阿菀：「……」他不是很純情，什麼都不懂嗎？

聽到她的話，衛烜的手頓了下，繼續堅定地解開結繩。在阿菀僵硬地轉頭看過來時，他的身體慢慢貼近她，然後俯首貼上了她柔軟的唇瓣，灼熱的氣息拂過她細膩的肌膚。

阿菀下意識抬手要揍人，衛烜眼疾手快地接住她沒什麼威力的拳頭，大手包裹住她的小手，直起身子道：「阿菀，我不做什麼，就是想親妳一下。」

阿菀愣了下，狐疑地道：「你不做什麼？」

衛烜擰著眉頭，糾結地點頭，接著扯下自己的衣襟，伸手將她摟進懷裡，習慣性地將臉埋在她脖頸間，聲音悶悶地響起：「姑父說，我們年紀還小，不宜過早行房事，會傷身。」

阿菀終於明白為何昨晚公主娘會說那種話了。

雖然瑞王坑了羅曄，但康儀長公主依然不贊同他們太早成親，並且她自己久病成醫，了解一些養身之道，明白男女太早行房的壞處。原本她是打算等阿菀十七歲再讓她出閣，可瑞王打破了她的安排，無奈之下，只好同意兩個孩子今年成親，卻不能圓房。

康儀長公主不可能親自去說這種事，也不可能拉下臉去和衛烜說，更不會跟瑞王那個老流氓提，於是這任務就交給了駙馬羅曄。

羅曄尷尬得要命，但事關女兒的身子，只得硬著頭皮將衛烜叫過來，關起門來給未來女婿上了一堂健康教育課。出乎意料的是，衛烜答應了。

身為一個正常的男人，衛烜從上輩子因為阿菀而識得男女情事開始，就一直在覬覦阿菀了，連在夢裡都想著對她這樣那樣做某些美妙之事。憋了兩輩子，讓他十分煎熬，可是在聽完羅曄的話，他縱使覬覦得眼睛發紅，也只得忍耐下來。

為了阿菀，沒什麼不能忍的。

不管是上輩子，還是這輩子。

上輩子阿菀的死成為他心裡的魔障，這輩子他不想再發生那樣的事，他想要和阿菀一起白頭偕老，而不是有一天阿菀走在他面前，他卻孤獨地被留下。若是如此，他寧願隨她而去。但是，人能活著，為什麼要早死呢？所以，為了讓自己可以活得久一點，他也要讓阿菀有足夠的壽命陪自己。

沒有她的世界，他已經受夠了，不願意再經歷一次。

聽到衛烜的答案，阿菀簡直感動得要死，駙馬爹太帥了！心裡狠狠給駙馬爹點讚後，阿菀拍拍拱著自己肩窩的衛烜，笑道：「既然如此，那咱們就寢吧。」

這會兒心情一放鬆，她倒是自在了。

誰知剛說完這話，就見衛烜猛地抬頭，又用那種讓人頭皮發麻的眼神看著她，聽他問道：「難道妳不想知道我們什麼時候可以圓房嗎？」

阿菀：「……」她一點也不想知道！

衛烜見她一臉尷尬，突然笑了，湊過去親了親她的眼角，溫溫柔柔的，一反先前的逼迫鬱悶，溫聲道：「姑父說了，等妳十六歲便可以了。」

阿菀晴天霹靂，心裡給駙馬爹差評。既然都要推遲，為什麼不推遲到十八歲再說？駙馬爹，你是不是將大夫們的話記到狗身上了？

果然駙馬爹一點也不靠譜，阿菀強烈要求公主娘出場。

正風中凌亂，衛烜笑盈盈地看著她，那笑容怎麼看怎麼古怪，令她瞬間感覺到一種莫名的危險。這種危險緣自於他的神色變化，導致氣氛也跟著改變。

所以，阿菀木愣愣地被他壓倒在床上時，仍是反應不過來。

「等等……」阿菀抬腳頂住他壓下的身體，「不是說明年再圓房嗎？」

她根本沒有心理準備現在就和衛烜上床，她一直以為衛烜很純情，根本不懂男女之事，故而對於這樁親事才能表現得很淡定，以為就算嫁過來，也只是多了個和自己分享床的人罷了。當然，她也早早決定，等和他成親，同住一個屋簷下，感情慢慢深了，再水到渠成。

在阿菀心裡，她還是比較喜歡順其自然，既然決定嫁給衛烜，便不會有旁的心思，會試著扭轉對他的印象，與他做夫妻。然而，這個前提是，要繼續給她時間適應。

畢竟，現在他們只有十五歲，還是初中生呢！

可是，現在這個壓在她身上的少年，那雙烏黑的眼眸閃爍著讓她心驚的光芒，這情況真的很不對勁啊！該怎麼辦？

她是不是一開始就對他理解錯誤了？

他根本不是什麼純情少年，而是一隻大灰狼！

衛烜親了親她的臉，聲音因為忍耐而變得沙啞：「我不做什麼，我只是想摸摸妳……我已經忍耐很久了。」

阿菀：「……」

接下來的事情，簡直要毀了她的三觀。

某人確實沒有做什麼，但是他做的事情除了最後一步外，簡直就和做了什麼一樣。

淚奔！這真的是叫「我不做什麼」嗎？

衣襟被拉開，露出裡面繡著鴛鴦的大紅色肚兜，還有包裹著的微微有些曲線的胸脯。大紅色的貼身小衣與晶瑩白皙的肌膚形成鮮明的對比，讓衛烜的眸色又變得幽黑幾分，然後伸手小心地覆在了上面……

被衛烜壓著，阿菀根本無法動彈，那種與異性親密接觸的感覺，更讓她羞恥得差點想要蜷縮起身子，恨不得自己五感全失。

不是不反抗，而是……

剛才竟然被他趁機灌了幾杯酒，正暈著啊！

衛烜默默地凝視阿菀，烏黑的長髮順著他的臉龐垂落下來，凌亂地披散在他結實的胸膛上。這畫面太過靡麗，讓她的頭更暈了。

對上他的眼神，不知道為什麼，她便默許了，然後伸手摟住了他的脖子。

心軟是病，得治！

兩人很快抱在了一起，面對面貼得緊密，甚至讓她感覺到他身體的變化，尤其是那擠在她腿窩間的棍子，直挺挺的讓她知道他根本不是什麼純情少年。

阿菀覺得自己就像一根飄浮在河面上的樹枝，被他當成救命之物一般死命抱著，四肢交纏。當空氣飄散著一種屬於男性射精後的麝香味時，阿菀整個人都懵了。

這是什麼情況？

「阿菀……」衛烜緊緊地摟著她，輕聲叫喚，聲音就像是從鼻腔哼出來的一樣，沙啞又慵懶，還有一點撒嬌的味道。

阿菀的腦子瞬間很不合時宜地浮現了一個詞：陽痿！

這麼短的時間，什麼都沒做就那啥了，真可憐。

阿菀不知道的是，這是衛烜實際意義上的第一次，雖然只是抱著她廝磨著就忍不住發洩出來，卻也是因為身體及心理都受到她的影響。而男人的第一次都比較短，特別是衛烜現在還是少年，身體並未發育完全，這實在是正常不過了。

只是，阿菀接下來沒有時間再想某人可不可憐了，因為他緩過神來後，便開始繼續努力探索她的身體，抱著她又親又啃又摸，便是不能做到最後，也能摸能親。

等一切結束後，阿菀用被子裹住自己，默默地縮成一顆球。

「阿菀，妳不熱嗎？」一隻手伸過來，將她身上的被子扒開，「要不要擦擦身子？」

阿菀的手抓著被子，只露出半張臉，視線往他身上飄去，發現他就這麼大咧咧地光著身子坐在床上，頓時臉一黑，說道：「先將衣服穿上，把我的衣服拿過來！」

阿菀聽說過十五六歲的青少年正是對異性好奇的時候，青春期的男孩子最是讓人頭痛，必須要好好地引導才行。

感覺責任重大的阿菀釋然了，決定以平常心對待剛才某人在她身上又摸又啃又咬的行為。

衛烜聽話地伸出一條修長的腿，將被甩到床尾的褻褲勾過來套上，又撿起阿菀先前被他撕開的衣服，發現成了幾塊破布，頓時臉龐微微泛紅。不是害羞，而是激動。

那種親自剝開包裝，露出裡面讓人覬覦的禮物的心情，只要是男人都會懂的。

「衣服破了，我去拿乾淨的給妳穿。」衛烜討好地道：「不過這件可以穿，我幫妳。」

阿菀的目光掃過他手上的那幾塊布，最後定在他手指上勾著的那件有幾根細繩的大紅色肚兜上，整個人都不好了。

「不用你幫忙，給我！」阿菀爬起來，劈手奪過自己的貼身小衣。

衛烜縮回了手，振振有詞地說：「妳剛才耗費了那麼多力氣，現在還累著，我幫妳就可以了。」他紅著臉，聲音變低了，一副很不好意思的表情，「而且，我們已經成親了，做這種事情不是應該的嗎？」

阿菀：「……應該你妹！」

衛烜很自然地接話道：「我妹妹現在也是妳妹妹了。」

「……」

最後，衛烜被阿菀踹下床，然後拉了拉床上的一條繩條，讓丫鬟送了一盆清水進來。衛烜隨便套了一件寬大的寢衣，衣襟大敞，露出屬於少年的單薄胸膛，但是非常結實。阿菀看了一眼，腦子不由得回想起剛才手裡摸到的觸感，莫名的臉又紅了。

雖然知道對方才十五歲，讓她有種猥褻未成年人的罪惡感，可是上輩子活了十八年，連個男朋友都沒交過，又因為醫生一再警告她不宜交男朋友，免得被戀愛影響，情緒起伏過大，可是心裡還是有些幻想的。

而這輩子她還未來得及幻想，就被定下了未婚夫，還十五歲就成親，有了個現成的人讓她摸，這感覺還真是一言難盡。

一定不能讓他發現自己有這種癖好！

過了中秋，夜晚的氣溫涼爽了不少，經歷剛才那般折騰，身上出了不少汗。阿菀不好意思讓衛烜幫自己擦身子，便躲到床裡放下帳子自己擦，並且警告他不許偷看。然後就著微暗的光線，看到身上的痕跡，忍不住臉蛋發紅。

衛烜剛才抱著心心念念的人又啃又咬，雖是未能做到最後，卻有種異樣的滿足感，心情很好地由著她了。不過，盯著那放下的帳子，想到阿菀就在裡面，說不定現在什麼都不穿，還是忍不住小激動，身下某個地方不聽話地起了反應。

等阿菀擦完身子穿上乾淨的寢衣，衛烜也隨便擦了下，趕緊跳上了床。

阿菀往床裡挪了挪，留了個位置給他，衛烜卻愣是往她身邊挪，緊緊貼著她的身體，屬於他的氣息無不在提醒她他的存在。他的體溫很高，熱烘烘地偎著她，身上的酒味已經沒了，只有淡淡的沉香，並不刺鼻。

「阿菀……」

「做什麼？」阿菀有些累，含糊地應了一聲。今天忙碌了一天，剛才又被折騰了一回，她覺得自己隨時可以睡著。

在發現自己的身體被人摟住，後背貼上一個火熱的胸膛時，這不符合人體工學的睡姿，讓她的睡意去了幾分。她翻了個身，伸手要推開衛烜，卻無意摸到了他的胸膛，結果忍不住在上面多摸了幾下……

等到反應過來自己在幹什麼時，阿菀囧了。

心裡正喊糟，果然下一刻便被一雙手臂抱得死緊。衛烜纏了上來，像八爪章魚似的，與她四肢交纏，將她禁錮在他懷裡，讓她能清楚地感覺到他身體的變化。

「那個……不如咱們分開來睡吧？用被子擋在中間？」阿菀提議道，省得他那麼容易激動。聽說青春期的少年容易衝動，稍微有點刺激就會有變化。

衛烜毫不猶豫地拒絕：「不好！」好不容易將人娶回來，便是不能吃，也要抱著才安心。

「你不難受嗎？」阿菀問得很無奈，明知道容易衝動，還抱得那麼緊，簡直是自作孽。

「……難受。」衛烜的聲音悶悶的，「可是我想抱妳。」這樣他才能感覺到安心。

阿菀又被他說得很不好意思，想了想，伸手拍拍他的背。

這個動作很溫情，衛烜忍不住又摟緊了她，唇落在她的耳邊，低喃道：「妳別擔心，我不會做什麼的，一定不會壞了妳的身子……」

阿菀非常感動，也回親他的臉，然後慢慢地將嘴唇落到他的唇角上，動作頓了下，終究沒有再繼續親下去。正想後退，被他堵了上來。

衛烜的動作很生澀，只會扣著她的腦袋壓著她的唇啃咬，讓阿菀無語至極。

他對這種事情再熱情，奈何沒有經驗，只憑著本能行動，以為只要壓著她的唇咬就行了。阿菀雖然也沒有經驗，可好歹也在網路或電視上看過，知道該怎麼做。不過，為了不讓自己太辛苦，她決定還是什麼都不做。

持續一連串的又親又咬後，衛烜終於滿足了，大手輕輕拍撫著懷裡的小妻子，聲音沙啞地說道：「妳睡吧。」

折騰了這麼久，阿菀的眼睛已經睜不開了，腦子一片混沌，懶得再理會他要幹什麼，含糊地應了一聲，很快便進入了夢鄉。

衛烜激動得睡不著，仰躺在床上，將阿菀往懷裡攬，任由她的重量壓在自己身上，承受著屬於她的重量，呼吸著屬於她的氣息，心裡無比踏實。

人的大腦沉浸在深度睡眠中時，是最放鬆的時候，不過當在一個陌生的地方醒來，不免會有些下意識的反應。

新婚第一天，阿菀睡得迷迷糊糊之際，睜眼看到陌生的場景，還有一雙毛手在摸來摸去，實在是擾人清夢，讓人變得暴躁。於是，她握手成拳，揮了出去。

「唔……」

手指骨傳來的疼痛讓她瞬間清醒，倒吸了口氣，只覺得剛才好像打到什麼堅硬的東西。

正想縮回手，卻被人拉住，往她的手指骨上吹氣。

清晨的天氣有些涼，但大紅色撒花的羅帳捂得緊，倒是沒感覺到多少涼意。阿菀被這疼痛刺激得終於清醒，等看清周圍的環境時，呆愣了下。這一愣，那股還未褪去的睡意又襲上來，讓她的腦子有些昏沉。

阿菀其實有些起床氣，若是睡眠不足，或者被人半途弄醒，會很容易暴躁。

「怎麼這般不小心？疼不疼？」

阿菀忍住疼痛坐起身，就著帳內昏暗的光線看清了正握著她的手吹氣揉撫的人。

「表弟？」阿菀吶吶地喚了一聲，理智歸籠，終於知道自己身處在何方，不由平靜下來。然後看向自己被他握著的手，微微皺起眉道：「行了，我不疼了。」

「胡說，都紅了！」

阿菀無語，心說難道不是他揉紅的嗎？

衛烜心疼極了，阿菀不像旁的孩子那般皮實，從來沒有磕過碰過，卻不想才成親第一天，就因為她睡夢中一拳頭打到自己的肩胛骨，反而弄疼了手。

衛烜又揉了半天，說道：「等會兒擦點藥吧。」

阿菀覺得他有些小題大作，將手抽了回來，說道：「現在是什麼時辰了？」

「卯時正，還早，要不要再睡一會兒？」衛烜幫她將散亂的頭髮勾回耳後，湊過去親了親她的嘴唇，聲音異常柔軟。

阿菀搖頭，「不用了，等一下還要給舅舅、舅母敬茶。」

今日是她嫁過來的第一天，可不能偷懶，免得給長輩們留下不好的印象。

等她撩開帳子要下床時，回頭又看了衛烜一眼，想起方才自己會醒來，就是被他毛手毛腳給弄醒的，再看他的模樣，偏生沒一點兒愧疚感。

公主娘說，夫妻間是要互相遷就的，這樣感情才能維持下去。兩人之間總是一方強勢一方便要弱勢，一方強硬一方便要退讓，端看怎麼拿捏尺寸。阿菀覺得公主娘理論上說的對，但是卻不太適用自己和衛烜，因為衛烜太多變，有時候霸道得像個犯中二病的熊孩子，有時候又可憐兮兮的像個大男孩，讓她非常無奈。

例如此時，她還未下床，就被他貼上來摟住，聲音軟軟的，「沒事，妳可以多睡一會兒，遲點再去向他們請安。父王今日休沐，不用進宮，他們有時間等。」

阿菀拍拍他的頭，說道：「這可不行，哪有讓長輩等的道理？」

衛烜卻嘟嘟嚷嚷起來，十分不孝地說：「他們都知道妳的身子不好，不會怪罪妳的。而且，妳若是睡眠不足會頭疼，反而是老頭子身子好著，讓他等一會兒也沒關係。」

「沒事，我可以敬完茶回來再歇息。」

見阿菀堅持，衛烜只得不情不願地起身，撈起昨天晚上丫鬟事前放在箱籠上的乾淨衣服，仔細看她的臉，「真的不難受？」

阿菀被他磨蹭的態度弄得想翻白眼，可知道他是體貼自己，還是挺感動的，便笑道：「真的不難受，回來再歇息也可以。」

昨晚雖然被衛烜鬧得極度羞恥，卻不是真正的洞房，怎麼可能會累著？

阿菀接過衛烜遞來的衣服，正想叫丫鬟進來伺候他們更衣，被衛烜阻止了。

「我不喜歡她們隨便亂碰，妳現在是我的妻子，幫我更衣好不好？」他一臉期盼地問道，縮在袖中的手指又不爭氣地發顫，只要想到阿菀像個小妻子伺候自己，他就激動不已。

這是小事，阿菀沒和他擰，將他的衣服接過去，開始服侍他穿上。然後拿過自己的衣物，慢條斯理地打理自己，期間幾次拍開衛烜探過來的爪子，不讓他再毛手毛腳。

青春期的少年容易衝動，阿菀怕他再蹭過來，他自個兒又要難受了。

也因為這種不經意的縱容，越發養大了衛烜的貪心，讓阿菀頗為無奈。原是不想在小事上計較，畢竟成親了，以後兩個人要生活在一起，各種摩擦不可少，若是件件小事都計較，那就沒完沒了了。偏偏生活是一件件小事累積而成的，她不計較，會養大某人的貪婪之心。

等門外候著的丫鬟被叫進來時，她們發現兩個主子都已經穿戴妥當，不由愣了愣。幸好衛烜惡名在外，眾人便是察覺到什麼，也沒人敢多嘴，紛紛低眉順眼地伺候兩人洗漱。

洗漱完畢，青雅端了一杯藥茶呈給阿菀。

衛烜順手接過，聞了下藥茶的味道，皺眉道：「怎地還喝這種東西？」

這藥茶據聞是江南一位名醫所配，特地針對阿菀的體虛，讓她平時將這藥茶當茶飲，調理她的身子，所用藥物皆是以溫補為主，只是這味道委實不好聞。

「沒事，習慣了。」阿菀端過去喝了一口，精神好了些，被那股味道刺激的。

青雅看了看，開口道：「這藥茶生津潤喉、清熱化痰，正適合秋天喝。每到秋天，世子妃每日晨起時都要喝一杯。」

瑞王府的丫鬟們隱晦地看了青雅一眼，原本覺得她多嘴，可是發現世子竟然未生氣，不禁眼神微暗，互相睇了一眼。

衛烜覺得青雅很機靈，這聲「世子妃」改口得真是好，心情頓時好了幾分。

等他攜著阿菀出門時，也糾正阿菀的稱呼，「我們既已成親，妳可不能再叫我表弟了。我父王也是妳父王，妳不可以再叫舅舅了。」

聽她叫自己表弟，就會讓他覺得她仍是端著大姊姊的架子將她當成弟弟。

簡直心塞！

阿菀眼珠轉了轉，笑睨著他，「不叫表弟，那叫阿烜？」聽到「阿烜」這兩字，衛烜的俊容上浮現些許紅暈，聲音很歡快，「嗯，就這麼叫！」

阿菀哭笑不得，昨晚在床上那般大膽，現在又來搞純情。

兩人到了正院，便見到瑞王夫妻已經等在廳堂裡了，衛烜的兩個異母弟弟妹妹衛焯、衛嫤也早早地過來，坐在父母下首，見到兄嫂進來，兩人忙起身和他們見禮，皆是雙眼亮晶晶地看著剛進門的阿菀。

阿菀不禁莞爾，同衛烜上前向瑞王夫妻行禮請安。

丫鬟將蒲團放到前面，呈上一杯茶。

阿菀跪在蒲團上，接過那杯茶，雙手舉起，對瑞王道：「請父王喝茶。」

瑞王先是看了眼旁邊虎視眈眈的長子，那熊兒子一臉危險地看著自己，彷彿只要他遲疑一下，給兒媳婦一點難堪，就會不給老子面子暴起，這情狀讓他非常抑鬱。更抑鬱的是，剛才兩人進來時，雖然他不好盯著兒媳婦仔細看，卻也看了個分明，發現阿菀的氣色頗好，證實了他昨晚的猜測。

這兩個孩子果然沒圓房！

瑞王想到這裡頓時心酸了，兒子養這麼大，原來是個不舉的，偏偏他為了這個熊兒子，將妹妹的女兒給強娶進來。就算他是個流氓，也是個有良心的流氓，以後怎麼有臉面對康儀妹妹？明明這熊兒子一表人才，怎麼看也不是個不舉的啊！

「父王。」

瑞王失神不過幾息，就聽到熊兒子的提醒聲，他不滿地瞪了他一眼，忙接過兒媳婦敬的茶喝了一口，心裡卻在琢磨著要找大夫醫治療熊兒子的隱疾。這不舉的隱疾大抵太傷男人的自尊，他得好生思量著，省得熊兒子屆時丟面子，大家都不好過。

衛烜被父親瞪得不痛不癢，反正這輩子他是當定討債鬼。

阿菀又向瑞王妃敬茶，瑞王妃面上掛著溫和的微笑，接過茶喝了一口。

阿菀敬了茶，兩位長輩都賞了東西，又意思意思地對他們說了幾句好生過日子、為衛家開枝散葉之類的話，便結束了敬茶。

接著，衛嫤和衛焯姊弟倆過來拜見新嫂嫂，輪到阿菀給他們禮物了。

對於衛嫤姊弟倆，阿菀可以說是看著他們長大的，加之兩家時常走動，彼此倒是不怎麼陌生。衛焯喜歡跟著衛烜這個兄長跑，是個很省心的小叔子，而衛嫤十分懼怕兄長，對阿菀反而比較親近，也是個省心的。她與阿菀說話時，小聲地問以後可不可以去隨風院尋她說話。

阿菀笑道：「嫤妹妹若是想來就來，一家人不必如此客氣。」

衛嫤先是看了兄長一眼，見他冷淡地看過來，連忙低下頭小小應了一聲。

瑞王妃見狀，覺得女兒和阿菀這嫂子親近也好，以後瑞王府是要交給衛烜的，阿菀將來便是這府裡的女主人，女兒若是能和她親近，對她未來也好。

等到用早膳時，按規矩阿菀這新婦是要伺候婆母用膳的，可瑞王妃哪敢自己坐著，讓阿菀站在旁邊伺候？屆時衛烜非掀桌子不可。對這繼子的心思，瑞王妃拿捏得相當精準。連敬茶時瑞王遲了幾息都被那小霸王瞪了，他可不會給自己這個繼母什麼面子。

幸好瑞王妃心寬，不好那等面子，便叫了阿菀一起坐下用膳。

一家子用過早膳，瑞王按規矩帶著兩個兒子去了書房，讓她們娘幾個說話。阿菀便順勢在瑞王妃這兒略坐，與小姑子敘話，卻不想丫鬟來報，衛烜過來接她了。

阿菀沒想到衛烜這般不著調，正頭疼時，瑞王妃極是自然地道：「既然烜兒過來接妳，妳便同他回去歇息吧。」

阿菀：「……」難道是她太不淡定了？

正說著，衛烜進來了，同瑞王妃行了一禮，說道：「母妃，阿菀素來身子不好，請您多擔待些，兒子這便帶她回去歇息。」

瑞王妃聞歌知雅意，關切地道：「既然如此，我便不留妳說話了。」頓了下，她又道：「以後也無須天天過來請安，按著規矩，初一十五來便行，好生養好身子。」

衛烜十分滿意繼母的識趣，臉上的笑容真切了幾分，拉著阿菀回了隨風院。

肆之章　情難自禁

阿菀的陪嫁貼身大丫鬟共有四人，亦即青雅、青環、青霜、青萍。這四個丫鬟各司其職，管著阿菀的貼身衣物等東西。除此之外，還有一些次等的小丫頭、兩房跟過來的陪房，以及放在莊子裡的各處管事等。

阿菀與衛烜去向長輩敬茶時，青環跟著過去，青雅、青霜、青萍則留在隨風院收拾阿菀的陪嫁箱籠，順便與隨風院中伺候的丫鬟們認識。

這四個貼身伺候的陪嫁丫鬟是康儀長公主早早就精心挑選好的，並經過一番調教，得她滿意了，才將她們放到女兒身邊，給女兒作陪嫁丫鬟，帶過來好幫襯，所以這四個丫鬟都很能幹，甚至各有特點，青雅穩重細心，青環、青霜機靈，便是年紀最小的青萍，雖然平時不怎麼出現在阿菀面前，卻是個懂醫理的。

阿菀的嫁妝已經放到隨風院的幾間廂房裡鎖著，等阿菀騰出時間清點完畢便可以歸置入庫，而放著平時所用之物的箱籠是昨日進門時一起抬進來的，也得丫鬟們好生整理。

青雅任務雖重，卻不急著去整理，等主子們離開後，才與隨風院的丫鬟們一起收拾新房，邊忙碌著邊打量那幾個丫鬟，很快便明白了這群丫鬟中，那個叫路雲的是這些她們之中的領頭人，也是得衛烜看重的貼身大丫鬟。

青雅正琢磨著怎麼和路雲套話，見路雲走過去收拾新床，她趕緊跟過去幫忙，然後見路雲從床尾處摸出了一條白色帕子。

就在她納悶那是什麼東西時，路雲突然咬破自己的手指，將手上的血滴到白帕子上，接著從旁邊的櫃子裡取出一個楠木盒子，將白帕子放了進去。

路雲做這些事時未避著她，青雅瞬間明白了她的意思，便也不說話，看著路雲行事。

兩人將內室收拾得差不多時，外頭響起了叫喚聲，原來是王妃身邊的管事嬤嬤過來了。

那嬤嬤笑得客客氣氣的，青雅也是個有見識的，便知道這嬤嬤應該是從宮裡出來的。青雅有些明悟，聽到那嬤嬤對她們道：「路雲姑娘可方便？老奴來取東西了。」

路雲沒什麼表情，在青雅的注視下，將那放著滴了血的帕子的楠木盒子遞給了嬤嬤。

嬤嬤當著她們的面打開看了下，臉色微變。

青雅正琢磨著，路雲突然說：「嬤嬤還有什麼事情嗎？」

嬤嬤即便覺得帕子上的血漬不太對，根本是剛滴上不久的，可是面對路雲這個隨風院裡的大丫鬟，還是不敢說實話，只能陪著笑道：「路雲姑娘，這元帕……」

路雲淡定地道：「這是世子親自過目了的，嬤嬤覺得有何不對？」

聽到是世子驗過的，嬤嬤即便在心裡吶喊著「不對，這根本不是處子血」，嘴上也不敢明說，只得無奈地將之收好，決定這事情爛到肚子裡。若這東西是世子妃的丫鬟交給她的，她還能到王妃面前說道一下，若是世子……得了，閉上嘴吧，省得不小心說了不該說的話，被那混世魔王一個窩心腳踹去半條命。

嬤嬤捧著裝著元帕的楠木盒子走了，而圍觀了這一切的青雅被刺激得不輕。

青雅同路雲打了聲招呼，便去和出去打聽消息的青霜碰頭。

雖然時間很短，青霜還是打聽到了點事，可青霜覺得不是自己嘴巧，而是隨風院裡的人應該得了衛烜的吩咐，她一表明身分，旁人根本不刁難她，能說的都會說給她聽。

隨風院是衛烜的地盤，裡面的人多是衛烜的心腹，這群心腹在瑞王府可是橫著走的，連瑞王夫妻身邊的人都不太敢惹他們。他們惹著其他主子生氣還能網開一面，若是惹著那個小霸王，可是會沒命的。

下人也是分三六九等的，隨風院的下人儼然是王府一霸，人人避著走。

青雅若有所思，剛才那個嬤嬤的態度倒是能說得通，明知道那元帕有問題，卻因為路雲一口咬定，只能陪著笑不敢多說什麼。

青雅和阿菀同齡，不過是個未出閣的姑娘，所以不知道昨晚那對新婚夫妻竟然沒有圓房，這讓她愕然不已。至於那種圓房了為何沒有落紅什麼的，青雅是絕對不會多想的，只會認為這是沒有圓房，元帕才會沒有血漬。

就在她糾結著為何世子與郡主怎麼不圓房時，青萍走過來，小聲對她道：「今兒郡主的氣色看著不錯，昨兒應該沒有圓房。青雅姊姊，妳以後便看著點，別讓他們太早圓房，對郡主的身子不好。這是公主交代的，女子未及十七，過早圓房對身子有礙……」

所以說，在康儀長公主的想法裡，讓他們滿十七歲才圓房是最好的，但是羅曄身為一個男人，覺得有些不人道，才會對衛烜說延遲一年。

青雅恍然大悟，慎重地道：「我知道了，妳放心。」心裡卻是有些愁，雖說公主交代過，可是世子望向她們家郡主的神情，巴不得要吞吃了，真的能忍兩年嗎？

不過，往好的方面想，他們從小一起長大，情分不一般，若是為了郡主的身體，世子應該能忍耐吧？昨晚不就是沒有圓房嗎？

就在幾個丫鬟碰頭交流時，向長輩敬茶的兩人終於回來了。

阿菀不知道早上她和衛烜離開後發生的事，她正被衛烜帶著去逛隨風院。

雖然衛烜來接她時是打著她的身體不好需要歇息的旗號，可是阿菀昨晚還算是休息得好的，走走無妨。衛烜見狀，便直接忘記自己剛才找的藉口，提議帶她去逛瑞王府，反倒是阿菀清楚地記得，不想自己進門第一天便打瑞王妃的臉。

衛烜只好退而求其次，帶她去逛隨風院。

隨風院是他的地盤，就算他在裡面殺人放火也不會有人知道，不怕被人說。

阿菀來過隨風院幾次了，隨風院是瑞王府最漂亮的地方，每個季節的風景都不同，這秋景也讓她看得興致勃勃的，心情舒朗了幾分。

「你以後莫要再做這種事了，我正和母妃說話，你便過來要接我走，讓人看到了怎麼說？」阿菀勸道，讓他別太任性。

衛烜滿不在乎地道：「這有什麼？妳本來就身子不好，這兩天又累得緊，應該多歇息。」

「也沒這麼差。」阿菀說著捏捏自己的臉，「你瞧，這幾年我的氣色越來越好了，指不定再過一兩年便和普通人差不多，屆時我想吃什麼就吃什麼，不必再忌口了。」

衛烜看了看她的臉色，忍不住伸手撫上她的臉，掌心處是細膩柔潤，與孟妡那個壯得像頭牛的姑娘比起來，阿菀仍是瘦弱了些。

想到這裡，他的心臟狠狠一縮，不由得伸手將她摟到懷裡。

他這個動作讓後頭跟著的丫鬟們止步，紛紛識趣地低下頭。

「怎麼了？」阿菀被他突然的舉動弄得疑惑。

衛烜悶悶地道：「妳以後想吃什麼跟我說，我讓廚子做。」

阿菀被他逗得笑起來，拍拍他的肩膀，而後很驚奇地發現衛烜竟然比她高出一個頭。他這一年身高竄得太快，長肉的速度比不上抽條的速度，以致於他看起來很瘦。

「行啦，我只是說說罷了。」阿菀還是知好歹的，自己的脾胃太弱，很多東西不能吃，故而只是嘴上抱怨幾句，沒有任性地拿自己的身體開玩笑。

逛了隨風院半天，見阿菀面露疲憊，衛烜便想帶她回去歇息。

他蹲下身來，打算要背她。

阿菀看了眼遠處垂著頭的丫鬟們，最後架不住衛烜的堅持，還是趴到了他背上，臉上的笑容一直沒有落下。

阿菀用手敲了敲他的肩頭，說道：「怪不得我今天早上手會那麼疼，你身上的肉太少了，都是一堆骨頭。」

「那我努力多吃點。」衛烜從善如流，心裡默默擬了一個計劃。他不僅要多多地長肉，也要有一個魁梧的體魄，這樣阿菀就會更喜歡他了。

嗯，對了，還得將那些長得高大威猛的侍衛給弄遠點，別讓他們出現在阿菀面前。路平倒是可以，反正路平也正在抽條，沒長幾兩肉，而且他還要讓路平幫忙做事……

阿菀不知道背著自己的少年正在計劃著如何將她以後所能見到的雄性生物都驅離，此時趴在他背上和他一路說笑，雙手偶爾拍拍他的肩膀，或者是扯扯他的頭髮，氣氛輕鬆。

回到屋裡，丫鬟們端了水過來給他們淨臉後，便被衛烜趕到外頭。

衛烜親自去箱籠找了一套寢衣過來給阿菀換上，自己也將外袍脫了，摟著她滾到床上，接著低頭含住她的唇，輕輕啃咬起來。

昨晚洞房花燭夜，雖然不能做到最後，衛烜卻將自己以前幻想過的所有行為都對阿菀做了一遍，就像這種親吻的事情。未成親之前，擔心嚇著阿菀，不敢妄為，克制得十分辛苦，現在則是怎麼順心怎麼來。

「夠了吧……」阿菀的鼻息有些重，「不是說讓我歇息嗎？」恨得撓了他一爪子。

「再等等……」

衛烜的聲音含糊，唇舌沿著阿菀的脖子啃咬，幾乎將她當成美味的食物，讓阿菀有種毛骨悚然的感覺。這種驚悚的感覺從昨晚就有了，不僅是破了廉恥度，更是毀三觀。

想著，又撓了他一爪。

這丫的簡直是在挑戰她的底線！

「阿菀，妳好軟好香……」衛烜說著，心裡湧起深切的渴望，感覺如何也要不夠。

他覺得自己很不正常，特別是對待阿菀時，恨不得用各種手段將她禁錮，只容許她待在他築給她的牢籠裡，只能感覺到他一個人存在。這種欲念太瘋狂了，他不敢讓她知曉自己有這等扭曲的念頭，直到現在，能光明正大地擁有她時，忍不住就想要索取更多。

聽說一個人的欲望是有限的，當得到了夢寐以求的東西後，時間久了，便會厭倦。而他夢寐以求的東西已經在他懷裡了，可是為何卻覺得一輩子都不會厭倦？

等阿菀終於累得睡著，衛烜方衣衫不整地直起上半身，手指摸向阿菀的眼角，摸到了濕潤的水漬。他低頭在那有些泛紅的眼尾處親了親，心裡一陣晦澀。

他果然有病，明明想要呵護她，又忍不住想要欺負她到哭泣。

這樣想著，精神亢奮，全身都在叫囂著。他看了阿菀很久，纖細的身子於他而言瘦弱得不堪一擊，卻鮮活得讓他忍不住想要擁抱，若有若無的氣息更是勾動著他的心思。

最後還是忍不住，慢慢伸手扯開了她腰間的結繩……

睡了一覺，阿菀覺得好像更累了。

她揉著額頭睜開眼睛，剛起身就看到睡在旁邊的少年，他整個身體都貼著自己，臉龐側壓著，頭髮散亂在枕頭上，一臉的孩子氣。

發了會兒呆，想起剛才睡著前的事情，阿菀忍不住扶額。

她這樣算不算是猥褻未成年人？心裡有種淡淡的罪惡感怎麼辦？

在她糾結時，衛烜也適時睜開了眼睛，乖巧地看著她，問道：「妳醒啦？餓不餓？」

隨著他的話響起，阿菀的肚子發出了腹鳴聲，她當下板起臉，正經地道：「餓了。」

衛烜露出了笑容，在她炸毛前，湊過去親了親她的唇，拉著她起床。

兩人用完膳，已經是傍晚時候，天邊的晚霞絢麗，天氣正好。

阿菀吃得很飽，兩人手牽著手在院子裡散步消食，陪他們散步的還有被當作嫁妝一起打包過來的大白和二白。衛烜很是嫌棄，牠們卻淡定地撅著屁股，雄壯威武地走了。

「明天咱們要進宮向皇祖母請安，你說準備什麼禮物給她老人家好？」阿菀問道，太后如此疼衛烜，她嫁過來自然也是要討好太后，免得她一個不高興，給自己找罪受。

例如，賞幾個宮女伺候衛烜什麼的，這絕對不行。

兩輩子接觸，衛烜對太后的喜好不說掌握得十分，那也是有七八分，當即便道：「這個妳不用擔心，交給我就好。」

阿菀對他還算放心，點了點頭，又問道：「我們什麼時候去拜見外祖母？」

衛烜愣了一下，才明白阿菀說的外祖母是威遠侯老夫人，他的心中滋味難言，沉吟了會兒，方道：「再過幾日吧。」

阿菀看了他一眼，想到出閣前公主娘同她透露的皇家祕辛中，便有太后和威遠侯老夫人當年的姑嫂恩怨。可憐衛烜因此而不太敢認威遠侯老夫人這個親外祖母，就是為了顧及太后的心情，想必威遠侯老夫人也極是難過的吧？

果然，誰的拳頭大，誰就有任性主宰他人的權力。

想到這裡，她伸手擁抱他，拍了拍他的背。

衛烜眨了眨眼睛，不知道她為何突然擁抱自己，但是有便宜不占是王八蛋，他直接摟住她，上下其手。

等阿菀發現這擁抱變質時，差點咬他。

青春期的少年果然傷不起啊！

翌日，天未亮，阿菀和衛烜便起床了。

阿菀打了個哈欠，轉頭看了下窗外的天色，天還黑著，眼睛都睏得睜不開來，頭也感覺到一種睡眠不足的脹疼。她身體不好，睡眠時間比旁人多一個時辰，加上康儀長公主疼她，為此而延了早上請安的時間，養成了她固定的生理時鐘，突然改變，還真是不習慣。

只是，再不習慣，她也不能任性，還是爬起來了。

「頭疼？很難受嗎？」

衛烜伸手在她太陽穴上輕輕按揉著，想讓她緩解疼痛。他看了下外頭的天色，確實很早，至少比阿菀平時晨起的時間要早。他對阿菀的作息記得一清二楚，好方便他偷窺。只是今兒要進宮，也是沒辦法的事情。

「沒事，緩一緩就好。」阿菀閉著眼睛，喝了大半杯藥茶，終於有些精神了。

衛烜默默看著她，想說什麼，最後只道：「以後若是無事，便不用進宮。」握著她微涼的手，心裡已經有了主意。

阿菀這會兒清醒些了，陪他坐到餐桌前用早膳，安嬤嬤見狀，忙指揮著下人們擺膳。

待桌子擺滿了一桌早點，阿菀笑道：「這可不行，以後有時間得時常進宮向皇祖母請安方是。」以前她沒嫁衛烜就算了，那時候只是個與太后沒有血緣關係的外孫罷了，現下嫁了衛烜，太后便是嫡親的祖母，禮數得做足。

衛烜現在年紀大了，不如以往般能時常自由進出後宮，太后也不好時常召他到仁壽宮去。這種時候，便是做媳婦的代替丈夫過去向老人家請安了，也算是露臉，省得見得少了，感情變淡。若是平常人家，感情淡了就淡了，可是太后不同，人人都願意減幾年壽命，削著腦袋去奉承，就為了能在太后面前露個臉，她自不能太清高。

幾個念頭在心裡轉了轉，阿菀很快便有了主意。

衛烜神色有些陰沉，拉著她的手不放，還是阿菀拍拍他，親自夾了一塊鹹香酥脆的蔥油餅給他轉移了他的注意力。

用完膳，兩人出了隨風院，同瑞王夫妻及衛嫤、衛焯姊弟倆一起進宮。

到了宮裡，瑞王和衛烜去上朝，阿菀和瑞王妃、衛焯姊弟去仁壽宮向太后請安。衛焯年紀還小，又是太后的親孫子，瑞王妃也時常帶他進宮，雖然比不得衛烜受寵，卻也是親孫子，太后同樣是喜歡的。

衛烜離開前，看了阿菀一眼，可惜阿菀正牽著衛嫤和她低聲說話，根本沒有接收到他的眼神，讓他心裡很是鬱悶。

大抵是因為衛烜的神態太明顯，瑞王也藉機瞄了一眼，看到阿菀溫柔地和長女說話，瑞王不禁感慨，覺得實在是對不起她，自家熊兒子竟然是個不舉的，讓她嫁過來守活寡。他已經知道昨日元帕作假的事，怕這事被人知道，他還對那嬤嬤下了封口令。

所以，還是趕緊治好熊兒子的隱疾吧。

到了仁壽宮，正殿裡已經坐了好些人，不僅有皇后、鄭貴妃、明妃等人，還有太子妃抱著皇長孫、莫茹、三公主、四公主等人，皆圍著太后說話。

今兒是阿菀這瑞王世子妃進宮向太后請安的日子，眾人自然是要給面子過來。而三公主和四公主現下就住在仁壽宮中，太后想到衛烜好歹也是她們的兄長，便也將她們叫上。

看到瑞王妃帶著阿菀進來時，所有人都望了過來。雖然以前就知道她和衛烜自小訂親，可是大多數人都覺得這樁親事很玄，特別是衛烜那性子不好說，太后又那般疼他，必不會樂意讓衛烜娶個身子弱不好生養的姑娘。

沒想到兩人仍是穩穩當當地完婚了，有些心思惡毒的，想著這一個蠻橫霸道，一個孱弱短命，還真是相配。

阿菀很鎮定，抬頭略略看去，很快將殿內的情況盡收眼底，然後對上三公主冷漠厭惡的目光，只看了她一眼，又輕飄飄地移開視線，倒是讓三公主自己氣得胸口疼。

「哎喲，是瑞王世子妃向母后請安來了！」明妃笑著說，聲音輕快，目光若有若無地落到了鄭貴妃和三公主身上，接著彷彿看到什麼好笑的事情，拿帕子掩了下嘴。

三公主臉色鐵青，眼神不善地看著她。

鄭貴妃像是沒看到似的，臉上掛著得體的笑容，心裡卻嗤笑著這人蠢笨如斯，被人當槍使也不知道，這種人蹦躂不久的。

在旁人都沒開口時，明妃便貿然出聲，而太后竟然也不作聲，皇后面上雖然不悅，卻沒有開口斥責，可見明妃現在在太后這兒比鄭貴妃還能說得上話。

瑞王妃故作不知，帶著兒媳婦和兒女們上前向太后請安。

「壽安過來給哀家瞧瞧。」太后開口道。

阿菀臉上保持著端莊的笑容，上前一步，被太后拉著打量，就見她笑道：「看著比以前有精神多了，甚好甚好！以後和烜兒好好過日子，他性子強又霸道，是個不愛聽人勸的，妳便辛苦一些，若是他有什麼不對的，好好勸他……」

太后像是尋常關心孫兒的祖母，嘮嘮叨叨個不停。

這模樣落在旁人眼裡，不得不感慨瑞王世子得寵，無人能越過他。

唯有阿菀被太后拉著，看得清楚，細心地發現太后說著說著，眼神開始有了微妙的變化，不由背脊發寒，感覺太后這話似乎有些不對勁兒。

幸好這時候明妃又不甘寂寞地來找存在感了，她嬌嗔道：「瞧母后說的這話，世子妃方進門，您現在就說這種話，不是讓她和世子生隙嗎？屆時世子可要惱您了。」

太后醒神過來，發現自己多嘴了些，對明妃的話也不以為意，反而說道：「哀家這是盼著他們好，烜兒的性子擰，確實是要有個媳婦來約束他。」

皇后暗暗地撇嘴。當初瑞王世子和壽安郡主的婚期定下時，太后很不高興，還將瑞王召進宮臭罵一頓，不過瑞王是太后的小兒子，太后素來疼他，瑞王又是個會哄人的，很快把太后給哄住了。瑞王又說衛烜性子擰，需要媳婦牽制，早點成親也好，性子才定得下來。太后不知道想到了什麼，方沒有再生氣。

太后原本老大不快活，現下卻能說出這些話來，讓皇后頗不平衡，明明都是孫子，太后簡直是將衛烜疼得沒邊了，其他皇子只能給他讓道。幸好自己的兒子是太子，太后顧忌著，比起其他皇子好太多了。

不過，雖是如此，皇后仍是很抑鬱，因為三皇子近來辦差頻頻得皇帝讚揚，太子反而被三皇子打壓，若非是太子妃勸著，皇后幾乎又要出昏招了。

就在太后拉著阿菀又要說什麼時，衛焯出場了。

衛焯一向傻得可愛，叫了一聲「皇祖母」，馬上膩過去纏著太后說話。六七歲大的男孩兒，養得白白淨淨的，那萌萌的小模樣很容易打動中老年婦女的心，太后也被他逗得發笑。

衛焯纏著太后說話，還抽空看了阿菀一眼，心說，昨兒大哥特地交代過他，在宮裡時只要情況不對，就要保護大嫂，別讓她累著。皇祖母坐著，大嫂站著，站久了也會累的。

幸好有衛焯打岔，不然太后估計說著說著會開始挑剔阿菀，畢竟在她心裡，阿菀實在不是個健康的姑娘，配不上衛烜。若非當初衛烜死活要阿菀做他的世子妃，且連神佛都拿來說事了，太后也不會應允。

自己心疼的孩子，自然是想要給他全世界最好的，而阿菀就輸在了身子不好上，做長輩的，都不會樂意兒孫娶身體差的姑娘進門。

有衛焯打岔，話題很快歪到了天邊去，阿菀也趁機坐到太子妃身邊，好奇打量著安靜地坐在太子妃懷裡的皇長孫。

小包子手裡拽著一個布老虎，大眼睛黑白分明，膚白唇紅，臉蛋圓圓的，簡直是個自帶閃光的萌物。就如阿菀當初的猜想，父母的基因不錯，皇長孫以後長得也會很好看。幾個月過去了，他生得越發討喜了，同時也能看出他長得比較像太子，安靜的性子則像孟妘。

想到康平長公主私下同母親抱怨，擔心皇長孫的性子以後像女兒那般孤拐，讓她愁白了頭髮，令阿菀忍不住抿嘴微笑。

「二表姊，皇長孫會叫爹娘了嗎？」阿菀握著小包子的肥手搖了搖，小包子瞅了她一眼，然後將布老虎糊到她臉上。

阿菀：「……」真凶殘！

「還不會，不過會發出一些奇怪的聲音了，不知道他在說什麼。」孟妘拍拍兒子的胖手，將布老虎放到一旁，就是不給他，這是懲罰他剛才用布老虎砸人。

阿菀見他好玩，便拿了布老虎逗他。小包子不禁逗，伸手探過去。

一大一小玩得正開心，那邊太后已經放開纏人的衛焯，臉上露出了疲色。

眾人識趣地起身，向太后行禮告辭。

阿菀上前體貼地道：「皇祖母好生歇息，改日孫媳婦和夫君一起進宮向您請安。」

聽到這話，太后笑了笑。這一笑，臉上的皺紋更明顯了。

太后老了。

阿菀注意到這個事實的時候，終於明白剛才自己心裡那股異樣感由何而來。

人一旦老了，精神跟不上，又生活在這種地方，任是再開懷，也免不了心裡有所壓抑，甚至精神會出現問題。而且太后能爬到這位置，將兒子拱上皇位，顯然當初也做了不少事情。若是多想一些，對精神會產生極大的影響。

阿菀貼心地和太后說了幾句話，句句都戳中太后的心坎，等她和瑞王妃一起離開時，太后心裡對她還算是滿意的。

「哼，又是一個馬屁精！」

三公主站在仁壽宮通往宮門口的一條宮廊下，目光陰鬱地看著皇后一行人離去。她的視線掃過了皇后、太子妃、瑞王妃、明妃等人，最後定在阿菀身上。

聽說了孟灃訂親，她現在最恨的人不是阿菀，改成了和孟灃訂親的柳家姑娘。可是她現在被拘在仁壽宮，不能做什麼，只能將恨意壓在心裡。不過，她仍是非常討厭阿菀，不只是因為孟灃對她好，還因為她是衛烜的世子妃。

「三姊姊，您該回去了。」四公主縮著腦袋，小聲地道，當作沒聽到她的話。

三公主沒理她，望著皇后等人離開，直到她們的身影看不見了，才將視線轉回來，輕蔑地看了四公主一眼，然後搭著宮女的手回了仁壽宮偏殿。

四公主見她離開，難堪地咬了咬唇，垂下的眼簾掩去了眼中的怨恨之色。

陳貴人依附著鄭貴妃，自小便要女兒四公主與三公主一起玩，久而久之，四公主也成了三公主的跟班。這回三公主被太后拘在仁壽宮抄經書，她不樂意自己一個人，吵著要人陪著，陳貴人便知趣地將四公主送過來。

四公主和三公主是同齡姊妹，今年已經十六歲，到了說親的年齡。按規矩，這種時候皇后也要為她們留意駙馬人選，誰知三公主癡纏孟澧不放，任性地跑到皇帝面前說，若不是她看中的她絕對不嫁。便因為她鬧的這一齣，連她們父皇也惱上了，便提也未提她們的親事。

可憐四公主被三公主連累，不僅到了適婚年齡沒能訂親，還要因為三公主而搬到仁壽宮來，天天吃齋抄經書，心裡如何不怨？

可是，再怨恨，自己的母妃只是個貴人，她只能當三公主的跟班，認命地接受這一切。她只希望自己的忍辱負重，能為母妃和弟弟九皇子帶來更多的好處。

出了仁壽宮，皇后和鄭貴妃等人面帶笑容地道別，面上親熱得就像親姊妹一般，便是有明妃在旁時不時刺兩下，鄭貴妃也未改變臉色。曾經的寵妃其定力完全不是新任寵妃比得上的。明妃見狀，只能恨恨地暗罵幾聲老妖婆，卻拿她沒轍。

鄭貴妃同瑞王妃寒暄了幾句，又拉著阿菀，溫和地道：「說來壽安也要叫本宮一聲姨母，本宮看著烜兒長大，如今他終於娶妻，想來若是他母妃地下有知，也會欣慰。以後壽安可要多進宮來，咱們也可以說說話……」

皇后的臉立即黑了，這賤人是當著她的面拉攏瑞王世子妃。

不過，比起皇后來，衛烜與鄭貴妃的關係確實近一些，奈何衛烜是個渾的，根本不給鄭貴妃面子，這幾年也與鄭貴妃疏遠，只維持著表面上的平靜，背地裡卻是各有怨氣。

鄭貴妃心裡氣得要死，可瑞王在皇帝心中的分量不輕，為著自己的幾個兒女，鄭貴妃也得好生與瑞王府打好關係。衛烜不給面子不打緊，還可以和阿菀這位世子妃打好關係。若是能籠絡住她，讓她同衛烜吹吹枕邊風，那就更好了。

鄭貴妃面上笑得慈愛，心裡的算盤也打得劈里啪啦響。

她現在已經不指望衛烜能跟她們一條心，但至少別和皇后、太子一條心。衛烜雖渾，鄭貴妃可沒被他騙住，知道那是個有主意的主兒，現下看著也不知道他向著誰，可以再觀察，但斷斷不能讓他向著皇后、太子。而衛烜所娶的世子妃壽安郡主，鄭貴妃也聽說她和太子妃情同姊妹，她現在也不指望著能一朝一夕便能拉攏，只是面子工程要做好，也努力看看能不能行，當然，現在能膈應一下皇后和太子妃又何樂不為呢？

所以，鄭貴妃當著皇后的面和阿菀親熱不已，腸子其實已經不知道繞了多少圈。而此刻，她也能趁機觀察壽安郡主是如何脾性，以後方好利用。

阿菀小時候常生病，一年到頭進宮沒幾回，宮裡的人說起她時，除了知道她是衛烜護著的未來世子妃外，竟然對她毫無印象，這在宗室中也算是另類了。

阿菀被鄭貴妃親熱的舉動弄得極不習慣，卻笑得靦腆，客客氣氣地應了鄭貴妃的邀請，至於到時候去不去，還不是一句話？

與鄭貴妃等人分別後，瑞王妃便帶著兒媳婦和女兒往皇后的鳳儀宮行去，兒子則讓內侍送去昭陽宮上課。太子妃也抱著兒子一起去了鳳儀宮，想來還是要說說體己話的。

到了鳳儀宮後，皇后讓人上茶果點心，便抱著孫子逗他，順便與瑞王妃敘話。

「如今壽安嫁過來了，有她幫襯著，妳也能輕鬆許多。以後進宮來莫再嫌麻煩，有空便來同本宮說說話。」皇后待瑞王妃極是親熱。

瑞王妃雖是繼妃，人也有些木訥，加上太后時而打壓，讓人有些同情，但宮裡的女人依然對她頗為客氣，與她說話也有幾分拉攏之意。這也不奇怪，只要她穩穩地當著這瑞王妃，那便要客氣幾分，加上也不知道為何，衛烜這個難纏的煞星竟然對這繼母從未刁難過，倒是讓她當這繼母當得挺舒心的。

當然，也有很多人笑話她這繼母當得沒滋味。縱使她是繼母，在大義上仍是占了「母親」的位置，衛烜再張狂，也應該敬重幾分，而不是被繼子欺得龜縮著，從不敢插手繼子的事情，連帶的她所出的兩個兒女都被衛烜給壓著。

瑞王妃倒是端得住，這些年來任人如何說，她皆沒放在心上，安安穩穩地當自己的瑞王妃，直至現在，其實也算是厲害了。

阿菀想起自家公主娘對瑞王妃的評價：是個心放得很寬的聰明人。

瑞王妃笑道：「瞧您說這話，臣妾哪次拒絕過您？不過是王府事多，走不開罷了。」

這話有點打太極的味道，瑞王妃能端，且也不蠢，這些年才能和衛烜那個煞星相安無事地同處一府。對於皇后和鄭貴妃，甚至這宮裡的任何一個女人，她皆一視同仁，並未與誰過分親近或者疏離，偶爾被人罵木楞子，回府後照樣過自己的日子，這種態度奇特地竟然沒有給瑞王惹上什麼麻煩。

瑞王也對她有些滿意，繼妻雖沒有嫡妻通透練達，可是能端得住就行。

兩人說著話，被皇后抱著的皇長孫不樂意了，一腳丫子踹向親祖母的手，伸手朝孟妘啊啊地叫著討抱。皇后見狀，忙將孫子遞給兒媳婦，就怕他哭了。現在孫子是皇后的命根子，看得比眼珠子還重，不捨得他受半點委屈。

皇后還想過要抱養孫子，可這個想法直接被兒子與兒媳婦聯手掐滅。

孟妘將皇長孫抱過去，皇后看了阿菀和衛嫤一眼，說道：「行了，太子妃帶妳兩位妹妹到偏殿去說話吧，妳們姊妹間應該親香些。」

孟妘眼皮沒撩一下，對皇后的意有所指很平靜地接下，然後抱起兒子，帶著阿菀和衛婕到偏殿說悄悄話。

下朝後不久，衛烜慢悠悠地來到太極殿前。

那些在太極殿外等待皇帝召見的大臣們見到他走來，下意識地縮了縮脖子，倒是有兩位閣老目光悠遠地望向太極殿外的廣場。

在場的人皆忍不住對兩位閣老側目，心生佩服，這定力就是不同。

兩位閣老面上淡然，其實心裡已經在罵爹了——不，應該罵的是瑞王這個教子無方的爹，讓他養出個禍害來。若不是為了維持面子，兩位閣老也很想縮著脖子閃到一旁，省得被那個煞星看到。

這皆是先前賑災時衛烜傳出的凶名所致，至今不過才多久，人人對他仍是發怵。

衛烜並沒有理會這些人，而是規矩地站在那兒等通傳。待太極殿的總管楊慶出來迎接時，他施施然進去了，根本沒給別人一個眼角餘光。

這種情況非常反常。

很快有大臣想起，這位世子爺剛成親，現在還是新婚，估計是人逢喜事精神爽，所以現在看著也沒有那般面目可憎了。想來他此時心裡高興，不想作惡，才會這般平靜。

前天瑞王府辦喜事，礙著瑞王的面子，京城裡有點臉面的勳貴都捧場的去了，便是品級不夠參加的，也早早備了厚禮送去。據說單是收禮，瑞王府的管家下人都收到手軟。只是那時候不管是勳貴或者是朝臣都恨他恨得要死，去得也心不甘情不願，甚至因衛烜凶名在外，他出來敬酒時，大夥兒也是僵著臉，根本不敢灌他酒。

當日去吃喜宴的人都覺得，這是他們一生中吃得最痛苦的一餐。

進了太極殿，衛烜規矩地向文德帝請安。

除了皇帝外，太子和三皇子也在，衛烜少不得同他們見禮。只是，比起對文德帝的規矩，對這兩人行的禮便有些馬虎了。太子和三皇子的態度如常，看不出心裡的想法如何。

文德帝見他進來，便笑道：「方才你父王過來同朕說你又要胡鬧了，可有這回事？」

至於胡鬧什麼，瑞王自是不會告訴文德帝，他家熊孩子竟是個不舉的，才會拿元帕作假。

衛烜疑惑地看他，納悶道：「皇伯父，您休要聽他胡說，侄兒這陣子忙著辦親事，可沒有去外頭惹事。」他想了想，厚著臉皮道：「而且，侄兒這般安分的人，從未主動惹過事，都是旁的事情惹了我才對。」

文德帝被他厚臉皮的話給逗笑了，指著他說道：「不過才成親，怎地將你的臉皮給養厚了？現下成親了，可就是大人了，以後莫要再如此胡鬧。好好跟你父王學學，將來你父王的擔子還要你來挑呢！」

聽到文德帝的話，一旁的太子和三皇子面上不動聲色，心裡卻是驚濤駭浪。

瑞王深得文德帝寵信，現在管著京郊大營，手中的兵權是實在的，這也是朝臣們即便恨他恨得要死，平時還是得笑臉相迎的原因。也因為如此，不管哪一方都想要拉攏他，可惜瑞王只忠於皇帝。除了皇帝，沒人能差遣他。他像隻老狐狸一般，得罪的人不少，卻沒有一個人能奈他何。

皇子們年紀漸長，在朝堂上開始經營自己的勢力後，自然也想拉攏瑞王，但沒人成功。而衛烜身為瑞王世子，原以為不過是個被寵壞了的小霸王，以後難當重任，卻不想皇帝此時會說出這種話來，擺明以後讓他接任瑞王的位置。

可惜某人是個渾的，此時居然還抱怨著：「皇伯父，不幹行不行？看著就累得慌，我還想要悠閒個幾年。父王現在還年輕，讓他自個兒挑些人去好生培養，我就不去湊那個熱鬧了……哎喲，別扔啊……」

衛烜邊叫著邊往旁邊跳，皇帝被他那嫌麻煩的話弄得心塞，拿起硯臺就朝他砸去。

三皇子幾乎看得眼珠都要瞪出來了，雖說從小就知道這廝是個渾的，倒沒想到會這般渾。太子臉色也有些異樣，可到底沒有太大的驚訝。

衛烜跑去拾起那方硯臺，親自呈給文德帝，朝他眼巴巴地看著。

他知道自己這個動作及表情最容易讓皇帝心軟，或者說容易讓他想起自己的母親，所以衛烜很卑鄙地常用這招。果然文德帝的表情有了細微的變化，眼神有些複雜。

若是能達到目的，他並不忌諱用什麼手段，除了阿菀以外。

「行了行了，再鬆快幾年，等你及冠時，可由不得你鬆散了！」

衛烜應了聲，正想繼續厚臉皮和他提讓他給自己多一個月的婚假時，榮王求見了。

文德帝不想應付衛烜，當下便道：「讓他進來。」

一個胖子很快滾進來了。

榮王進來後向文德帝請安，又同幾個侄子打招呼，便搓著手對文德帝道：「皇兄，臣弟同您打個商量，您瞧可行？」

文德帝看他搓著手的模樣，眼角抽了下，問道：「先說說看。」

榮王偷偷看了衛烜一眼，不好意思地道：「聽說母后和皇兄又準備給臣弟挑選王妃了，臣弟想同您商量，讓臣弟自己親自挑行嗎？臣弟想挑一個自己喜歡的，不管她是什麼身分，只要身家清白，你們能不能如了臣弟的意？」

文德帝聽罷，眉頭皺了起來，又有種頭疼的感覺。

看著這個白胖子，文德帝幾乎快要想不起以前那個俊秀乖巧的皇弟是什麼模樣了。

榮王曾經多麼乖巧啊，卻因為衛烜當年的攛掇，硬是變成了這德行。胖成白饅頭不說，這性子還越來越荒誕，成天異想天開。如此固然讓文德帝放心，卻也著實頭疼不已。好歹是當成兒子一樣養大的弟弟，天下人皆看著，可不能讓他胡鬧到將自己也搭進去了。

自從榮王滿十五歲，太后便著手要給他選妃了，可惜榮王說不急，於是一年拖過一年，如今都至弱冠還未娶妃，著實給人看了不少笑話。大臣們也知道榮王喜歡胡鬧，比起衛烜那種一出手就傷人的煞星，榮王的胡鬧倒是小事，可是架不住胡鬧多了，讓人無力。

也因為如此，縱使他身分尊貴，也少有好人家願意將女兒送進榮王府。

「此事容後再議。」文德帝斷然道。

榮王很不開心，眼珠轉了轉，又道：「皇兄，臣弟今兒來還有一件事，就是向您辭行。」

文德帝淡定地問道：「去何處？」心裡已有準備，定然是個不著調的答案。

「臣弟想要出海尋仙山，捉幾隻仙鶴給皇兄！」榮王雙眼冒光，彷彿已經看到海外仙山就在面前等他去探索了。

他這樣模樣讓人想要一巴掌呼過去。

「來人，將榮王送去仁壽宮！」文德帝很不負責任地將不著調的弟弟丟給老娘。

這時，衛烜跳了出來，「且慢，皇伯父讓侄兒同皇叔聊聊，他很快便會改變主意的。」

文德帝知道他們平時玩得好，蠢弟弟時常讓比自己小的侄子給忽悠得找不著北，讓他看了都覺得丟人。若是讓衛烜來勸定能勸住，便揮揮手由著他們去了。

兩人離開後，太子和三皇子便繼續同皇帝議起剛才討論的事，片刻才退出太極殿。

剛離開太極殿，便見到相攜而來的榮王及衛烜，兩人哥倆好地勾肩搭背，和肅穆的皇宮形成強烈的對比。

見到他們，太子和三皇子上前同榮王行禮，三皇子笑問道：「皇叔可還要出海去尋仙山？誰人同您說有海外仙山的？」

榮王理直氣壯地道：「城外道觀的道長親口說的，定然假不了。罷罷罷，本王就知道你們不會信，不與你們多說，本王要去尋皇上，你們且自便。」說著，整了整衣襟，與衛烜道別後，往太極殿去了。

太子和三皇子的目光隨之落到衛烜身上。

「烜弟莫不是又忽悠皇叔了？」三皇子習以為常地道。

衛烜皮笑肉不笑地道：「三皇兄可是冤枉我了，我不過是和小皇叔好好地談一談罷了，省得皇伯父又為他頭疼，皇叔已經答應不會去尋仙山了。」

三皇子狐疑地看他，總覺得衛烜對榮王的態度極為古怪，心裡實在是不得勁。看著衛烜，又想到了如今還在禁閉中的五皇子，心情更不好了。不想再面對他，很快便離去。

太子雖也覺得衛烜態度古怪，倒是沒有三皇子那般敏感，同衛烜說了幾句話，恭喜他成親，這才慢悠悠地離開。

衛烜目送兩人離去，臉上露出意味不明的笑容，然後悠悠哉哉地去了宮門口，守在那裡等在鳳儀宮裡的阿菀一起離開。

由於沒有派人去打探，也不知道瑞王妃等人什麼時候過來，衛烜便大咧咧地站在那裡，和幾個守門的侍衛大眼瞪小眼，瞪得那些侍衛幾乎屁滾尿流，就差跪下來求這位爺高抬貴眼，別再用那種像看砧板上的肉的目光掃射他們了。

在侍衛們被某個一肚子壞水的世子爺盯得快要精神崩潰時，瑞王妃終於領著兒媳婦和女兒過來了。阿菀看到侍衛們快要崩潰的表情，忍不住嘴角微抽。

衛烜又在欺負人了！

瑞王妃母女倒是習以為常，對這種事情見怪不怪了。

衛烜放過了那些可憐的侍衛，抬腳迎過來，目光先是掃過阿菀，彷彿在確認她全身沒掉一根毛後，方向瑞王妃行禮問候。雖然他的性子張狂了些，但是只要不惹到他，他還是願意給瑞王妃體面的。

瑞王妃輕咳了一聲，並不在意繼子將自己排在兒媳婦之後，反正阿菀也不是她的嫡親兒媳婦，然後淡然地道：「烜兒可是等久了？先回府吧。」

說罷，攜著女兒的手登上了候在宮門前的瑞王府的馬車。

阿菀也被衛烜牽著坐到了另一輛馬車上，並沒有騎馬。

對他這種舉動，很多人側目了下，倒是沒人敢說他什麼。

上了馬車，阿菀才剛坐定，衛烜便開始上下打量她，問道：「累不累？身子可受得住？剛才可有人給妳難受？妳且告訴我，我幫妳出氣！」

阿菀無語，「……沒有，我很好。」見他一副不相信的樣子，連忙拍拍他的手道：「真的，我很好，你別多想，這宮裡誰能給我氣受？」

衛烜慢吞吞地看她，心說，有幾個賤人天生就欠收拾，指不定會使壞。他伸手在她眼尾撫了下，不滿地道：「哪裡好了，這裡都發青了。回去先歇一歇，其他的事情不用妳管。」

阿菀從善如流地點頭，她才進門第二日，瑞王妃是個好性子的婆婆，衛嫤和衛焯姊弟倆又向著他這個大哥，與她的情分也不錯，根本不用她操心。現在她是新婦，瑞王府的管家權也沒有交到自己手裡，沒有什麼事需要她管，她自然不會費神。

這是衛烜的一番好意，阿菀也不嫌他囉嗦，笑咪咪地應著他的話。

雖然有阿菀的保證，可衛烜心裡到底不放心，生怕自己想得再周全，難免有疏忽的時候。只要想到三公主和四公主應該也會出現在仁壽宮正殿，便擔心三公主那蠢貨又給阿菀難堪，或者是生出什麼歹毒心思，像上輩子那樣將阿菀推到湖裡。還有四公主也是個壞胚子，上輩子跟著三公主沒少作孽，當年就是她和三公主一起將阿菀推下水的。

衛烜顯然也沒想到，這輩子他一開始就惡整了三公主和四公主，那副凶煞的模樣，導致四公主畏他如虎，連帶的對阿菀也生不出任何壞念頭，現在更是乖巧得不行。唯有三公主，膽大妄為，不吃教訓，若是給她機會，她定然會咬人一口。

待阿菀說完今兒在仁壽宮的事情時，衛烜敏感地捕捉到了阿菀話裡的意思，面色有些古怪，「妳說……皇祖母的精神看著不太對？」

阿菀點頭，斟酌著道：「皇祖母說話時，神色恍惚，好像透過我在看什麼一樣，絮絮叨叨的，不太對勁……也可能是我多心了吧。」其實她覺得太后可能患有更年期精神病。

更年期的女人，多半容易憂鬱、焦慮或者出現幻覺，可能會產生陣發性潮熱、多汗、焦躁、憂慮、恐懼、易怒或神經衰弱綜合症。太后的神色讓她覺得可能是出現幻覺了，精神頗衰弱，就不知道她沉浸在自己的幻想裡時想著的人是誰。

太后的症狀其實很輕微，便是偶爾接觸的人，也以為太后年紀大了，喜歡回憶以前的事情。阿菀自己也不確定，但是她很清楚，以太后如今的地位，便是小病也會備受關注，甚至讓人有可乘之機。在旁人察覺利用之前，她得讓衛烜注意到，早些做準備。

等阿菀將關於更年期疾病的大概症狀修飾一下告訴衛烜時，衛烜有瞬間的愕然，心裡卻已經是驚濤駭浪。

上一世，他十七歲時便被放棄，被父王送離京去了邊境。而在離京前的那一年，太后的情緒反覆無常，身子也不太好，時常發怒。後又因為五皇子安排的那個女人出現，導致太后最終放棄了他。當時被太后放棄時，他心裡是不解的，只覺得這事情太突然，不明白為何太后不再召見他，甚至對他不聞不問，默許了瑞王將他送離京城。

至於那位皇伯父……衛烜心裡冷笑，無用之人，留著做什麼？不，也不能說上輩子的自己是無用之人，而是拿他當筏子使來鍛鍊幾個皇子們的能力，完全是一位合格的帝王，所以方讓他這輩子不願意再受制於人，不若一開始就讓自己有用。

事後他讓人調查過，對太后的狀態十分不解，便是養條狗，寵了這麼多年，應該也有點感情了，哪會如此翻臉無情，連一面都不見。

現在想來，怕是那時候太后的精神不好，生了癔症，恰好讓鄭貴妃等人利用，送了一個比他更像康嘉公主的女人放在太后身邊，讓太后完全聽信那人。

太后固然有將他當成替身的原因，但也未必會如此無情，如今倒是有了解釋。

想到這裡，衛烜將阿菀摟進懷裡，閉上了眼睛。

雖然他沒有說話，但是同他一起長大，阿菀仍是能輕易地察覺到他的心理變化。雖不知道他為何心情突然變得不好，阿菀仍是選擇了安靜，默默陪著他。

回到瑞王府，衛烜已看不出異常，同瑞王妃說了一聲，衛烜便拉著阿菀回隨風院。

回到隨風院，衛烜把阿菀送到正房，陪著她用了午膳，叮囑她好生歇息後，便去了書房。

阿菀躺在床上，雖然身體很累，一時間卻睡不著，翻來覆去，想了很多，許久才不知不覺地沉沉睡去。一覺醒來，已是黃昏，室內一片昏暗。

阿菀睜開眼便看到坐在床前的黑影，差點嚇得驚叫，直到看清楚是誰，才嗔怪道：「你不出聲坐在這裡做什麼？」

衛烜扶著她坐起身，將她垂落到臉頰邊的髮線拂到耳後，撫過她的後腦杓，稍微用力，便扣住她的頭，含住她的唇。

這是一個極輕極暖的吻，只是單純地想要與她肌膚相親，並不含多餘的情感。

阿菀愣了下，心裡生不出任何拒絕的情緒。可能是他現在這種珍惜的情緒傳達給了自己，讓她忍不住也跟著回應他。

於是，阿菀微微啟唇，輕輕舔了下他的唇。

這一舔，壞事了。

阿菀被衛烜壓在床上動彈不住，腦子陣陣暈眩。

幸好，在她快要窒息時，終於被放開了。

阿菀大口大口地吸氣，身子無力地被人擁抱著，那股力道讓她幾乎以為自己要被抱到骨折了，不由喘息著道：「能不能放開點，好疼……」

摟著她的人手勁鬆了些，可仍是有些激動地抱著她。

比起阿菀的渾身無力，發現正確親吻姿勢的某位世子爺激動得不行。年輕的身子根本經不起絲毫撩撥，馬上有了反應，讓他難受得要命，不得不壓抑著，只能摟著她廝磨著，排遣那種慾望不得發洩的苦悶。

被死抱著，阿菀能感覺到衛烜的身體緊繃得厲害。怕他克制不住，她只能盡量放鬆任他抱著，不敢任意動彈，省得一摩擦就出事。

過了一會兒，覺得衛烜的身體軟了些，阿菀方道：「你今兒是怎麼了？」腦子卻轉得飛快，直覺這事情和太后的病情有關。

衛烜將頭擱在她的頸窩間，又像拱豬欄的豬崽一樣，讓她忍不住翻了個白眼。

「沒什麼，只是想到一些事。」想來也知道自己的話沒什麼說服力，衛烜又道：「皇祖母年事高了，會有些老人病，平時的性情不定，以後妳若是進宮，小心一些。我自是希望皇祖母永遠這般年輕方好……」

阿菀想了想，說道：「沒事的，宮裡還有二表姊看著。」

衛烜聽罷，心情終於好了些。

可不是，這輩子和上輩子不同，如今孟妘生下了皇長孫，不像上輩子那般因多年無子，便是做得再完好，在宮裡也站不住腳，更被三皇子一派的人攻擊，讓人有可乘之機，所以過不了幾年，太子被人設計死了，她也受太子連累，病逝東宮。

說實在的，孟妘確實是個厲害的，現下讓她生下皇長孫，為母則強，有了孩子的女人為了自己的孩子，也會拚上一拚，倒是可以放心一二。當然，他仍是得派人盯著。

一瞬間，衛烜想了很多，心裡有了對策，面上卻是笑盈盈的，抬起頭親了親阿菀的嘴角。幸好怕自己像剛才那樣差點控制不住，他沒敢深入，只是解渴般舔了又舔，在阿菀就要發火時，戀戀不捨地拉她起身。

「餓了嗎？咱們先用膳吧。」衛烜體貼地說。

阿菀看了他一眼，將外頭的丫鬟叫進來伺候自己梳洗。

用過晚膳，天色黑了。

夫妻倆坐在花廳裡喝茶，瑞王妃打發了自己的陪房陳嬤嬤過來詢問明日回門之事，讓他們過目備好的回門禮。

「勞煩母妃掛心了。」阿菀忙謝過陳嬤嬤。

陳嬤嬤笑得極和氣，便是在衛烜面前也未發怵，挑著好話同阿菀說，又將瑞王妃準備的回門禮說了一遍，所挑之物都是極合康儀長公主夫妻的性格，可見瑞王妃對此是極用心的，這讓阿菀十分感激。

見衛烜並不作聲，陳嬤嬤便知這位世子爺是滿意的，心裡鬆了一口氣。繼母難為，特別是有這麼一個混世魔王的繼子，更是難為。平常人家的繼母好歹能用孝道壓一壓繼子，再吹吹枕頭風，繼子反而要看繼母的神色行事。可是這法子是無法用在衛烜身上的，不說瑞王寵愛長子，光是太后就不允許她拿繼母的身分欺壓，而衛烜更是個難管教的，天不怕地不怕，還被人冠上混世魔王的渾名，可見有多難伺候，只能避其鋒芒。

等陳嬤嬤離開，衛烜對阿菀道：「走，咱們也去給爹娘準備禮物。」說著，拉她起身，往隨風院的庫房行去。

阿菀暗笑他進入角色倒是快，現下都改口叫爹娘了，嘴裡卻道：「不是已經準備好了嗎？還是你覺得母妃準備的不妥當？」

「那是瑞王府準備的，又不是我的。」衛烜很自然地道：「我娶了妳，總要有點表示。他們養育了妳，我心裡是極感激的，再多的禮也不夠。」

這話說得真是感性，若是讓羅曄聽到，恐怕又要覺得這女婿貼心了，怪不得這些年衛烜能將羅曄哄得團團轉，視他如親子，便是現下強行娶走了自己的女兒，怨的也是老流氓瑞王，對衛烜依然如昔。

身為太后和皇帝心中的第一人，衛烜這些年來所得的東西之豐厚，連東宮也比不上。當庫房的門打開後，阿菀差點被庫房裡堆積的東西閃瞎了眼睛。

衛烜拉著她對那些世人趨之若鶩的珍品挑挑揀揀，路雲等丫鬟舉著燈跟進去。

看著一副「我是土豪我驕傲」的少年，阿菀無話可說。

衛烜精心挑選了很久，難得見他如此龜毛，阿菀覺得好笑，心裡卻十分柔軟，捨命陪君子，陪著他一起在庫房翻了好久，也算是過了陣眼癮，直到衛烜驚覺時辰不早，怕耽誤了她休息，方攬著她回正房洗漱。

阿菀沐浴出來時，看到穿著月白寢衣的衛烜，披散著頭髮倚坐在床邊，正看著一份密摺，眉宇間透著一股讓人驚懼的戾氣。

不過在見到她時，那股戾氣突然消失無蹤，他狀似隨意地將那份摺子放到床頭旁邊的櫃子抽屜裡，望著她笑了笑。

阿菀瞥了一眼，彷彿不感興趣般，走到床前，伸手抓起他的頭髮，發現髮尾濕漉漉的，不禁責怪道：「天氣涼了，小心濕氣太重，以後有得你頭疼。」說著，她叫青雅拿來一方乾淨的帕子，幫他一點一點地將髮尾上的水漬吸乾。

衛烜盤腿坐著，心裡喜孜孜的，特別喜歡她為自己做這種事，這樣會讓他覺得阿菀心裡是有他的。等聽到阿菀責備他連洗浴都會弄濕頭髮時，他反駁道：「男子漢大丈夫不必計較這等小事情，而且我不喜旁人近身伺候，水便不小心弄濕頭髮了。」

阿菀聽得吃驚，衛烜看著就是個被寵壞的熊孩子，飯來張口，衣來伸手，怎地成親這幾日頻頻打破了她的認知？貴族孩子自小身邊便有一堆人伺候著，在生活自理方面簡直是個渣，且衛烜又是太后的眼珠子，伺候他的人多著，哪會需要他自己動手？

或許是以前未和衛烜一起生活，所以不知道他有這種習慣。有些人天生就有自覺，並不需要被人伺候得像沒有手腳一樣。

見她懷疑，衛烜也不多說，只道：「就是不喜歡。」上輩子在軍中時常遭到暗殺，久而久之讓他對人懷有警覺，不喜有人近身，否則會下意識想要擰斷那人的脖子。

除了阿菀，這是他最熟悉的味道，閉著眼睛都能感覺出來。

突然想到了什麼，衛烜期盼地看著她，「不然以後妳幫我洗吧？若是妳，我絕對是歡喜的。」說到這裡，他又臉紅了——不是害羞，而是激動，腦子裡已想到了活色生香的畫面。

阿菀以為他在害羞，心裡好笑，面上卻板著臉道：「我可不是你的小丫鬟。」

「妳當然不是，妳是我的世子妃！妳就應了吧，不然我以後的頭髮都會是濕的！」

阿菀被他鬧得不行，覺得也不是什麼大事，便應了他。

「那就說定啦！」得逞的世子爺笑容微深。

夜深了，明日要回門，衛烜不敢鬧阿菀，還催她快點休息，明天才有好精神回去面對康儀長公主夫妻，讓夫妻倆放心，知道他是個疼人的，將女兒嫁給他準沒錯。

兩人躺下的時候，衛烜特別規矩，只拉住阿菀的一隻手，便安分入睡了。

沒有衛烜鬧人，阿菀很快沉睡。

睡至半夜，突然被一陣窗戶拍擊聲驚醒。她直覺跳起身，卻被人抱住。

「沒事，是起風了，妳繼續睡。」衛烜拍拍她的背。

阿菀下意識往身邊的熱源偎去，整個人蜷縮在衛烜的懷抱裡。迷迷糊糊睡了一會兒，終於清醒了幾分，揉著眼睛問道：「風是不是很大？明天會下雨嗎？」

「可能會下，空氣有些濕了。」衛烜撫著她的背說道。

聽說可能會下雨，阿菀忍不住擔心起來。只是再擔心，天要下雨，也無可奈何。

「沒事，雨不會下太大。妳繼續睡，養好精神，省得明天回門爹娘說我待妳不好。」

阿菀打了個哈欠，聽到他的話覺得好笑，對他道：「放心，到時候我幫你求情。」

雖未明說，但是這兩天相處下來，阿菀總覺得他對自己始終小心翼翼的，彷彿怕她會不高興，怕她會不喜歡他。

阿菀摸不透衛烜到底在想什麼，從小到大他就不斷念著她是他的世子妃，做足了幼稚的事情。被他念得多了，她也有那麼點無奈地認命，然後不知不覺中竟然被他催眠了。

所以，阿菀從未想過衛烜有一天會對自己不好，可也不是這樣小心翼翼的，彷彿沒有安全感一般。對於人生順利得不行的小霸王來說，安全感簡直是可笑的東西。

想著，阿菀摟住他的手臂，感覺到他的身子有些緊繃，便拍了拍他，接著他似乎有些激動，摟著她的力氣大了很多。

與衛烜有一搭沒一搭說著話，在乍起的秋雨聲中，阿菀慢慢睡著了。

翌日醒來，外面果然是一陣疾風驟雨。

俗話說，一層秋雨一層涼。

這秋雨來得突然，使得氣溫也驟然下降，空氣中透著一股濕冷的味道。

因為下雨，到了平時晨起的時間，天色仍昏暗著。

阿菀坐在床上，背靠著一個繡著紫菀花的緞面大迎枕，長髮披散，腰腹上蓋著被子，聽著外面的雨聲，整個人說不出的暖和，使得她懶洋洋的不想動。

若是平時，現在正是臥聽秋雨好眠之時，可是今天要回門，她擔心雨下太大，出行不方便，不禁有些急切。兩天未見父母了，阿菀極不習慣，早上起床時甚至會下意識覺得自己在公主府中，稍後就要去向爹娘請安一樣。

十幾年的習慣，果然很難改變。

衛烜從外面進來，對她道：「我已經打發人去公主府知會，等雨小些咱們再過去。」

阿菀聽著外面狂風拍窗的聲音，應了一聲。

因著下雨，兩人無事可做，便一起坐著聊天。

許是昨晚睡得好，阿菀今日的精神很不錯，又因現在仍窩在被窩裡，身體暖和，臉上也多了幾分暖意，看起來如玉般潤澤，讓衛烜怎麼看怎麼愛，拉著她柔軟的手置於手心把玩，對比著兩人手掌的大小，時而與她五指交握，手心相貼，彷彿貼近她的心臟一般。

衛烜突然低頭，在她的手心處印下一吻。

手心十分敏感，被他這麼一親，阿菀的心臟縮了下。想要縮回手，他卻拉住不放。

「你做什麼？」

衛烜笑咪咪地看著她，說道：「妳的手好小，我就是想親親它。」

「……」

這傢伙不會有戀手癖吧？

以後的日子，這位世子爺用行動讓她知道，他不是有戀手癖，而是對她身體任何地方都感興趣，還能啃上很久，怎麼啃都不膩。

那迷戀的表情，儼然是個……變態。

當然，阿菀現在還不知道他的德行，所以能坦然以對，慢條斯理地將手抽回來，淡定地拿帕子擦了擦手心，結果自然是被某人惱羞成怒地按著繼續親。

兩人笑鬧了半天，發現風雨小了許多，衛烜便叫丫鬟進來伺候梳洗，準備出門。

風雨雖然小了許多，但天色仍是陰沉，空氣有些冷，阿菀出門時披了件斗篷，衛烜親自撐著傘，帶著她一起去正院向瑞王夫妻請安。

瑞王夫妻叮囑了小夫妻幾句，便讓他們出門了。

看著兩人相攜離去，瑞王又露出了複雜的表情，心中暗忖，這幾日得趕快請幾個民間有名望的大夫過府來給熊兒子治病，早點治好也省得兒媳婦守活寡。為了保險起見，不能請京裡的大夫，得去別的州府請來，先安置在別院，估計這得要個把月時間。

只是，瑞王很快又發愁起來，以熊兒子的脾氣，若是知道那些大夫是來給他治隱疾的，肯定是不樂意的，甚至會覺得自尊受傷，還不知道怎生鬧騰，到時要怎麼哄騙他就醫呢？

操碎了心的瑞王長吁短嘆，連瑞王妃也察覺了，不禁問道：「王爺可是有什麼難事？」

瑞王看了她一眼，雖是夫妻，但是事關長子，便隨便搪塞了幾句，又繼續發起愁來。

瑞王妃沒得到答案也不惱，不是她該知道的事，她素來不會刨根究底，而且看瑞王那模樣，不必說也知道是跟衛烜有關，唯有衛烜能讓他如此發愁。

瑞王妃不置可否，淡然地起身離開，留瑞王獨自唉聲嘆氣。

和風挾著細雨飄來，帶來了秋天的寒意。

阿菀披著蓑衣，穿著木屐，與衛烜同行，被他護在懷裡。

進了馬車，手裡便被塞了一個暖手爐。雖未到達用手爐的天氣，丫鬟們依然貼心地給阿菀準備上了，這樣坐在馬車裡就不會太冷。

衛烜跟著坐進車廂裡，仔細打量，見阿菀身上的衣物乾乾淨淨的，不覺有些滿意。反而是他自己，先前為阿菀打傘，傘往她身上傾斜，結果自己的袍子下襬被水漬打濕。

「可有淋濕？」衛烜仔細地檢查。

「行了，我沒淋濕，倒是你，臉都濕了。」阿菀邊說邊拿帕子幫他擦臉。衛烜自動仰頭，心安理得地由著她擦，心裡十分愉悅。

雨下得不大，但地上到處是積水，馬車輾過去，不免會濺起水花。怕路面滑，馬車也不敢行駛得太快。

路平親自當車夫，面上看著平靜，卻保持著戒心，生怕這種陰雨天氣視野受限，會有人趁機來搗亂，給衛烜添堵。雖然衛烜凶名在外，可是恨他的人也不少。平時倒罷了，今日是衛烜陪妻子回門的日子，誰不知道他重視新婚妻子，倒是可以利用一番。

驀然，路平皺起眉，看了眼不遠處的雨幕中陡然出現的黑貓屍體，不由暗道晦氣。目光往旁邊的巷子瞧去，那人已經跑遠。他又轉頭朝護衛馬車的一個侍衛看了眼，示意他去處理那隻黑貓的屍體。

黑貓代表不祥，若是某世子爺得知，這一帶巡邏的五城兵馬司的人恐怕都要遭殃，無辜被遷怒都是輕的，到時候御史又要參世子爺目無王法了。

幸好，接下來馬車很順利地到了公主府，路上沒再碰著什麼意外。

一大早，康儀長公主夫妻便坐在家裡等著了。

女兒出嫁後，夫妻倆都覺得生活忽然少了點什麼，吃不香睡不好，整個人都不太好。直到今日回門，夫妻倆的精神才好些。儘管時間還未到，也早早起床等著。可惜天公不作美，雨一直下著，兩人又開始擔心雨下太大會不會淋到女兒，有心想讓她等雨停了再過來，卻又盼著見她，真是操碎了心。

以前天天能見著時還不覺得如何，現在女兒出嫁了，生活一下子沒了重心，夫妻倆都不習慣，精神也懨懨的。

康儀長公主看了心不在焉的丈夫一眼，不免有點兒想法。

幸好等得不算久，便聽說瑞王府的馬車到門前了。

羅曄想念女兒，竟然親自去二門迎接。

夫妻倆到了前面，就見衛烜拿著一把大傘，自己站在風口處，小心扶著阿菀下車。這舉動讓人一看便知道他是將阿菀捧在手心疼著的，羅曄一下子笑開了，心裡頗為滿意，覺得衛烜怎麼看怎麼順眼，根本不覺得他是娶了自己女兒害他神思不屬的臭小子。

康儀長公主見著女兒也很高興，忙道：「快進來，小心淋到雨！」說罷，親自上前，拉著幾天不見的女兒往花廳行去，儼然已經忘記了丈夫和女婿了。

羅曄也笑著攜了正要向他行禮的女婿一起進花廳，嘴裡已經詢問著這幾日小夫妻倆的生活日常，衛烜恭敬地逐一回答。翁婿倆看起來不像岳父與女婿，反而像父子一樣親熱，若是瑞王瞧見，指不定要如何心酸了。

阿菀也被公主娘拉著問東問西，見她臉上的笑容與昔日無異，心情有些複雜，既捨不得她，又高興衛烜與她處得好。

「這幾日都很好，就是想爹娘了。」阿菀拉著康儀長公主的手，朝她撒嬌道。

康儀長公主的心瞬間融化了，恨不得多摟她幾下。只是，該問的事情還是要問，怕女兒羞怯，聲音低得不行，委婉地詢問了新婚之夜的事。得知兩人並未圓房，終於鬆了口氣。不是她強人所難，讓衛烜委屈自己，而是女兒的身子與其他姑娘不同，雖這幾年好些了，可仍是不夠健康，所以，為了女兒，她不得不做一回惡人。

幸好，衛烜的名聲縱然不好，可是待阿菀卻是真心實意的，這便夠了。

午膳時，羅曄與衛烜這對不是父子勝似父子的翁婿多喝了幾杯，兩人皆有了醉意，衛烜和阿菀便被康儀長公主留下，讓他們在公主府稍作歇息。

衛烜直接歇在阿菀未出閣前住的院子。

阿菀擰了帕子幫他擦臉，見他懶洋洋地倚坐在床上，臉上略有薄暈，一雙眼睛卻亮晶晶地四下打量，忍不住好笑道：「又不是沒見過。」

這廝小時候是個沒顧忌的，時常蹺課來找她，直接進出她的臥房，後來長大一些，不能如此自由隨意了，卻懂得了夜探深閨。

想到那段時間時常要擔心他不小心被人發現，毀了兩家的名聲，阿菀也有些唏噓。不得不承認，這人也是有本事的，不如此，還會暗地裡給皇帝辦事情嗎？雖不知道衛烜為皇帝辦的是什麼事，可想到他曾經受傷，她心裡又有些擔心。

「那不一樣。」衛烜乖乖仰著臉，讓阿菀幫他擦乾淨後，舒服地躺在床上。

即便床上的被子是新的，他仍是覺得上面沾染了阿菀的氣息。這是阿菀未出閣前住的地方，康儀長公主夫妻唯有這個女兒，自是將女兒住的院子留下來，不會動這裡分毫。

兩輩子以來，這個地方，他都只能偷偷地來，現在卻能以女婿的身分，光明正大地入駐，心裡如何不激動？

阿菀覺得他醉了，拍拍他，讓他歇息。

衛烜卻拉著她不放，要她陪他休息。

「醉了？」阿菀湊近他仔細看。

衛烜笑咪咪地說：「沒醉，我的酒量極好。」

雖然他說沒醉，可是那微紅的俊臉，還有呵出來的酒氣，都讓人覺得是醉了，這會兒多半是在發酒瘋。喝醉酒的人是不講道理的，阿菀被他拉著不放，最後無奈，只能被他拽上了床，和他一起睡午覺。

歇了個晌午，阿菀在丫鬟的提醒下起來。兩人梳洗好，去前院向康儀長公主夫妻辭行。

羅曄是真的喝醉了，被叫起來時頭疼不已，不過仍是強撐著起來。可能是受到酒精影響，這會兒正感性著，拉著阿菀不放，嘴裡念念叨叨的，直到衛烜保證只要有空就會帶阿菀回娘家看他們，才依依不捨地讓他們離開。

阿菀登上馬車，回頭看著一路送出門的康儀長公主夫妻，夫妻倆並肩相扶持著，看著十分孤單，讓她心中酸澀難受。

「怎麼了？」衛烜對她的情緒很敏感，略一想便明白了，當下握著她的手道：「妳若是捨不得他們，時常回來看他們便是。」

阿菀勉強道：「我覺得爹娘太孤單了，我一嫁人，家裡就只剩下他們兩人……」

若是公主娘能再生一個弟弟陪著他們多好？

衛烜對此可沒辦法，並且略有些心虛，畢竟是他巴不得早早將阿菀娶進門來的，為此自家流氓爹還坑了羅曄。不過，康儀長公主的身子不好，聽說當初生阿菀時傷了身子不能再生，確實可惜。如果能讓他們再生個孩子，有孩子牽絆著，阿菀也無須擔心他們了。

回去的時候，天空依然陰沉，但到底沒有下雨，地面也乾了些。

馬車剛過朱雀街，衛烜突然叫停車，吩咐了幾句，回頭對情緒不高的阿菀道：「前面有一家炒貨店，裡頭的糖炒栗子綿軟香甜，據聞是百年老店，很多婦人都愛吃這家的烽栗子，我讓路平去買些來給妳嘗嘗，不過不能吃太多。」

這體貼的舉動終於教阿菀露出笑容，聽到外面的人聲，好奇地撩起車簾往外看。街道兩邊有各種鋪子，儼然是一條商業街，賣的多是乾果和文房四寶等。

因為下了一場秋雨，多少對街上的生意有影響，沒有平時的熱鬧，不過街上的人還是很多。有不少人像他們這樣，讓馬車停在旁邊，打發下人去買零嘴吃食。

阿菀甚少有出來逛街的機會，乍然一看，看得興致盎然。

衛烜見她轉移了注意力，終於鬆了一口氣，也不阻止她這種不符合規矩的行為，反正世子爺他縱容得起，誰敢不長眼睛地看過來，直接打回去便是。

不遠處一輛馬車駛過來，停在一家鋪子前，馬車裡下來一個少年，那少年轉身從車廂裡扶著一個小姑娘出來。阿菀一眼便認出了那兩人，正是衛珺兄妹。

因離有點兒遠，阿菀未去與他們打招呼，正欲放下車簾，衛珠眼尖，竟然看到了她，還拉了下她兄長，示意他朝這邊看過來。

衛珺兄妹過來與他們打招呼時，衛烜的臉黑了。

阿菀請他們到車廂裡一敘，笑問道：「真是好巧，你們怎會到這裡？」

衛珠嘴快地道：「我今兒和大哥一起回外祖母家探望外祖母，剛才是要去幫二哥買些他愛吃的乾果，沒想到在這兒見到你們。表姊，你們這是……」

衛珺含笑道：「今兒是表妹回門的日子，你們這是剛從公主府回來？」

「正是。」

聽到這裡，衛珠恍然大悟，不好意思地笑了笑，說道：「抱歉，今兒事多，一時忘記了。」說著，她瞄了一眼坐在阿菀身邊的少年，這是她第一次近距離看衛烜。雖覺瑞王世子生得俊美，可那雙眼睛冷冰冰的，含威帶煞，看一眼就讓她心顫。她忙低下頭，不敢與之對視。

許是看出妹妹對衛烜的懼意，衛珺也不欲在這裡多停留，很快便同他們告辭了。

阿菀笑著同他們道別，正好此時，路平買完東西回來。不僅買了糖炒栗子，還有很多種店家推薦的乾果及蜜餞。

衛烜接過糖炒栗子，忙著幫阿菀剝栗子，心裡也在想著怎麼將衛珺兄妹幾個與阿菀隔開，最好讓他們老死不相往來。雖然這輩子他們兄妹幾個什麼都沒做，各人的命運天差地別，可是他就是膈應得厲害。且方才衛珺雖然神色平常，可是同為男人，他如何感覺不到衛珺看向阿菀的目光帶了些異樣？

不行，得將衛珺解決了才能安心。

就在衛烜開始動壞腦筋，想著要將上輩子的情敵坑死時，衛珺兄妹倆目送著瑞王府的馬車離開，兩人心情都很複雜。

「大哥，你是不是……」衛珠的話含在嘴裡，最終因在外面，不好說出來。

衛珺有些失神，沒太聽清楚妹妹的話，轉頭望向她，問道：「怎麼了？」

衛珠看了他一眼，悶悶地搖頭，小聲道：「今兒舅舅說的話，大哥考慮得怎麼樣？你是不是真的要娶舅舅家的表妹？」

衛珺面露悵然之色，說道：「婚姻大事，自是聽從長輩們的安排。」雖是這麼說，他的心裡仍是有些失落，覺得若是娶不到心裡喜歡的那人，以後娶誰又有什麼關係？

誰知聽到他說這話，衛珠柳眉倒豎，咬緊嘴唇，半晌方擠出聲音來，「大哥莫說這種話，若是咱們不爭取，怕是到時爹就要由著那個女人安排了。屆時若是娶進一個不能幫你，反而要連累你的女人進門，那可真是……」

「別胡說！」衛珺斥責道：「以後莫要說這種話，省得被人聽去，說妳沒規矩。」

衛珠知他的性子過於君子，說得難聽點，是不懂得變通，不由撇了撇嘴，不再說話，不過心裡已經暗下決定，要幫自家兄長選一個厲害的嫂子回來，至少要能鬥得過繼母。所以，不管是繼母挑選的人，還是舅舅家的表姊們，全都不適合。

只是，選誰好呢？

衛珠腦子裡過濾著人，心裡仍遺憾著阿菀嫁給了衛烜那個煞星，不然這便是一個現成的人選。有一個公主娘鎮著，耿氏再厲害也得給有郡主之尊的阿菀幾分面子。

衛珺不知道妹妹為了他的終身大事愁得不行，買好東西後，便攜著她一同返家。

伍之章

未雨綢繆

三朝回門後，阿菀算是在瑞王府開始了自己為人媳婦的生活。

衛烜得了五天婚假，這幾天都盡量陪著她。回門後第二日，便將隨風院伺候的下人都叫過來向世子妃請安，順便敲打一下。

隨風院的下人們都知道衛烜的脾氣，倒也頗乖覺，恭恭敬敬地向世子妃磕頭，縱是自小伺候衛烜的安嬤嬤，又是由太后指定的，雖然有些托大，此時也不敢挑戰衛烜的威嚴，乖乖地向阿菀請安，至於以後會如何，還需看著。

阿菀受了禮，辨認了幾個在重要崗位的丫鬟婆子後，便叫青雅發了見面禮。她不缺銀子，這給下人作見面禮的紅封分量不少，讓收到紅封的人笑容怎麼也掩不住。

隨風院的下人恭敬，其他院子裡的下人更不敢隨便造次。阿菀跟著瑞王妃認了王府前後院的管事，又當了一回散財童子，權作收買人心。瑞王妃看在眼裡，並不覺得有什麼，若不是阿菀推遲，瑞王妃就要將府中的中饋交給她了。

瑞王妃今年滿打滿算的，也不過是三十左右，還年輕著，阿菀可不想一進府就管著一大家子的事，這可要費不少精力，至少得自己身體更健康些，熟悉王府的事務再說，所以她準備先跟著瑞王妃學習，管家之事以後再說。

瑞王妃要交權一事雖然有些考驗阿菀，可也沒有故弄玄虛，捨不得放手，她確實是想要讓阿菀來鍛鍊一下。不過，阿菀的態度讓她頗欣慰，是個知禮懂事的，不愛拔尖挑事，正好能克制衛烜的暴脾氣，加上衛烜也聽得進她的話，有她勸著，這便是再好不過了。

瑞王妃覺得，總是讓人擔心闖禍招來滅家之災的繼子終於有人管了。

與瑞王妃一樣，瑞王也覺得熊兒子有人管，高興了幾分。有了阿菀這個媳婦，兒子那般聽她的話，應該不會總是往外跑去做些危險的事情。可惜他猜得到開頭，卻猜不到過程。

衛烜成親半個月後，聽說他突然要離京時，瑞王有些傻眼。

「臭小子，你是不是又要去做什麼了？」瑞王將兒子叫到書房，面色不善，「難道你就不能安分點兒，待在京城當個紈絝嗎？」

衛烜抿嘴，神色同樣不豫，「你以為我不想嗎？」

聽到這話，瑞王愣住了。

衛烜看他的神色，嘲諷道：「父王莫不是以為我是那等貪權愛勢之人，削尖腦袋幫皇上做事，好得聖心，讓瑞王府更風光？」

瑞王一時間說不出話來，他以前確實以為是兒子自己愛冒險，才會幫著皇帝做那等見不得人的事。以前自己常對他說，不需要他違背心意做自己不樂意的事，更不需要討好誰，他這做父親的努力些，護他一世無憂便是。

等衛烜離開後，瑞王坐在書房裡，一坐便是大半夜。

翌日一早，瑞王雙眼泛著血絲，將兒子叫過來，問道：「這回是要做什麼？」

「也不算是什麼大事，只是去查些事。」說著，衛烜朝北方指了下。

瑞王若有所悟，覺得這或許不是什麼危險的事，終於沒那般憂心了，叮囑他小心後，又問道：「幾時出發？大概多久會回來？」

「再過兩天，若是無意外，一個月左右吧。」

瑞王拍拍他的肩膀，等兒子離開後，他讓人進來伺候他更衣，又喝了一盞濃茶，振作了下精神，方去上朝了。

比起瑞王的糾結，衛烜更糾結要怎麼跟阿菀說，才剛成親，他就要離開一個月。

過幾日是懷恩伯府老夫人的壽辰，阿菀心裡琢磨著，屆時得回去向祖母祝壽，這禮物也得妥貼地準備好。

阿菀出嫁和回門時都是在公主府，做為羅家的姑娘，雖然事後有補上，可是怎麼也說不過去，老夫人心裡指不定會不舒服，故而這回如何都得給老夫人長點面子，讓她風光風光。對於這位祖母，阿菀雖與她相處不多，卻也從公主娘那裡知道她好面子，到時候若是她和衛烜一同回去向她祝壽，應該能讓她開懷幾分。

就在阿菀與青雅一同挑選給懷恩伯老夫人的壽禮時，衛烜從外頭走了進來。

青雅忙起身向他行禮，然後去茶水間沏茶過來。

衛烜擺了擺手，讓她下去，問道：「妳這是做什麼？」

「再過幾日是祖母的壽辰，給她挑件合心的禮物。」阿菀親自端了茶給他，笑道：「不知你可有時間陪我回懷恩伯府一趟？」

衛烜臉色僵硬，這是阿菀婚後第一次對他有所要求，可恨自己要出門，著實抓心撓肺的難受。他心虛地低聲道：「可能沒有。」

阿菀挑了下眉梢，問道：「你有什麼事情嗎？」

「嗯，我要出門一趟，可能一個月後才能回來。」衛烜說著，有些討好地陪笑道：「等我回來了，妳要去哪裡我都陪妳，妳喜歡什麼東西，和我說說，我捎帶回來給妳，可好？」

阿菀瞥了他一眼，手裡翻著那本登記著自己小庫房物件的冊子，隨意地道：「沒什麼想要的東西，不必費那個心了。」心裡卻琢磨著，怕是皇上又給他安排了什麼任務，也不知道危不危險，明日得將路平叫過來，問清楚了才好幫他準備行李。

衛烜看她臉色平靜，心中抑鬱。

他想像著阿菀會捨不得他，會生氣他又去做危險的事，或者會和他鬧……偏偏她平靜得彷彿他只是出門去收帳，過幾日便回來，這哪有新婚的模樣？

在衛烜又開始疑神疑鬼阿菀不喜歡他時，阿菀將冊子放好，看了看天色，便要起身叫人傳膳，突然被坐在旁邊的衛烜伸手勾住腰肢，他略一使勁兒，她就不由自主往他身上倒去，整個人都窩到了他懷裡，被他緊緊摟住。

「你做什麼？」阿菀嚇了一跳，語氣不太好，還伸手拍他的手臂。

衛烜抱著她，讓她坐在自己的膝上，下巴擱在她的肩膀上，悶悶地說：「妳好像一點都不會捨不得？難道不擔心嗎？」心裡怕她捨不得，怕她擔心，原本還頭疼著到時候怎麼安慰她，誰知人家淡定得很。

阿菀突然狠狠掐了下他腰間的軟肉，皮笑肉不笑地說：「我說捨不得，你就能不去嗎？」

「……不能。」

「我擔心的話，你就能不再做這種事情嗎？」

「……不能。」

「那不就結了？」

衛烜：「……」她說得好有道理，他竟然無言以對！

阿菀自認為已經表達得很清楚，便又拍拍他，要他放開自己，準備去安排晚膳。

除了初一、十五和特定的家宴，平時瑞王府裡各主子的三餐都是在自己的院子裡解決的，隨風院有自己的小廚房，想吃什麼讓小廚房做就行了。

用完晚膳，阿菀叫青雅將瑞王妃今兒讓人送過來的帖子呈上來。她仔細看過，抽出幾張無法拒絕的帖子，其餘的擱在一旁。

未出閣的姑娘有自己的交際圈子，已婚的婦人也有自己的交際圈子。現在阿菀嫁人了，縱使年紀還小，也是已婚婦女，自會收到很多邀請她赴宴或聽戲的帖子。除了一些無法拒絕的，其他的阿菀都讓人推掉了，不想去露那個臉。

「這些妳收著，若是需要備禮，就和安嬤嬤說一聲，讓她準備。」阿菀吩咐道。

青雅應了一聲，小心地瞄了眼坐在旁邊直勾勾地看過來的世子爺，肝都發顫了，心裡覺得自家郡主真是好定性，被人如此盯著，還能若無其事安排這些無關緊要的事情。

用通俗的話來說，阿菀就是神經粗。

阿菀自然不是神經粗，而是習慣了衛烜的存在，習慣了他的眼神。成親半個月後，除了一開始被他盯得心驚肉跳，擔心他隨時會吃人之外，現在已經不痛不癢了。只要他不來搗亂，她就可以慢悠悠地理事。

此外，她也明白他現在坐在這兒盯著自己的意思，不外乎是想看看她對此事有什麼反應，可他這是上了文德帝的賊船，為這個世界的最高統治者辦事，她能如何？縱使危險，她也不能讓他不去做。如果不做，後果更慘。雷霆雨露俱是君恩，就算是受傷，也得受著，誰讓衛烜被那位帝王看重呢？旁人想要有這份看重還沒有呢！

所以，既然已是既定的事，反對和擔心都無用，就不用做出那副樣子了。

衛烜不知道阿菀的想法，只覺得她太過平靜，讓他鬱悶得不行，感覺阿菀不太重視自己。總地來說，他就是喜歡看阿菀重視他，就算有點做作也不要緊。

偏偏阿菀不如他的願。

晚上就寢前，阿菀幫衛烜擦乾髮尾的水漬，發現今天他頭髮濕掉的面積頗大，氣得捶了他幾下，「都叫你不要隨便弄濕頭髮就往床上鑽了，等你年紀大了，患上偏頭痛的毛病，到時候就知道厲害了！」

「我又不是故意的，誰叫妳不幫我！」衛烜盤腿坐在床上，一雙手不老實地在她身上摸著，自然被阿菀拍開了。

「行，改日我調幾個手腳伶俐的小內侍過來伺候你洗漱。」既然丫鬟不老實，那就讓太監來總行了吧？阿菀從善如流，覺得自己當了十五年的人上人，思想果然已經腐化了，竟然覺得被人伺候挺理所當然的。

衛烜拉下了臉，惡狠狠地道：「才不要！妳若是讓他們來，我擰斷他們的脖子！」

阿菀只當他說笑，並沒有在意，是以也不知道垂著頭的衛烜眼睛發紅，並未說笑。

幫衛烜擦乾頭髮後，阿菀叫丫鬟進來伺候洗漱，然後和他一起躺到了床上。

放下羅帳，外頭的光線被遮擋住，帳內一片昏暗。

阿菀感覺到旁邊的衛烜又如往常般靠過來，伸出有力的手，緊緊摟住她，柔軟的唇在她耳邊蹭來蹭去，呼吸噴在她脖頸間，有種挑逗的意味兒，讓她差點蜷縮起身子，擔心再這樣下去，可能一年都支持不住。

「我奉皇上之令，去查北方草原的動靜，若是無意外，一個月便會回來，妳不用擔心，不會有什麼危險的。」衛烜的聲音很輕，像夜中絮語。

阿菀心中微動，輕聲道：「北方草原？近年來那邊不是很平靜嗎？」

「人的欲望是無止境的，再平靜也掩蓋不了那群蠻子對中原這塊肥沃之地的覬覦，可能就在這一兩年間，北方會起戰事……」

阿菀心中起了驚濤駭浪，眉宇間也染上了幾分愁緒。現下雖然太平，可是外憂內患不少，大夏所處的位置約在大陸中心，周邊有很多部落或小國覬覦。先帝在位時曾出兵幾次，打得周邊的部族怕了，收斂了幾分，方有文德帝登基後的二十來年的盛世。

發現阿菀的身體有些僵硬，衛烜忙拍拍她的背，輕聲道：「不必擔心，沒事的。」

阿菀平靜了會兒，方道：「你此去，一切小心。」

「這是自然，我剛娶了妳，還沒有……可不想死呢！」

聽到這話，阿菀一巴掌拍過去。衛烜趁機抓著她的手，翻身壓住她，用力地將她渾身上下咬了一遍才心滿意足地睡去。

就算吃不著，也能過過乾癮。

翌日，衛烜進宮，阿菀將路平叫了過來。

路平聽阿菀詢問起衛烜出行之事，不知道阿菀知道多少，面上笑道：「世子妃放心，世子這幾年時常出京遊玩，去了許多地方，已經有經驗，不會有什麼危險的。」

阿菀聽得嘴角抽了抽，所以這次衛烜出京的名頭又是去遊玩嗎？果然是繼續讓世人覺得這位世子爺是不事生產的紈絝子弟嗎？而嫁了紈絝的自己，也不知是不是還讓人可憐著。

她點頭道：「我明白了。」

路平：「……」您明白什麼了？

路平退下後，阿菀將青雅等丫鬟叫過來，將在腦子裡設想好的事情逐一分派下去。

青雅等丫鬟露出意外的表情，世子要出京一事固然驚訝，但好像也沒什麼好驚訝的，去幫他準備好行李和路上備用的藥物便是，但是派人去北方邊境一帶買地是何意？

「世子妃，這可妥當？」青雅蹙眉問道，可不想阿菀攤上事情，或者是拿錢打了水漂。

阿菀笑道：「我讀過《大夏律》，也問過我爹了，聽說北方地廣人稀，窮山惡水，少有勳貴會在那兒置產，朝廷並不限制豪門貴族在那邊置地。而且，縱使朝廷政策寬鬆，因那片土地不好打理，也少有人會在那兒置地，想來那邊的地應該很便宜吧？」

阿菀又讓人將她的帳本拿來，看看自己能勻出多少私房錢去那邊買地。怕自己對北方的行情不懂，花了冤枉錢，便要青霜派人去自己的陪嫁莊子裡問問管事，讓管事幫她尋些有經驗的人到北方去打理。

事情很多，零零散散算下來，一團亂麻，得好生打算才行。

不過，買地的事情不急，因為那涉及很多層面，至少還要看地方，可不是什麼地方的地都能亂買一氣，其間有許多要注意的事宜。

買地是大事，但用的是她的嫁妝銀子置辦，被人知道了也只是以為她想要弄些買脂粉的錢，加之她挑什麼地方不好，竟然選擇北邊那等苦寒之地，白送都沒人要，旁人至多認為她沒眼光，指不定是錢多得燒手，沒人會當回事，也不算扎眼。

阿菀發現幾個丫頭都不看好北方那些地，擔心她敗家，心裡好生無奈，只得暫時先將這事情放到一邊，決定哪日尋到機會，著人打聽清楚了再辦。

她也是個固執的，認定了，就算頭破血流也要幹，而且在苦寒之地買些旁人都不想要的地來折騰，不算是什麼大事吧？

想到衛烜說的話，可能就是這幾年間北方會有戰事，阿菀又摸了下手上的鐲子。

算了，還是做吧，大不了當她錢多燒手好了！

下了決心後，阿菀開始幫衛烜收拾行李，此時已是九月的深秋時節，天氣轉冷，等衛烜回來，指不定就是冬天了，這冬天的衣服可得備齊，還有一些常用藥，以易攜帶的為主。

阿菀第一次當家作主幫人收拾行李，又怕衛烜在路上受委屈，缺東缺西，故而收拾得十分用心。等她將自己認為可以帶的東西都備妥，一看，得，整整兩輛馬車，看得衛烜和路平等人嘴角抽搐，以為她真的認為他是要出遊。

阿菀自己也覺得太多了，可總覺得都用得上，缺了哪件都不行，好不容易削減了下，也不過是從兩車行李削減成了一車。

衛烜哭笑不得，卻極為窩心，心頭暖暖的，覺得阿菀這是重視他的表現。果然，她嘴裡不說，卻是將自己放在心裡的。這麼一想，他激動得直接撲過去摟住她，將她撲倒在床上，在床上滾來滾去地蹭著她的臉，說道：「不用這麼多，隨便幾件東西就行了。」

阿菀被他蹭得臉蛋微紅，氣息有些紊亂，一雙眸子染上霧氣，水潤潤的，嘴裡卻道：「那樣哪行？看著就不像是出去玩的。」如此還不被人懷疑？

這話太犀利了，衛烜再次被她堵得無言以對，怕她再糾結行李的事，便道：「沒事，反正也沒人敢盯著我不放，且一路上有驛館，有人會提前打點好衣食住行，妳就放心吧。」

阿菀實在是無法放心，伸手摸了摸他的大腿，那裡有一條明顯的傷疤，「別受傷了。」

衛烜：「……」

半天沒聽他說話，抬頭一看，發現他面上薄染紅暈，雙眼含情地看著自己。阿菀滿頭黑線，怒道：「正經點，我在說正事！」

衛烜被她難得主動摸得挺激動的，幸好腦子還沒有昏到底，知道她沒有其他意思，可還是嘴上不饒人，害羞地道：「妳這樣摸，我會誤會嘛，而且妳也說了，少年人貪歡，我已經很克制自己了……」

阿菀無言以對。

生怕在床上再滾一會兒就要出事，她忙將他推開，又自顧自去收拾行李。

這次倒是減到了幾樣東西，卻多了很多瓶瓶罐罐，都是傷藥及解毒丸、急救丸。這是阿菀嫁給衛烜後，衛烜第一次出行，做的還是見不得人的事，她難免會緊張，擔心他受傷，所以藥物什麼的絕對不能少。

於是，一個緊張，一個不捨，在衛烜出門的前一天晚上，兩人窩在被窩裡說了很多話。

「……我將路雲留給妳，妳別瞧她是女人，她的功夫比柳綃兄妹還厲害。若是有什麼緊急事情，妳可以讓路雲去辦。」將事情叮囑了一遍後，他又陰惻惻地道：「還有，誰敢欺負妳，妳也不必客氣，直接動手，不必顧忌什麼。老頭子不敢拿妳怎麼樣，還得幫妳收拾爛攤子，妳就放心大膽地去做。」

阿菀：「……」突然覺得瑞王真可憐！

翌日，阿菀起床時，身邊的位置已經空無一人了。

她縮在被窩裡，發了會兒呆，不得不承認，衛烜剛走，她便開始為他擔心了。

她與衛烜自小一起長大，雖然小時候被他鬧得不行，甚至因為心理年齡比較大，無法將他當成未來的丈夫對待，可是隨著兩人年紀漸長，感情漸漸發生變化。這人世間最值得信賴的便是細水長流堆積起來的情感，無論是父母親人之間，或是夫妻之間，皆是如此。

阿菀躺了半天，方懶洋洋地起身。

雖然昨天晚睡，不過今兒也起得晚，休息得倒是足夠了，精神也沒有太差。在她慢悠悠地用過早膳後，瑞王妃恰巧使了個丫鬟請她去正院。

她到了正院，見瑞王妃坐在花廳裡接見莊子裡的管事，衛嫤安靜地坐在屏風後面聆聽，顯然是跟著學習。見她到來，眼睛亮了一下。

九月正是收穫的季節，各莊子將一年的出息送過來，王妃不免忙了些，而且這些是王府的產業，瑞王妃有心要培養阿菀，自是要叫她過來旁聽，累積經驗。

阿菀陪瑞王妃坐了一個上午，還未見完人，瑞王妃便安排各府管事在府中歇下用飯，下午再繼續回報。

午膳時，阿菀陪著瑞王妃母女一同用膳，期間瑞王妃同阿菀說了兩日後懷恩伯府老夫人壽辰之事，瑞王妃說道：「那日我同妳一塊兒去，也好去討杯茶來喝。」

阿菀笑道：「母妃若是要去，祖母高興還來不及，哪裡用得著討？」

瑞王妃笑了笑，她給的是兒媳婦的面子，對懷恩伯府卻有些瞧不上，子孫都是一個德行，只會生不會教，若非出了個羅曄，好命成了駙馬，有康儀長公主這般厲害的人幫襯著，懷恩伯府早就像那些沒落的勳貴一般，現下估計只有一個名頭，連姓甚名甚都排不上號了。

用過膳，阿菀回隨風院歇息，王妃讓她下午不必過來，好生歇息，明日再來。

「烜兒出門了，若是妳得了閒，可以到我這邊來坐坐，同妳嫤妹妹說說話，省得她這性子越發軟了，以後還不知道怎麼辦。」瑞王妃說著，看著女兒就忍不住嘆氣。以前只想著將她養得乖巧安分些，遠離衛烜就好，誰知一個不小心，女兒養成了內向的性子。

阿菀也看向小姑娘，衛嫤被母妃當著嫂子的面這般說，小臉微紅，弱弱地說不出話來。

阿菀看罷，心裡也有些愁，小姑子這種面人兒一樣的性子不好。以後嫁了人，若是那男人是個愛重妻子的還好，若是個渣男，那可就糟糕了。

不過，有衛烜這樣凶殘的兄長在，應該沒人敢欺負她吧？

可能是因為衛烜不在，衛嫤的膽子大了許多，在阿菀邀請她之後，便頻頻往隨風院來，尋阿菀說話，或者是看她做事。阿菀有時候忙碌，沒時間陪她說話，她便坐在旁邊自己刺繡，安安靜靜的，一點也不惹人煩。

瑞王妃並不阻止女兒，反而覺得衛烜不在，阿菀也是寂寞，有個人陪著也好。再者，女兒這性子已經定型，日後她不在了，還要仰仗兄嫂庇護，和阿菀感情深厚些，沒有壞處。

因為阿菀和瑞王妃的縱容，衛嫤跑隨風院越發勤快了。

阿菀發現自己身邊多了個跟屁蟲時，小姑娘已和她混得很熟了。每次回頭看到小姑娘亮晶晶的眼神，阿菀只能嚥下嘴裡的話，摸摸她的頭，然後得到小姑娘一個靦腆的笑容。

衛嫤是個古典美人，秀美的瓜子臉，彎彎的柳葉眉，一雙水汪汪的杏仁眼睛，整就是個美人胚子。雖然性子軟了些，可是當她看著人時，那無辜的小模樣實在讓人承受不住。

阿菀以前不知道小姑子這般討人喜歡，大抵是那時候和她不熟，衛嫤又內向，習慣低著頭不說話。現在衛烜不在一旁恐嚇，阿菀又是個有耐心的人，小姑娘終於放開了。

阿菀和衛嫤這對姑嫂相處得宜，瑞王妃也發現了女兒的變化，不由奇道：「妳怎地在妳嫂子面前像變了個人似的？以前都沒見妳這般黏著我。」

衛嫤聽到母妃的話，呆呆地看著她，然後呆呆地道：「大嫂很好啊，她很有耐心，不會笑話我，就算是我不懂的東西，她也會慢慢教我，和我說話時不會像別人一樣沒耐心，不笑我笨，我很喜歡大嫂。」

聽到女兒的話，瑞王妃有些難受，她知道女兒沒少被人在背地裡笑話，以前她也想過糾正女兒的性子，可每每因為自己心軟而沒有寸進。現下有了阿菀，瑞王妃如同久旱逢甘霖，恨不得打包女兒去給阿菀調教。

其實阿菀沒有什麼能耐，不過是怪阿姨的脾性發作，見小姑娘可愛，忍不住想放身邊玩，且不吝於給予鼓勵。她兩輩子培養出來的耐心，還真難有人能及得上她。

阿菀想通了自己受衛嫤喜歡的原因後，呆了一下。

難道衛烜當初黏上來也是因為如此？

這輩子自然不是，但上輩子確實有這個原因。衛烜就是個鬼見愁，讓人避之不及。上輩子兩人初見面時，阿菀就揍了他一頓，事後怕他報復，倒是發揮了極大的耐心與他周旋，讓衛烜發現那些討厭的姑娘也不是個個都是愛哭又懼他如虎的，使得才十歲出頭的男孩子，不知不覺目光就跟著她轉，偏他又執拗，一轉便誤了終身。

在衛烜離開快滿一個月時，阿菀收到了康平長公主府的帖子，請她去參加孟妡的笄禮。

成親後，阿菀與孟妡不能像以前那般天天見面，而且有衛烜在，孟妡更不敢隨意過來尋她說話。等衛烜出門，孟妡又要準備笄禮事宜，更不能亂跑了。

如此算下來，阿菀自打成親後竟沒怎麼見她，最多只是在進宮向太后請安時碰面，可宮裡人多嘴雜不好說話，兩人沒什麼交流，雖然平時有通信，可信裡哪能說得暢快？

如此也讓阿菀對孟妡想念得緊，故而孟妡的笄禮，阿菀自是要去觀禮的。

在收到康平長公主府的請帖時，阿菀同時也收到了孟妡讓人送過來的信。

孟妡在信裡習慣性地先和她說了點兒京城的八卦，然後話鋒一轉，說自己十分期盼能見到她過來觀禮，最後又同阿菀抱怨自己的年紀是姊妹們間最小的，現下竟然沒有要好的姊妹能當贊者，而她母親提供的人選不得她喜歡，便問阿菀有什麼人選。

阿菀讀完信，抬頭正好看到蹲在客廳拿著彩繩給兩隻白鵝套脖子裝扮的衛嫤。小姑娘察覺她的視線時，還朝她笑了笑。

阿菀心中一動，想到衛嫤這段日子的變化，倒是個現成的人選。

於是，她朝衛嫤招招手，衛嫤高興地拋下兩隻白鵝跑過來。阿菀拉她坐下，對她道：「我剛讀完阿妡的信，她過幾日要舉行笄禮，說缺少一個贊者，妳可願意去給妳當贊者？」

衛嫤呆了呆，小聲地道：「我可以嗎？我笨手笨腳的……」說著，自己都沮喪起來。

其實衛嫤是十分羨慕孟妡的，孟妡不僅長得甜美，性子也活潑，很多姑娘都喜歡和她玩。無論哪種聚會，只要孟妡去了，她身邊從沒少過人圍著，輕易便贏得了大家的好感。

而阿菀雖然沒有孟妡活潑，甚至只要坐在那裡，就會被人不由自主地忽視，成了個布影板，可這樣的阿菀，不止和孟妡成了好姊妹，還能讓可怕的哥哥對她千依百順，關鍵時候，連宮裡的公主們也得避她鋒芒。

所以，衛嫤覺得，安靜的阿菀比孟妡還厲害。

在她心裡，孟妡是她羨慕的對象，甚至有點偶像的味道，而阿菀便是她的女神了，至高無上的那種。

如今，女神成了自己的大嫂，可以天天來找她玩，偶像也說要自己給她當贊者，衛嫤有種幸福得要昏倒的感覺。昏頭轉向中，還是有那麼點不自信。

「胡說，妳哪裡笨手笨腳了？妳只是以前沒接觸過罷了。嫤妹妹的刺繡可好看了，連最好的繡娘都沒有妳繡的好看，妳要相信自己。」

阿菀哄人的功夫不怎麼樣，但是要哄一個天真的小姑娘，那是分分鐘的事情。

衛嫤被阿菀說得臉紅紅的，終於答應了。

阿菀趕緊回信給孟妡，將衛嫤推薦給她。

孟妡接到阿菀的回信，看到阿菀推薦的人選時，不由得有些吃驚。

自打阿菀和衛烜訂親，孟妡因跟阿菀交好，同瑞王府也有往來。她以前沒怎麼注意衛嫿，可好歹是親戚，也會在一些聚會上見面，知道衛嫿是什麼樣的性子，還真是讓人挺無語的那種。不過，孟妡相信阿菀的眼光，見阿菀這般維護衛嫿，便也決定讓衛嫿當自己笄禮上的贊者，總比母親推薦的那些強。

孟妡回信應允，阿菀將這事告訴一直眼巴巴看著自己的小姑子，就見小姑娘一張臉宛若發光似的，令她忍不住覺得好笑。

衛嫿把這件事情當成人生大事來對待。

這不僅是女神幫她爭取的，還要給偶像當贊者，她一定要好好做。

小姑娘瞬間充滿鬥志，怕自己出錯，還特地去尋母妃，讓她好生給她講解一遍女子笄禮要注意的事情，她因此變得比平時活潑了幾分，也自信了許多。

瑞王妃看到女兒的變化，對阿菀又感激了幾分。以前她只想要兩個孩子平平安安長大便好，只需防著衛烜不對異母的弟弟妹妹懷有惡意，被人慫恿著害了他們便行。

後來衛烜的行事出乎意料，甚至讓她產生一種不可思議的想法，可是因為自己的繼母身分，加之不想惹事，便硬生生壓下來了。

衛烜這些年來的作風越來越讓人看不懂，瑞王妃也不敢再像當初那般揣測他，只要他不給這個家裡招禍就好。如今她只愁著兩個孩子的事，特別是女兒，將她養成了這般性子，讓她覺得十分愧對她。

而今，女兒的性子有了改變，瑞王妃頗為欣慰。見女兒如此認真，縱使還有事要忙，也將事情放下，仔細地說與她聽。

很快便到了孟妡笄禮的日子。

一大早，瑞王妃便帶著兒媳婦、女兒出門，去了康平長公主府。

她們來得比較早，到來的賓客還不多。

阿菀看到自己的母親，忙靠過去撒嬌，同她小聲說等笄禮結束，要和她一起回去，讓康儀長公主忍不住嗔了她一下，卻沒有反對。

同康平長公主請安行禮後，阿菀便帶著衛嫤往孟妡的院子行去。

到了孟妡的住處，阿菀發現有個蘋果臉、身材嬌小的陌生姑娘也在場。

這位正是同孟灃訂親的柳侍郎之女柳清彤。

見阿菀攜著衛嫤過來，柳清彤大大方方地同她們見禮。雖然只是侍郎之女，但是面對阿菀和衛嫤這兩個皇室中人卻未有怯意，臉上的笑容讓人極是舒心。

常言道，相由心生。

柳清彤這模樣實在教人難以討厭，怪不得孟妡當初同她說了幾句話便覺得她不錯。

只是，如何也想像不出她當初竟能徒手抱住一個大男人，果真是人不可貌相。

看到阿菀，孟妡極是高興，拉著她的手就絮絮叨叨地說起話來。

此時有丫鬟來報，慶安大長公主府的六姑娘、七姑娘和靖南郡王府的大姑娘過來了。

孟妡皺起眉頭。

三個身披斗篷的少女在丫鬟的引領下款款走來，她們邊走邊小聲說話，面上帶著笑容，看起來相處得很融洽。

此時已是冬天，前些天剛下了一場雪，今日雖然沒有下雪，可是天氣仍冷得緊。

丫鬟掀起簾子，三人次第而入。

屋裡燒著地龍，紫金香爐裡燃著名家所製的香，滿室溫香撲面而來，更顯得室內幾個或坐或站的少女們如那溫香軟玉般，無限美好。

見到屋內坐著的人時，進來的三人心裡雖然驚訝，臉上卻帶著禮貌的笑容。

「阿妡，恭喜妳。」莫氏姊妹笑道。

衛珠也笑著跟孟妡道喜，然後對阿菀道：「我就知道壽安表妹會在這裡，妳和福安表妹一向交好，福安表妹的好日子，妳一定會來，果然來了這兒能見到妳。」她的目光微轉，看到規規矩矩坐在阿菀身邊的衛嫤，心中有些詫異，面上仍是笑道：「嫤姊姊也在呢，聽說嫤姊姊今天是福安表妹的贊者。」

衛珠的話，令莫家姊妹不太愉快。

先前慶安大長公主開玩笑地同康平長公主說過，她們都是表姊妹，不若讓莫家姑娘給孟妡當贊者。可惜孟妡因為莫茹是三皇子妃，三皇子又時常和太子明爭暗鬥，種種原因下來，讓她並不怎麼喜歡莫家的姑娘。

康平長公主素來疼這小女兒，見女兒不喜歡，只得委婉拒絕了，後來又在孟妡的要求下，便定下了衛嫤。

雖然這是小事，贊者本是由笄者的好友或姊妹擔任，而且多是由長輩指定，大家不會太放在心上，慶安大長公主也只是一笑置之。可是，康平長公主的拒絕，讓莫家姊妹覺得被啪啪啪地打臉了，覺得孟妡未免拿喬，以為她們稀罕當她的贊者嗎？後來聽說是定下瑞王府的大姑娘衛嫤時，才嚥下那口氣。

她們都知道衛嫤是個面人兒，不過是有厲害的父兄，才能在京城被人高看一眼，自個兒卻是扶不起的阿斗。這種人只有被欺負的份，簡直是丟王府的臉。不過礙著瑞王和衛烜，方沒有人敢尋她麻煩，又因她實在無趣，便直接晾著她。

因此，由衛嫤擔任孟妡的贊者，大家雖覺得被孟妡拂了面子，可也只能當作什麼都沒發生，心底的那根刺卻沒拔走。偏偏這種時候衛珠還提上一提，莫家兩姊妹涵養再好，也忍不住想要罵娘，覺得衛珠這丫頭心眼多。

衛嫤不知道其中的官司，聽到衛珠的話，朝她靦腆笑了下，並不搭腔。

衛珠彷彿沒感覺到莫家姊妹的不悅，逕自摟著阿菀和她說話。

孟妡叫丫鬟上茶果招待客人，又為她們介紹柳清彤。

看到柳清彤，莫家姊妹和衛珠也是好奇，暗暗打量一番，紛紛在心裡撇嘴。雖然長得可愛，但與俊秀的孟灃站在一起，感覺被壓下去了，一點也不出眾。只是，誰叫人家好運，力氣大了些，就被她接住了人呢？

孟灃可是京中姑娘眼裡的如意郎君，若非有三公主搗亂，大夥兒早就搶破了頭。現下這如意郎君被名不見經傳的侍郎之女叼走，讓那些對孟灃虎視眈眈的姑娘們氣恨不已。

莫芳和衛珠也是羨慕嫉妒的，孟灃實在是生得太好，人品才情也是一等一的，卻被一個家世才貌皆不如自己的姑娘定下，她們如何能甘心？

可惜已成事實，心裡再酸，也不好表現出來，還要面帶笑容上前恭喜她。

幾人坐下後，便若無其事地聊著今年京中流行的衣服首飾等。

這時，衛珠道：「我前些天去舅舅家，經過一家賣琉璃的店，竟然瞧見裡頭有一盞彩色琉璃八寶燈，三尺來高，可漂亮了，點上油蠟，五光十色的，可惜店主說不賣，是用來做鎮店之寶的，待日後師傅們做出更好的琉璃燈，方會開始出售，只是那價格委實高……」

眾人想像不出三尺高且點上油蠟會發出五彩繽紛的琉璃八寶燈是什麼樣子，忙問清楚是在哪家琉璃店，改日天氣好，她們也要去瞧瞧。

孟妡也是個愛湊熱鬧的，衛珠朝她笑道：「福安表姊若是喜歡也使得，我大哥認識那家琉璃店裡的掌櫃，特意去問過，說是明年春天會有新貨上市，到時候讓他提前和掌櫃說一聲，給妳和壽安表姊都訂一盞。」

孟妡高興地說：「那就謝謝珠兒了，需要多少銀子，妳再同我說，我讓大哥使人送去。」

衛珠道：「我也不清楚，我讓大哥去問問。」

接著，兩人就著琉璃燈的事情說起話來，莫家姊妹不免被冷落在一旁。

莫家姊妹有些尷尬，她們也知道孟妡如此冷淡的原因。自己的堂姊現在是三皇子妃，三皇子和太子不和，連帶的太子妃和三皇子妃的娘家之間也有隔閡。雖然面上看著和睦，暗地裡卻波濤洶湧。

柳清彤慢悠悠地喝著茶，偶爾和阿菀攀談，對莫家姊妹也不甚熱絡。阿菀同樣看出來了，不過這種時候自是要力挺好姊妹，她也故作不知，與柳清彤隨意地搭著話。

只有呆呆的衛嫤以為莫家姊妹是和她一樣喜歡安靜的，見莫菲目光偶爾會往阿菀身上打轉，不由朝她笑了笑。

莫菲勉強回了個笑容，暗暗打量阿菀，心裡又湧起微微的酸澀。

為什麼那個男孩子長大後，竟然認不得自己了，甚至忘記了他曾經答應過什麼事情？他明明說過以後會娶她，可不過幾年時間，卻和別的女孩子訂了親……

想到這裡，她的眼淚差點掉下來，連忙垂下頭，不敢再看阿菀。

越是看她，越是難受，忍不住會產生一種恨不得她去死的念頭。

聽說她的身體不好，太醫也說可能活不過成年，如今看起來仍是病弱，或許……

康平長公主打發嬤嬤過來，通知她們該去前廳了。

衛嫤有些緊張，阿菀拍拍她的手安撫她。

衛嬅大大地吸了一口氣，像個戰士一樣挽著孟妡走了。

阿菀正看得好笑，自己的手突然也被人挽住，轉頭便見到衛珠，她噘著嘴道：「表姊和嬅姊姊感情真好，表姊是不是不疼我了？」

阿菀好笑地戳她的額頭，說道：「我如何不疼妳了？明兒就下帖子給妳，請妳到王府玩。」她也知道衛珠兄妹的繼母是個厲害的，所以很多時候願意給衛珠作臉，讓郡王繼妃忌憚。

衛珠失落地低下頭，嘟囔道：「我知道表姊是個會照顧人的，嬅姊姊被表姊照顧得極好，我心裡有些難受，表姊可不能不管我。」

阿菀寬慰了幾句，覺得小姑娘在吃醋，並無不悅。

笄禮結束，宴席開始，衛珠便過去圍著孟妡轉，讓阿菀詫異幾分。她發現衛珠似乎很喜歡孟妡，總是圍著她轉。以前大家也玩在一起，可衛珠多是纏著自己，極少親近孟妡。

雖不解衛珠的用意，但是阿菀也沒將小姑娘想壞，轉而和柳清彤說起話來。

阿菀對柳清彤也是好奇得緊，柳清彤以後是孟澧的妻子，也算是自己人，她便主動攀談，而柳清彤也知道阿菀與孟家姊弟幾個感情很好，也有心和她交好。

於是，兩個皆有心，很快便熟稔起來。

柳清彤悄悄對阿菀說道：「我以前是在北地長大的，前年才回京城。當初去看馬球賽，是被姊妹們騙過去的，還不知道是什麼回事兒，就隨她們去了球場。那時人很多，大家都往前面擠，我力氣雖然大了些，可是不敢使力，誰知道就被擠出去了……」

說到這裡，她不好意思地撫著手上的翡翠鐲子，低聲道：「當時我感覺有什麼東西砸了過來，下意識就接住。咳，妳別誤會，以前我在老家時，時常和兄長們玩投擲遊戲，還舞過獅，所以以為是兄長們又拿東西投擲，習慣性地就接住了……」
所以，這便是孟灃這位帥哥當初被人抱住的真相？
阿菀有點想笑，看柳清彤不好意思，便按捺下來。她仔細打量柳清彤，覺得她雖不算絕色，可笑起來很有朝氣，而且性子開朗，與孟灃很相配。兩人成親以後，應該能處得好。
聽說柳清彤老家在北地，阿菀心中一動，問道：「妳老家在北方哪個州府？」
「其實也不遠，就在渭州城。那裡距離北人還有一段路程，不過山水非常的美，雖然冬天冷了點，被人稱為苦寒之地，可是我覺得那是他們不識貨。等到春天萬物復甦時，妳就會發現那裡有多美了……」
阿菀含笑專心聆聽，可能是有聽眾，柳清彤說得更來勁兒了。
不遠處的孟灃看到這情景，露出了淡淡的笑容。阿菀不經意往這邊看過來，朝他促狹地笑了笑。他臉上發熱，不敢再看那蘋果臉的姑娘，連忙轉身走開。
阿菀笑得樂不可支，看孟灃那樣，想來對柳清彤這個未婚妻也是滿意的。
宴席結束後，來觀禮的賓客陸續同主人告辭離去。
衛珠拉著阿菀和孟妡，不捨地道：「壽安表姊、福安表姊，以後我再來尋妳們說話。」
孟妡爽快地道：「好。」
比起莫家姊妹，孟妡覺得衛珠看得更順眼，於是很給衛珠面子，將莫家姑娘無視了。這舉動十分孩子氣，偏偏她雖然及笄了，卻仍是像個小孩子一樣愛撒嬌，讓人無法將她當成大姑娘看待，不知不覺便會對她寬容幾分。
阿菀瞥了眼正和康平長公主道別的靖南郡王繼妃耿氏，耿氏長得豔麗，很能挑起男人的性趣，怪不得靖南郡王寵愛她到有些昏聵，連為妻子守孝一年都等不及就迎她進門了。而耿氏雖與康平長公主說話，眼睛卻一直看著這邊，眼裡閃爍著意味不明的光芒。
看來，這女人的心思頗深沉。
衛珠隨著繼母離開，等到上了馬車，臉色便變了。
耿氏溫聲道：「珠兒和兩位郡主感情可真好，若是得空，可以邀請她們來家裡玩。」
衛珠皮笑肉不笑地道：「難得母親如此大方，女兒正有此意。」
「那就好，只要她們不嫌棄家裡簡陋便成。珠兒要好好招待她們，可別怠慢了。」
衛珠指甲陷入掌心，如何聽不出她話中之意，心裡更恨。
母女倆說著暗藏機鋒的話，最後還是耿氏魔高一丈，待馬車回到靖南郡王府時，依然是笑盈盈的，衛珠卻是滿心不悅。
衛珠這種不悅，在看到前來迎接，小心扶著繼母下車的父親時，肝都要氣爆了。
「父王，您今日不忙嗎？」
靖南郡王正殷勤地伺候妻子，聽到女兒的話，頓時不高興了，以為她是在質問自己，怪不得妻子會說丫頭長大了，難以管教了，得尋幾個宮裡的嬤嬤來教她規矩。
「為父剛回來，哪裡不忙？不過是聽說妳們回來了，過來瞧瞧罷了。看看妳，這模樣做什麼？是誰欺負妳了？都是大姑娘了，得莊重些……」
衛珠垂頭乖乖聽著父親不分青紅皂白的責罵，眼角餘光瞄到耿氏微微勾起的嘴角，腦中的那根弦終於斷了。
「爹、娘、妹妹，你們回來啦！」
衛珺兄弟過來行禮，衛翊將手放在妹妹的肩膀上按了按，讓她稍安勿躁。
衛珠深吸了一口氣，很是委屈，這時又聽到耿氏假惺惺地為她說話，心裡那股怨恨怎麼也止不住，藉著兄長的遮掩，忍不住怨毒地瞪著她。

耿氏察覺繼女怨懟的視線，微微一笑。這個繼女是心眼多的小白眼狼，反正也籠絡不住她，她還時常給她添麻煩，那就打壓她吧。小孩子要吃些教訓，才會乖乖聽話。

想到這裡，耿氏下意識把手放在腹部上。

❤　❤　❤

與康平長公主府眾人道別後，阿菀同瑞王妃說了一聲，徵得婆母同意，便挽著自家公主娘，親親熱熱地回娘家了。

衛嫤捨不得她，可也知道大嫂回娘家探望父母，自己不好跟過去，不由悶悶不樂的，心裡盼望著阿菀快點回來。

瑞王妃看女兒那呆樣，嘆了口氣。原本高興女兒和阿菀處得好，現下發現女兒太過依賴阿菀了，便要擔心繼子回來後生氣。這呆女兒真是讓人發愁……

瑞王妃對衛烜的心態拿捏之準，這世間恐怕無人能及。瑞王這爹還沒瑞王妃這繼母清楚他家熊兒子的德行，縱是阿菀也因為護短而忽視了衛烜的不好，唯有瑞王妃最是客觀，也最是清楚，甚至知道衛烜的一切轉變始於六歲那年的一場大病。

雖然子不語怪力亂神，可衛烜當初不加掩飾地在她面前展現自己的變化，確實將她嚇住了，最後還是因為自己不想尋麻煩而漠視了繼子的改變。似乎也因為她如此識趣的舉動，方讓繼子容忍了自己。

瑞王妃知道，若是她不安分，敢插手繼子或王府的事，她生孩子時恐怕要難產而亡了。

就是太過明白，瑞王妃才不想和「內芯」已經不同的繼子對上，彼此保持著這等相安無事的局面最好。所以，她要約束兒女，不能得罪衛烜。女兒要是太過依賴阿菀，那位世子爺一生氣，女兒便要遭殃了。

或許阿菀能勸一勸？

帶著憂心，瑞王妃攜著呆呆的女兒回府了。

❤　❤　❤

阿菀陪著公主娘回到公主府，四處看了看，問道：「娘，爹呢？」

「他昨兒去尋友，晚上應該會回來。」

康儀長公主領著女兒到廳堂坐下，下人早就得了消息，事先燒好了地龍。

從外面回來，挾帶一身寒氣，康儀長公主擔心女兒受不住，忙讓丫鬟幫她除下斗篷，將她按坐到熏籠上，又將一個琺瑯手爐塞到她懷裡，最後拿了一條狐狸褥子裹住她。

阿菀渾身暖洋洋的，心裡也暖烘烘的，她笑咪咪地看著為自己忙碌的母親，說道：「娘，我身子好很多了，這麼點路，不會被凍到的，您也坐著和我說說話。」

康儀長公主白了她一眼，嗔怪道：「妳的身子如何我不清楚嗎？別貧嘴！」說著，接過丫鬟呈上來的熱湯，試了試碗沿的溫度，方遞給女兒，「你們年輕人就是不仔細，現在不注意，等妳上了年紀就知道厲害了。」

阿菀笑呵呵地聽著她嘮叨，很有胃口地將那碗熱湯喝完，擦好嘴，便起身移到鋪著熊皮的炕上，與公主娘擠到一起。

康儀長公主背靠大迎枕，被阿菀的小身板壓著，並不嫌重，還伸手幫她捋了捋頭髮，這才揮退丫鬟，開始詢問起女兒出嫁後的生活。問的不過都是在婆家的日常生活，婆婆、小姑、小舅子好不好相處，有沒有下人不長眼睛欺她是新婦等等。

若是平時，以康儀長公主的智商，自然知道瑞王妃不會刁難兒媳婦，特別是她也不是嫡親的婆婆，不好管到繼子和兒媳婦的院子，甚至只會將兒媳婦供起來，大家各過各的，按著規矩行事。而衛嫤那性子，只有旁人欺負她的份。至於衛焯，每天除了去昭陽宮上課，也已經挪出了後院，因男女有別，和阿菀這個大嫂沒怎麼見面，想來也沒人能讓她難受。

可是，這當母親的，只要涉及兒女之事，難免糊塗些，非要多問幾次才安心。

阿菀保證自己很好，沒人給自己委屈受，和住在家裡差不多。

唯一不好的是，不能時常見到父母。

說到這裡，阿菀又往公主娘身上纏去，抱著公主娘，覺得無比幸福。

「烜兒快要回來了吧？這都去了快一個月，天氣冷，不好走路，也不知道會不會耽擱。」康儀長公主有些擔心女婿，畢竟那也是看著長大的孩子，現在又是女婿。

阿菀也很擔心，說道：「應該吧。」說著，她瞅了眼公主娘。

康儀長公主摸摸她的臉，溫聲道：「不必擔心，烜兒是個有本事的，定會平安回來。」說到這裡，又忍不住開始發愁。以後這種事多的是，難道女兒次次都要為他擔心？可衛烜若是真的退了下來……

康儀長公主搖頭，衛烜已經是箭在弦上，不可能後退，除非他願意被皇帝放棄，成為尋常宗室，由著旁人決定自己的命運。所以，只要太子未登基，衛烜都不可能退下來。

康儀長公主望向皇宮的方向，心知如今的局面，怕是皇帝一手操控的。以他們如今的實力，實在無可奈何，只能乖乖當這枚棋子，順著皇帝的心意走，否則只會提前出局。說到底，還是得保太子登基。可是，文德帝無病無災，看著就是個長壽的，太子想登基，還不知道什麼時候，就怕中途發生什麼意外，他們這邊全軍覆沒。

康儀長公主嘆了口氣，輕聲道：「改日有空，咱們進宮向太后請安。太后疼烜兒，妳這做孫媳婦的，也得陪她老人家多說話。」

阿菀乖巧地點頭，心裡明白公主娘的意思，只是想到太后的病情，多少會擔心，便把自己的觀察同公主娘說了。

康儀長公主吃了一驚，臉色凝重地道：「可確認了？」

阿菀搖搖頭，又點點頭，小聲道：「阿烜讓人確認了，確實有輕微的症狀。如今還好，過個幾年，怕是要不行了。」

康儀長公主心中一凜，「這事妳不用管，交給我便好。還有，以後進宮時小心點，帶上烜兒給妳安排的人。若是情況不對，馬上向東宮求救。」

「放心，我省得。」阿菀慎重地點頭。

說完這事，康儀長公主不欲女兒多思多慮，便又轉移了話題。

稍晚，羅曄回來，見到母女倆坐在暖炕上有說有笑，將脫下的大氅交給丫鬟，高興地對阿菀道：「烜兒不在，阿菀難得過來，不必趕回去，便在娘家住幾天吧。」

衛烜不在，羅曄巴不得將女兒接回來住。

阿菀估摸著衛烜可能不會那麼快回來，便愉快地應下了，打發人回瑞王府報信。

去瑞王府傳話的人很快回來了，帶回瑞王妃的意思，瑞王妃讓阿菀在娘家好好陪伴父母，多住幾天也沒事。

羅曄聽罷，感慨道：「這位皇嫂倒是善解人意。」

阿菀和康儀長公主對視一眼，兩人皆忍不住抿嘴一笑。

難得女兒回娘家，羅曄和妻子一樣問東問西，知道女兒在婆家一切都好，婆家人也寬厚，便放下心。唯一不放心的是……

「烜兒到底是去何處了？才成親不過一個月就往外跑。縱是去辦事，這也太著急了，不會是藉著辦事去哪裡玩吧？」

阿菀看了眼天真的傻爹，又瞅了公主娘一眼，明智地保持沉默。

康儀長公主道：「少年人貪玩些不是什麼大事，況且他也不全是出遊，而是有事要辦。」

衛烜未成親時經常出京遊玩，那時候沒人會懷疑，可是現下剛成親就離京，少不得要再找個好的理由，於是這理由便落到了瑞王身上，據說瑞王交了事情給他辦。外人都以為是如此，因為這事，覺得衛烜還是聽老子的話，名聲倒是好了些。

羅曄對此深信不疑，以為真是瑞王要鍛鍊兒子，方支使他辦事，心裡還高興著。即便外面的人說衛烜不好，在他看來，衛烜還是好的，等以後經事多了，定會成為可靠的男人。

阿菀在娘家住了幾天，這幾天，康平長公主常帶孟妡過來玩。

康平長公主是來尋妹妹說體己話的，順便商量幫小女兒訂親之事。孟妡已經及笄，可以說親了。先將親事定下來，等她十七歲再完婚，省得京裡適齡的公子被別人搶走。

總地來說，京中的圈子就那麼大，能婚配的對象太少了。要門當戶對，能選的範圍更小，所以為了給兒女們挑個好對象，得早早下手。而那些想要攀上公主府的，或是別有用心的，康平長公主自然看不上，也怕委屈了最疼愛的小女兒。

為此，康平長公主只得來同妹妹商量，反正這妹妹素來有遠見，找她準沒錯。

孟妡則純粹是來找阿菀聊八卦的。

「哎，我和妳說，我現在才知道，原來柳姑娘不得她爹喜歡，她爹喜歡的是繼妻生的女兒，所以這些年將柳姑娘留在老家由柳老夫人管教，未曾想過要接回京城來。是後來柳老夫人說柳姑娘年紀大了，要訂親了，這才接回來的。」

阿菀吃了一驚，沒想到柳清彤會是這樣的狀況，怪不得她對渭州城如此喜歡，原來是自幼在那兒長大。這麼說來，柳侍郎不就是個渣爹了嗎？柳侍郎的繼妻人品如何？不會像靖南郡王府裡的那位繼妻一樣心思深沉，籠絡得丈夫連兒女都忽視吧？

「柳夫人其實挺好的。」孟妡眨巴著眼睛，「聽說當初是柳老夫人怕繼母對柳姑娘不好，才將她留在身邊教養。柳夫人曾經想過將繼女接過去親自教導，結果被柳老夫人拒絕了。可能是柳姑娘不在身邊長大，所以不太得柳侍郎的歡心。當初這樁親事差點不成，最後還是靠柳夫人幫忙才促成的。」

孟妡湊近阿菀，頗為得意地說：「我就知道我大哥是個好的，聽說柳姑娘的妹妹得知柳姑娘和我哥訂親，還去鬧了一場，被柳夫人氣得關禁閉。我娘讓人去打探過了，柳夫人確實是個明理的繼母，生的兒子也不錯，就是女兒被柳侍郎寵壞了。」

阿菀很詫異，想了想，說道：「柳姑娘也不容易，柳老夫人將她教得很好。」

孟妡點頭，手一揮，笑嘻嘻地說道：「以後她嫁進來，我會對她好的，不會像那些壞小姑一樣欺負嫂子。」

阿菀忍不住笑出聲，這話說得真是讓人想疼她。

說了柳姑娘的八卦，衛妡又說起了宮裡的事，她壓低聲音道：「聽說四公主病得厲害，宮裡暗暗流傳，說是三公主害病的。皇后怕四公主留在仁壽宮將病氣過給太后，便將她移了出來。雖然生了病，不過能離開仁壽宮，於四公主也是好事。」

「更有趣的是，四公主回到陳貴人身邊後，明妃又去尋皇上，說幾個公主年紀大了，該說親了，竟讓咱們那位皇帝舅舅答應明年幫四公主挑駙馬，三公主那兒卻是沒什麼話。」

聽到這裡，阿菀已經可以想像鄭貴妃氣炸的模樣了。

鄭貴妃確實氣炸了。

這姊姊還沒說親，妹妹就迫不及待想嫁，算什麼事啊？雖然她知道這是自己的女兒自作孽的結果，可陳貴人竟默不作聲地接受，簡直是該死。還有，明妃這賤人更該死。

鄭貴妃氣得手指發顫，說不出話來。

聞得三公主又作妖而進宮來的莫茹擔心她被氣出個好歹，趕緊幫她拍撫胸口，又伺候她喝了半盞茶，終於讓她緩過氣來。

「母妃，您沒事吧？」莫茹關切地問道。

鄭貴妃臉色晦暗，咬牙切齒道：「好一個陳貴人，好一個明妃！」指甲掐進手心裡，她卻渾然感覺不到疼痛，冷笑道：「本宮沒事，先保住妳三妹妹吧！燊兒他現下在何處？」

莫茹道：「方才兒媳和夫君一起去探望四妹妹後，夫君便去向父皇請安了。」

鄭貴妃鬆了口氣，覺得有個聰明的兒子真是太好了，讓被女兒的蠢給氣得頭疼的鄭貴妃終於有了些安慰，她抓著莫茹的手道：「我沒事，妳替本宮去仁壽宮向太后請安。」

莫茹心裡知道鄭貴妃不放心三公主，讓自己伺機去看看三公主的情況。當下應了一聲，整了整身上的衣服，由著宮人伺候著披上斗篷，往仁壽宮行去。

待莫茹離開後，鄭貴妃陰沉著臉，隨手將案几上的東西掃落地上。

朝陽宮的正殿裡響起一陣瓷器碎地的聲音，守在門口的宮人只能縮縮脖子，不敢進去勸說，生怕自己被遷怒。直到裡面安靜下來，鄭貴妃的心腹嬤嬤方帶著宮女們進去收拾。

此時，鄭貴妃已經恢復了平日的從容，雖然比不得那些新進宮的宮妃們鮮活，卻添了幾分歲月沉澱下來的氣韻。這也是文德帝依然時不時往她這兒坐坐的原因，若非這兩年來有三公主和五皇子拖累，鄭貴妃依然是宮裡最得意的人，明妃也只能靠邊站。

等宮人們收拾好退下，鄭貴妃問心腹嬤嬤：「五皇子那裡如何了？」

嬤嬤答道：「娘娘放心，殿下那裡一切安好，聽說今兒殿下又將抄好的幾卷經書供奉到佛堂裡，以祈求佛祖保佑太后和皇上身子健康。殿下如此孝順，皇上若是知道，定然高興。」

鄭貴妃淡淡地道：「那也得讓皇上知道才行。」說罷，心裡有了主意，當下招來一個宮人，囑咐了幾句，便讓其去了。

對於五皇子，鄭貴妃不怎麼擔心，雖然這次兒子被人揭發他好男風之事，惹怒了皇上，可到底是皇上的兒子，就算一時氣狠了，時間一長，再加上兒子痛改前非，皇上遲早會息怒的，且依小兒子的城府，很快便會將自己摘出來。

比起小兒子，鄭貴妃更惱怒小女兒，那簡直是個沒法調教的蠢蛋，可是再惱恨，那也是從自己肚子裡爬出來的貨，不能不管。

鄭貴妃嘆了口氣，說道：「先著人去瞧瞧四公主，送些藥材過去。仔細看看陳貴人的神色，回來再稟報本宮。」

雖然恨不得弄死陳貴人母女倆，可鄭貴妃不得不咬緊牙關，先幫蠢女兒收拾善後。

等殿內的人退下，鄭貴妃疲憊地靠著美人榻，琢磨著明妃的舉動，還有許久未曾有動靜的皇后會如何。原本皇后那麼蠢，她是不擔心的，可現在皇后身邊多了個詭異的太子妃幫襯，鄭貴妃不得不慎重。

誠如鄭貴妃所想，皇后這回看了一場戲，笑得可開心了。

皇后一開心，就想犯蠢，幸好孟妘很明智地將其攔下，並且帶了兒子過來，將小包子往皇后懷裡一塞，自己接過宮務來看，順便詢問四公主的病情。

皇后才不關心四公主是死是活，那個死妮子以前沒少和三公主聯合著來氣她和女兒。

皇后邊在心裡氣哼哼邊抱著孫子，逗他說話，卻被孫子不給面子地無視了。皇長孫手裡拽著彩色小球，一上一下地拋弄著，小球上繫著的鈴鐺發出清脆的聲音。

孟妘詢問了四公主的病情，不過是感染風寒，繼而發起高燒，現下已經退燒了，就是傷了肺，咳嗽不停，須得喝藥，仔細將養著。據伺候的宮人說，這陣子三公主晚上覺得空氣不流通，讓宮人們開窗睡覺，並且命令四公主陪同她一起睡，讓四公主不慎感染了風寒。

如此聽來，確實可能是三公主故意讓四公主生病，畢竟兩人同睡一房，三公主性子霸道，可以從中做手腳。誰知四公主這病來勢洶洶，差點就沒了，連皇帝都驚動了。

皇后聽到這裡，嘀咕道：「三公主就是個壞，欺負姊妹的事倒是做得出來。」一見孟妘視線掃過來，她縮了縮脖子，抱著孫子離遠了些，不服氣地說：「這事情一目了然。」

孟妘嘆了口氣，又詢問宮人些細節，然後若有所思。

皇后見狀，又不甘寂寞地來找存在感了，「妘兒啊，有什麼不對嗎？」

「啊呀……」皇長孫也朝母親叫了一聲，似乎在附和祖母。

皇后樂了，不顧孫子皺起的小眉頭，親了下可愛的小包子，「妳瞧，灝兒也在問呢！」

被「非禮」的皇長孫怒了，一腳丫踹向皇后的胸口，可惜兩條軟綿綿的蓮藕腿沒力氣，皇后不僅不疼，反而以為孫子在和她玩，更高興了。

孟妘道：「三妹妹性子雖然霸道，卻不會在這種天氣不讓四妹妹蓋被子，而且有守夜的宮人在，若是三妹妹真做這種事，皇祖母定然不喜，三妹妹沒這麼蠢。且聽說四妹妹這段時間休息不好，神色憔悴，眼下常有青色。」

皇后慢了半拍，方道：「是四丫頭故意弄病自己的？」

孟妘點頭，端起宮人呈上來的甜湯喝了一口，見兒子眼睛滴溜溜看過來，明顯想要伸手來抓，便將碗端遠了點，然後當著兒子的面，慢條斯理地喝湯，由著小傢伙伸著胖手啊啊啊地叫要吃，卻沒有理他。

被兒媳婦刺激了一會兒，皇后終於反應過來。四公主為了離開仁壽宮，脫離三公主的挾制，對自己可真是狠心。雖然受了一回罪，卻成功達到目的，還黑了三公主一回，甚至現在連自己的親事都搞定了。

一舉三得！

皇后這才發現，宮裡的這些公主皇子們竟然沒一個安分的，真是討厭極了。

「父皇已經傳話了，母后可得好生幫四妹妹擇位駙馬。」孟妘繼續道：「這人選母后看著，最好叫陳貴人來商量，若是能讓陳貴人自己挑，那就更好了。」

皇后聽罷，說道：「行，本宮知道了！」然後想到此時大概快要氣炸的鄭貴妃，忍不住樂，覺得鄭貴妃這次丟臉丟到家了，這姊姊還沒說親，妹妹就要趕在前面了，還是皇上金口玉言，鄭貴妃縱使有怨言，也不敢說什麼。

兀自樂了半天，皇后突然想起興風作浪的明妃，不愉快地道：「那女人倒是好手段！」

「可惜命不好。」孟妘接了一句。

這一句輕易地打消了皇后心裡的酸氣，覺得兒媳婦真貼心，一時間看她順眼極了。

明妃確實是命不好，占著皇帝的寵愛，可是肚子多年無消息。一個不能生的女人，縱使能鬥，最後也只會是為他人作嫁衣。

不過，孟妘卻覺得明妃現在和鄭貴妃鬥得旗鼓相當是極好的，正好讓皇后一脈退居於後慢慢地穩定發展，讓太子不那麼扎眼。將兩宮妃子都挾制在一個局面中，如此方好，只是……她又有些擔心事情怕是不受自己預想的發展。

原因便是太極殿的那位。

孟妘目光悠遠，看向太極殿的方向，只希望那位皇帝不要將事做得太絕，不然……

皇后正抱著孫子樂，突然見到兒媳婦望著殿門的方向，表情很古怪，頓時背脊一寒，直覺有人要倒楣了。

上回她露出這種表情時，淑妃和惠妃便被太后斥責，連帶皇上也不喜她們，很是冷落了一番，將兩人的氣焰打沒了，灰溜溜地躲到各自的宮裡吃齋念佛，直到現在都不太敢說話，也不像以前總是跳出來膈應自己。

過了幾日，阿菀聽宮裡傳來消息，文德帝突然去禁閉五皇子的宮殿，出來時帶了一疊上面寫滿血字的佛經。

接著，很快又傳出文德帝在朝堂上當眾嘉獎三皇子，親自為四公主挑選了駙馬。

仁壽宮裡仍然悄無聲息。

阿菀靜默半晌，嘆了口氣，果然能爬到那個位置，又有兩個智商不錯的兒子襯著，鄭貴妃還是能繼續蹦躂，倒是明妃年輕美豔，可惜沒個兒子，底氣不足。

這皇宮裡除了拚皇帝的寵愛外，還要拚兒子。鄭貴妃和明妃打擂臺，兩人各有輸贏，一時間勝負難分，不過總地看來，仍是鄭貴妃的勝算比較大。

這些事情過了耳朵後，阿菀便放下了，現在與她無關，也不需要她做什麼，她只要好好過日子，養好自己的身子便是。

隨著天氣越來越冷，阿菀也不愛出門了，整天縮在屋裡，幾乎成了冬眠的熊。

衛嫤倒是精神，見阿菀縮著，也過來陪她坐著，逕自在一旁刺繡或看書，總會有事情做，不會打擾到阿菀，彷彿只要能坐在這裡，抬頭能看到她，便心滿意足了。

阿菀被這小姑娘萌得不行，尤其是小姑娘有一手絕佳的繡活，幾下就能做出精巧的繡帕。手帕、荷包、抹額、扇套、衣服等都難不倒她，然後被她臉紅紅地捧著送給了阿菀。

「這是做給嫂嫂的。」衛嫤眼睛濕漉漉的，很是無辜。

阿菀照單全收，很快便用起小姑子做的物件，小到手帕，大到衣服。衛嫤見了，更起勁兒了，決定要做狐皮披風給阿菀。她秋天時得了一匹上好的火狐狸皮，正好拿來做披風。

瑞王夫妻：「……」閨女，妳是不是忘記爹娘了？

阿菀怕她整天做這種東西傷了眼睛，而且這府裡也有針線房，不需要她一個王府的大小姐親自做，忙找些其他事給她，讓她活動活動。

於是，衛嫤出去轉了一圈，然後頂著風雪折了一枝梅花回來給阿菀插瓶，並且問道：「大嫂，這梅花好看嗎？」

阿菀縮著腿窩在暖炕上，正在翻著帳本，抬頭看了一眼，便道：「好看。」

衛嫤喜孜孜地笑了，抱著放在一旁的針線筐，爬到炕上和阿菀坐在一起，然後拿出那件做了一半的披風，對阿菀道：「那我在這件披風下襬處繡這枝梅花吧。」

「行，不過別做太久，小心傷眼睛。」

「不會，我做得很快的。」

衛嫤確實做得很快，手裡一拿針，那飛針走線的速度便讓阿菀看得眼花繚亂，覺得最厲害的繡娘都比不上她，也不知道她是如何練就這技能的，難道是內向之人特有的專長？

阿菀想起了小時候每回來瑞王府，都會看到衛嫤像背景一樣安靜地坐在旁邊刺繡，那時候還以為是瑞王妃在教導女兒女紅，後來才知道這丫頭只要沒事，便會拿著針扎來扎去。

有這麼個萌萌的小丫頭陪伴，阿菀這段日子過得極為愉快，只是隨著十一月到來，她心裡越來越擔心遲遲未歸的衛烜。

原本說一個月後回來，可現在都過了一個半月了，也沒丁點消息，莫不是出了什麼事？

發現阿菀在發呆，衛嫤問道：「大嫂是在想大哥嗎？」

「嗯，不知道他現下如何了。」阿菀漫不經心地回道。

「沒事的，大哥很厲害，一定會很快回來……」

阿菀又嗯了一聲，回過神時，見小丫頭怯怯地看著自己，努力想安慰的話，甚至有點言不由衷，不由嘴角微抽。

衛烜這是有多凶殘，才會將自家妹子嚇成這樣，連提他的名字都怕得不行？

不過，明明那麼害怕，仍是勇敢地安慰自己，真是太可愛了。

阿菀抱了抱她，讓衛嫤害羞地笑了。

這一笑，阿菀突然發現她和衛烜果然是親兄妹，害羞的樣子竟然頗為相似。

突然有點兒想他了。

就在阿菀想念某人的當天晚上，窩在被窩裡睡得正香的她，臉頰被一個冰冷的東西觸碰到，冷得她打了個哆嗦，下意識縮起腦袋繼續睡。

誰知那冰冷的東西繼續騷擾，起床氣當下被點燃，然後攥起拳頭就揮了過去。

「啊……」

阿菀被突如其來的抽氣聲驚了一下，手也覺得疼，好像打到什麼硬物，終於清醒了。

看到床前杵著的黑影，差點嚇得尖叫出聲。

「阿菀，是我，我回來了……」床前的黑影甕聲甕氣地說。

聽到這聲音，阿菀打了個激靈。心裡掛念的人回來，她忍不住撲過去拽住他，想說什麼，竟然說不出話來，只能努力睜大眼睛，想瞧清楚他的模樣，看看他有沒有受傷……

半夜三更爬回來的衛烜被打了一拳，正氣悶，見阿菀撲過來，心裡歡喜，想要張手摟住她，誰知她忽然打了個哆嗦，退回被窩裡，裹著被子不給他近身。

「你的身體怎麼那麼冷？也不把自己弄得暖和些，當心生病。」阿菀罵道。

這段日子，她總擔心他在外面吃不好穿不暖，或者大雪封道阻了他回家的路，讓他在天寒地凍受罪，也怕他哪天突然回來，所以屋裡一天十二個時辰都燒著炭，熱水、熱湯、熏籠、湯婆子等都備著以防萬一。

聽到她罵人，衛烜捂著鼻子，悶悶地說：「我想見妳……」

阿菀被他說得沒了脾氣，見他捂著鼻子，想到剛才自己好像出拳打了人，頓時愧疚地道：「怎麼了？鼻子疼？」

「妳好狠的心，我才剛回來……」

「誰讓你拿自己的冰手來凍我？我沒一腳踹過去，都是因為蓋著太厚的棉被。若是夏天被子薄，我早就踹你了。」

衛烜又氣悶了，他不過是想她罷了，想摸摸她，卻被揍了。

阿菀無視他幽怨的眼神，掀被子起身，邊哆嗦著套上厚衣服邊下床，去將桌上的燈芯挑了挑，頓時燈光大亮，回頭便見到一身風雪的衛烜像跟屁蟲一樣跟著她。

阿菀踮起腳，捧著他的臉仔細看了看，鼻子雖紅，但沒流鼻血，便放心地催他去坐在熏籠上暖和暖和，再幫他將身上沾了雪花的外袍脫下。

在阿菀忙著伺候他時，外間的丫鬟們也準備好了熱水洗漱之物。

隨風院的男主人歸家，並且這般大咧咧地回來，守夜的丫鬟自然是第一時間驚醒，然後開始忙碌起來。不過她們都知道衛烜的脾氣，裡頭沒出聲叫人，便只能耐心等著叫喚。等裡面的傳喚聲響起，青雅方帶著一干丫鬟捧著洗漱用具及熱水進去。

衛烜感覺到肚子餓，將丫鬟端來的熱湯一口飲盡。

阿菀知道他正是長身子的時候，便對他道：「你先去洗澡，洗好了再用些東西。」說罷，又吩咐路雲去廚房那裡說一聲，讓廚子煮些湯麵過來。

衛烜看著阿菀為了他忙裡忙外，心裡軟軟的，雖然還沒吃飽，但思淫慾了。

「妳幫我！」衛烜拽著阿菀的手，要她服侍自己洗浴。

看在他剛回來，臉色也不太好的分上，阿菀心軟地應下，正好也可以看看他有沒有受傷。

耳房的熱水已備好，丫鬟們放下乾淨的衣物後便出去了。

阿菀試了試水溫，轉頭叫衛烜。衛烜瞅了她一眼，紅著臉脫衣服。

阿菀很是無語，沒法告訴他自己上輩子看多了裸男的照片，他一個還沒長熟的少年有什麼好看的。只是看他害羞，自己也尷尬，不由暗罵，既然害羞，幹麼還非要她幫他不可。

在衛烜脫衣服時，阿菀盯著不放，見他上半身沒有新添的傷痕，心裡鬆了口氣。目光往下滑去，發現這廝竟然有結實的腹肌，頓時眼神發直，想伸手摸一摸。

直到發現他腹部上有一塊拳頭大的瘀青才轉移注意力，忙問道：「這裡怎麼了？」

衛烜勉強笑道：「無礙的，就是撞了一下。」

阿菀犀利地問：「如何撞的？」

「就、就那樣撞了……」衛烜匆忙解了褻褲，豪邁地往下拉……

阿菀再度無語，好想戳死這傢伙。不該害羞的時候羞答答像個姑娘，該害羞時卻非常大方，以為這樣就能轉移她的焦點嗎？

衛烜跳進浴桶，阿菀便擼起袖子，開始為他洗頭髮，邊洗邊套話。

一個忙著套話，一個忙著忽悠，兩人都很忙。

沐浴完，衛烜穿了件居家常服，披著未乾透的頭髮回內室。丫鬟們已經準備好一大盅熱湯麵，另有幾碟鹵肉和鹹菜，還有一盤燙青菜。

湯是熬好的雞湯，麵是加了蔬菜汁的細麵。麵上放了薄肉片和荷包蛋，還撒上了香蔥和兩根青菜，看著就讓人極有胃口。

衛烜驚奇地道：「這是麵？怎麼會是紅色和青色的？」

阿菀輕描淡寫地道：「不過是加了榨好的蔬菜汁罷了。你不是餓了嗎？快點吃。」絕口不提自己在貓冬時嘴巴饞了，便開始折騰起廚房。

趁著衛烜用膳時，阿菀走到門口吩咐路雲去瞧瞧跟著衛烜回來的路平等侍衛，也讓廚房做些吃食送過去。聽衛烜說，路雲和路平是義兄妹，當初在鎮南侯府時還曾一起乞討。後來發生了一點事，路雲跟著流民流浪到北邊，被路平認了出來，便求了衛烜，將她帶回來。

路雲的本事比普通人家的丫鬟更厲害，因衛烜倚重她，阿菀對她也有幾分客氣。

路雲心裡正擔心路平，忙感激地道：「多謝世子妃關心，奴婢這就去瞧瞧。」

等衛烜吃飽喝足，外頭已經打過三更鼓了。

這種時候本是睡得正香的時辰，阿菀被他鬧了一場，一時間睡不著，小夫妻倆便窩在被窩裡膩歪。當然是衛烜癡纏，阿菀則拍他，要他好生休息，先將眼底的青色消了再說。

也不知道他是不是趕著回來，精神有些萎靡，可能是許久未曾好好歇息了。

衛烜抱著她，將臉埋在她脖子間深吸了口屬於她的體香，「近來京中有什麼事嗎？」

阿菀便將宮裡這陣子發生的事與他說了，還有孟妡及笄和一些世家的八卦。

衛烜聽完宮裡的事情，冷笑了下。他懶得理會那兩個互相攀咬的蠢公主，反正她們已經不成氣候，不用他再出手。倒是五皇子，遲早會出來蹦躂的，哪天尋了機會，得將他徹底打趴下，另外還有三皇子……

想到這裡，衛烜頭有點疼。

不是他不想收拾那些人，而是牽一動百，更何況太極殿的那位可不好相與，連他這個活了兩輩子的人，也不好輕易同他打擂臺。若他真憑著心意弄死那幾個賤人，怕皇帝不會容他，而太子地位更危險，不若留著他們，由著三皇子與太子別苗頭，讓太子不至於太扎眼。

要弄死那些討厭的人很容易，難的是如何做到天衣無縫，不讓那位帝王起疑。

這幾年來，衛烜的目光已經不再局限於京城，這幾年尋找到了很多蛛絲馬跡，終於讓他知道上輩子阿菀的境遇那般慘，不過是時也命也，成為了上位者的一枚棋子，身不由己罷了。

所以，三皇子等人已經沒讓他放在眼裡，他要對付的是皇帝。

陸之章 隱藏的情敵

阿菀起床時發現身邊的位置已經空了，摸過去，只留幾許餘溫，想來衛烜離開許久了。

阿菀叫丫鬟過來伺候她洗漱，聽到外頭的風雪聲，便問道：「雪可小了？」

「沒呢，比昨晚還要大一些。」青雅邊幫她綰髮邊道：「幸好世子爺昨晚回來了，不然今天路上的風雪更大，指不定路都被堵了。聽嬤嬤們說，這雪可能要下個幾天。」

阿菀笑了下，說道：「妳說的對，幸好昨兒回來了。」

等打理好自己，安嬤嬤過來請示她，世子帶回來的東西如何處置。

「都有什麼？」阿菀問道。

「多數是皮子，還有一些百年的地參、珠寶等飾物。」

衛烜雖說是去辦差，但名義上是去遊玩，於是藉著便宜行事之便，也弄了些禮物回來給阿菀。等看到衛烜帶回來的東西時，阿菀倒吸了一口氣，懷疑衛烜是不是跑到哪個深山老林中，將那裡的動物一窩端了。

阿菀翻看那些皮子，發現都是完好的，有兩張虎皮、一張熊皮，狐狸皮、貂皮等更多，而且質地極好，看著不像是新獵的，應該是從商人那兒買的。阿菀又看了那些皮子的品種，猜測著衛烜這次應該是去了北地，只是不知道他去了多遠的地方。

青雅和謝嬤嬤等丫鬟也是驚嘆，這些皮子色澤鮮豔，入手柔軟，硝製得極好，若是在京城，恐怕買不到這等貨色。阿菀體弱，冬天時容易手腳冰冷，這些皮子正好可以做些防寒的褥子和斗篷給她用。

「這熊皮就給世子妃做件褥子吧，蓋著暖和。」青雅開心地說。

阿菀將兩張虎皮取出來，打算一張送給瑞王，一張送瑞王妃，又取出幾匹色彩鮮亮的皮子給衛嫤和衛焯姊弟，還有那些寶石首飾，也分成幾份送人。

就在阿菀忙著分東西時，衛嫤過來了。

阿菀見狀，將她叫過來，笑道：「妳大哥昨晚回來了，帶了些東西回來，妳看看喜歡什麼，儘管說，都給妳。」

衛嫤嚇了一跳，忙道：「不用了不用了，這是大哥送妳的，我不要。」

阿菀戳了戳她，「不必客氣，這麼多東西，我自己也用不著，妳喜歡就送妳。」

衛嫤害羞地笑了，說道：「大嫂真好！」

阿菀坦然地接受小姑子的稱讚，小丫頭這麼萌，她會更好的。

在阿菀和衛嫤一起分東西時，衛烜正在太極殿裡同皇帝回報自己這次出行的結果。

文德帝聽完，眉頭微微蹙起，有些不悅地問道：「北人真有南下侵略之心？」

衛烜道：「有些蛛絲馬跡，其他的侄兒還未能確定，須得多探幾次。」嘴裡這般說，心裡卻無比肯定北方草原那群蠻子遲早會有動作，就在這兩年時間。

大夏這二十餘年來甚是太平，若是戰事突起，很多人恐怕一時間不能接受，屆時亂七八糟，邊境危矣。若是朝廷毫無防備，後果不堪設想。屆時，南夷部落趁火打劫，掠擾南邊，甚至東南沿海倭寇上岸劫掠，連世代帶坐鎮南方沿海的鎮南侯府也會遭殃……

文德帝擺擺手，讓他先退下，自己拿著他帶回來的摺子仔細閱讀。

衛烜直到午時方從宮裡出來，然後像個三好丈夫般，拒絕了榮王和幾個狐朋狗友去喝酒的邀請，直接回王府。

榮王和一群紈絝子弟被他拒絕，頗為傻眼。

一個紈絝說道：「這位世子爺幾時這般戀家了？以前都見他要在外頭晃上幾圈才肯歸家，莫不是這次難得幫瑞王辦事，在外面吃了苦頭，特別想念家的溫暖？」

「我倒是懷疑他這次到底去了何處，這大雪天的，也夠他受的了。不知他這個嬌貴公子怎生受得了，瑞王也真是狠心……」

「你們懂什麼？」榮王一巴掌拍到說話的人的後腦杓去，「他這是成親了，以後家裡有了世子妃，自然不能和咱們這些光棍一樣在外頭浪蕩了。」

榮王自以為點明了事實，衛烜那廝就是這般有異性沒人性，自從八月娶回了心心念念的姑娘，便不再像以前那樣呼朋引伴出去玩，然後趁著玩累了，跑到公主府裡蹭吃蹭喝的，想方設法多和壽安相處。這次他出門一趟，又是這種數九寒天，好不容易回來，自是直接回家抱老婆了，哪會理他們這些大男人。

可是當他說完，那群紈絝就用一種看傻子的眼神看他。

榮王怒了，又一巴掌拍過去，「看什麼？」

被狠拍的那個紈絝心裡喊冤，哭喪著臉道：「殿下，您是不是忘記了？咱們都老大不小，早就成親了，這裡沒成親的就只有您老人家和成三了，所以您這話真是不對，至少咱們這群不是光棍，都是有家累的。不過，我們可沒覺得家裡的黃臉婆有多好，一點也不想回家！」

其他已經成親的紈絝們紛紛點頭，並且詢問他何時迎娶正妃。

榮王又伸出胖手揍個揍人，胖胖的臉上露出冷笑，「別以為本王不知道，你們這是變相地勸著本王娶妃呢！是不是你們聽了家裡長輩的話來勸的？」

幾個紈絝互看了一眼，硬著頭皮點頭，陪笑道：「殿下，這可不怪咱們，是皇上得知殿下賞識咱們，能時常陪在殿下左右，便讓長輩同我們說，讓我們勸勸您。」

他們也是很冤枉好不好？榮王不肯成親和他們有什麼關係？難道就因為他們和榮王是酒

肉朋友，就得勸他嗎？而且，他們還羨慕榮王不用成親被家裡的黃臉婆管著，多逍遙自在。

不過，這種話不能說，說了會被家裡的黃臉婆罰跪。

「他們叫你們來勸，你們就答應了？一群混蛋，枉本王平時待你們不薄，你們竟然如此對待本王！」榮王追著這群人揍。

沒人敢反抗，只得抱頭鼠竄，幸好胖子跑幾步就累了，所以完全無壓力。

果然，榮王跑沒多久便攤坐在侍衛搬來的椅子上，翹腿喝茶，不屑地對他們道：「告訴你們，本王以後要娶的王妃一定要是國色天香的大美人，世間無人能及，否則不娶！」

「是是是，未來的王妃娘娘定然是九天仙女下凡塵一樣傾城傾國的美人兒，王爺肯定有好福氣。」狗腿們紛紛奉承著。

榮王心裡舒泰許多，用那雙被肥肉擠成一條線的眼睛斜睨他們，哼笑道：「還有，別以為本王不知道你們的德行。你們在外面是條漢子，在家裡就是條蟲，不小心碰著丫鬟的手，就要被罰跪搓衣板。」

眾人：「……」

榮王終於覺得出了口惡氣，見大家苦逼地看著自己，起身理了理衣襟，走過去拍拍他們的狗頭，笑咪咪地道：「你們也不必覺得丟臉，本王就是看在你們都懼內的分上才會賞識你們，你們跟著本王混，絕對不吃虧。」

眾人：「……」不，他們現在就覺得很吃虧了，為什麼這種羞恥的事他會知道呢……

將他們挨個調戲了遍，榮王背著手，慢悠悠地走了。

走到外面，看到漫天降下的雪，榮王笑呵呵地對身邊跟著的人說道：「下雪好啊，瑞雪兆豐年，真是個好兆頭！」

那人只能陪著笑奉承。

榮王笑嘻嘻地看著雪景，想起衛烜做的事，胖手狠狠一攥。

嗯，生活如此美好，他也要努力才行！

衛烜迎著風雪，回了瑞王府。

剛進門，便見到站在廊下的父親，黑髮上染上了點點霜白，彷彿添了幾分老氣，不過仔細看去，原來是落在頭髮上的雪罷了。

還未到四旬的瑞王依然是個英武不凡的男人。

「你在這裡做什麼？」衛烜拍了下肩膀上飄落的雪花，挑眉看向瑞王，又抬頭看了看天空，對他道：「這天寒地凍的，雪又大，你年紀一大把了，應該保重身子，想要賞雪就回花廳，叫人開了琉璃窗給你看，別太任性了。」

瑞王：「……」老子才三十五歲，哪裡老了？你這個臭小子！

原本因為擔心而等在這裡的瑞王，聽到熊兒子的話，差點氣炸，覺得這小子哪日不氣自己就皮癢，讓人想揍他，可惜熊兒子跑得快，總是揍不到。

「跟我去書房，本王有話問你。」瑞王將他上下打量一遍，見他臉上露出不情願的表情，不由氣笑了，「你這是什麼態度？難道本王還要請你不成？」

衛烜搓搓冰冷的手，說道：「忙了半天，我肚子餓了，想回去用膳。」

「行，本王讓人在書房擺膳，咱們父子倆有段時間沒一塊兒用膳了，一起喝兩杯。」瑞王很大方地道，允許熊兒子去他那裡蹭一頓。

衛烜更不情願了，他先前可是讓人回來同阿菀說過午時會回府陪她用膳，這老頭子跑出來棒打鴛鴦真是可恨至極。

衛烜毫不留情地拒絕，「不要，對著你的臉，我吞不下飯！」見老頭子眉頭一豎就要生氣，他又飛快地道：「如果你想問我有沒有受傷，你放心吧，沒有，我很好！如果你是為了其他的事情，那就不必告訴我了，我不想知道！」

瑞王被他堵得無話可說，有心想要問問他這次出去做了什麼，卻被他的話堵死。

等熊兒子離開，瑞王突然想起自己等在這裡的原因，除了是要看看熊兒子這次有沒有受傷，還要同他商量治療隱疾之事。怕傷到熊兒子的自尊，他都打算好聲好氣同他商議了，只要他面露不悅就將門關了，讓他砸書房出氣。

這熊兒子竟然如此不給面子！

瑞王惱怒，走在風雪中的衛烜臉色也陰了。

他以後要做的事恐怕不容於世道，縱使是親生父親也不能說，因為瑞王除了是他的父親，也是太后的兒子。

衛烜心裡對上輩子父親將他送去邊境之事仍耿耿於懷，這其中除了因為自己無能外，還有崔氏的攛掇，以及父王對他的縱容。因他太過縱容，才將他養成上輩子那般被人瞧不起的紈絝，事到臨頭時，卻無能力扳回局面，只能遠走邊境保命。

這輩子他要改變自己，不僅要掌握自己的命運，還要有更多的權勢掌控他人的命運，最好能主宰太極殿的那位的決策。

進入隨風院的正房，一團暖氣撲面而來，讓他被風雪凍得僵硬的臉柔和了些。

阿菀正坐在炕上看話本，衛烜進來時，她第一眼便看到他臉上還來不及收斂的戾氣，他彷彿被誰惹到了，下一刻就會大開殺戒。

心臟陡然悸動了下。

雖然隱約明白像昨晚那樣癡纏著自己，像個大男孩般的衛烜是偽裝的，可是他極少會在自己面前流露出凶狠之色，怕嚇跑她。莫不是剛才有誰惹到他了？

衛烜脫去身上的狐皮大氅，見阿菀直勾勾看著自己，眼神平靜，讓他心頭一凜，連忙笑著對她道：「阿菀，我回來了，妳餓了嗎？」

阿菀眨了眨眼睛，正要說話，衛烜已經大步走過來，探手伸進裹在她身上的毛毯，直接掐著她的腰，將她像小孩子一樣抱了起來。

屋裡燒著地龍，身上還裹著毯子，阿菀並不覺得冷，身上只套了件薄衫，所以衛烜的手伸進來時，隔著單薄的衣料，能感覺到他手指上的冰冷，讓她打了個哆嗦。

衛烜將她連人帶著毯子抱起來，在她要發火時，低頭對她笑道：「我餓了，咱們用膳吧。午膳吃什麼？」

阿菀對著衛烜的笑臉，實在是罵不出來，只得無奈地拍拍他的肩膀，說道：「放我下來吧，咱們中午吃火鍋。」

衛烜笑了，「火鍋好啊，不過，妳看著我吃肉會不會很想罵我？」

「那是當然，不過我還是想看！」阿菀白了他一眼。她的腸胃不好，不太能食葷腥，容易腹痛腹瀉，可惜即便如此，她還是喜歡看別人吃肉，過過眼癮。

她最盼著身子快點養好，以後能吃喜歡的肉，不必再忌口。

衛烜和她一起長大，自然清楚她這點小愛好。每次和她一起用膳，她都會看著他咬牙切齒，一副想吃又只能忍耐的模樣。以前憐惜她，拗不過她便讓她吃了些，後來發現她事後腹疼難受，便不敢貿然遷就她了。

丫鬟將膳食呈上來，爐子燒著銀霜炭，鍋裡放著熬好的湯底，旁邊有各種配菜，以及廚子特意調製的醬料。

小夫妻倆將丫鬟揮退到外室，不需要她們伺候，吃火鍋要自己動手比較有趣。

阿菀吃著衛烜親自為自己涮的蔬菜，問道：「你剛才怎麼了？誰給你氣受？」

衛烜忙著照顧她，懶洋洋地道：「剛才回來時碰到父王了，父王硬是要叫我過去陪他用膳，實在是可恨！誰要陪糟老頭子吃飯？沒得倒胃口！」

阿菀笑了出來，拿帕子掩住嘴，「你真是不孝，若是父王知道你說這話，定會生氣。」

衛烜哼了一聲，根本沒放在心上。

看他這副死豬不怕開水燙的模樣，阿菀很是無奈。這傢伙缺點真多，會裝乖會作惡會任性會殺人……若非自小一起長大，她對這種人看都不看一眼，遑論是嫁給他。

叨念了幾句，阿菀沒法再嘮叨，因為衛烜快速地燙菜給她吃，讓她沒空說話。

她的胃口不大，吃了八分飽便不肯吃了，改幫衛烜涮肉。

「真的飽了？怎麼吃得好像比我出門前更少了？」衛烜皺著眉，「太醫來請脈怎麼說？」說著，有些擔心她的身體，視線在她胸口轉了一下，這裡好像還沒長大……

「好著呢，沒什麼事，就是冬天都窩在屋裡，不怎麼動，自然吃的不多。」阿菀忙保證自己很好，不然太醫院裡的太醫又要被他折騰得欲哭無淚了。

衛烜雖有懷疑，可自己剛回來，還沒有詢問過自己離開後阿菀在家裡的事，便先將這事放到一旁，稍後再去了解。

「對了，你這次回來還要出去嗎？」阿菀不經意地問道。

衛烜瞄了她一眼，小心地答道：「天氣冷了，路不好走，所以在年前都不出去了。」

阿菀滿意地點頭，又涮了一塊羊肉給他。

「對了，既然我回來了，改天雪停，咱們一起去探望姑母他們吧。」衛烜討好地道。

阿菀看了他一眼，見他小心翼翼的模樣，忍不住好笑，說道：「行，知道了，快點吃吧，涼了就不好吃了。」

衛烜這才高高興興地繼續埋頭奮戰，阿菀涮給他的肉一下子就吃光了，涮肉的速度根本比不上他吃的速度，果然，正在發育中的少年食量相當驚人。

用完膳，阿菀在屋裡轉了會兒消食，便去午睡了。

吃好睡好，身體才好！為了活到自然死，阿菀十分注意養生。

衛烜爬上床陪她，雖然被阿菀嫌棄他毛手毛腿擾她睡覺，卻堅決不肯放棄福利。縱使吃不到，但是這樣慢慢挖掘著她身體的敏感處也是一種樂趣，這也是為了以後圓房做準備。

看著陷在被褥中的少女的睡顏，衛烜舔了舔唇，喉嚨有些乾，身體也熱得緊。即便自己受罪，也不想放開她。溫暖的大手探進被窩裡，一寸寸往下探，最後落在她的胸部上。

果然沒變化，太小了……

對於阿菀來說，冬天是她貓冬的時候，如今嫁人，便不能像做姑娘時那樣躲懶了。

因此，雪一停，天氣好些，阿菀和衛烜一起回了娘家。

兩人登門時，羅曄和康儀長公主都很高興，夫妻倆一人拉著一個說話，說到興奮處，羅曄便要拽著衛烜去喝酒。反正是在家裡，喝醉也無防。若是醉了，衛烜還能在岳父家歇息。

康儀長公主見丈夫和女婿要拚酒，抿嘴一笑，對阿菀道：「瞧妳爹那德行，烜兒就會討好他。」自己的丈夫什麼樣如何不清楚，那就是個不通俗務的理想主義者，只要生活順心，一切都是美好的，加上衛烜慣會哄人，將羅曄的性子摸得透透的，讓羅曄將衛烜當成兒子看待。

阿菀也跟著笑道：「常言道，女婿是半子，爹高興就好。」

康儀長公主覺得言之有理，便不理那兩個喝得高興的男人，自顧自拉著女兒說話。

隔日，阿菀和衛烜又相攜去探望威遠侯老夫人。

威遠侯親自出來相迎，威遠侯夫人也陪著，不過到了老夫人那裡，老夫人只是淡淡一瞥，便讓兒子夫妻倆退下，只留下外孫和外孫媳婦在跟前說些貼心話。

威遠侯老夫人手裡拈著一串佛珠，淡淡地道：「你年紀大了，又娶了媳婦，以後專心做事，做出點成績來，萬不要讓人小瞧了。」說到這裡，她又嘆了口氣，「人啊，總要有點用，旁人才會敬重你幾分。」

這話說得沒頭沒腦，衛烜倒是心中微凜，眼神有幾分晦澀。

這話以前可沒人和他說，以致於上輩子他風光無限，卻是旁人施捨的，當人家將之收回，他確實什麼都不是了。也因為如此，這輩子他早早在皇帝那兒掛了號，甚至為了加重自己的分量，不惜在暗地裡為皇上做事，雖然冒險，結果卻是好的。

「外祖母說的是。」衛烜微笑著道。

威遠侯老夫人露出淡淡的笑容，又道：「不過，你現在年輕，能做的事情少，你父王那裡恐怕也得等你能獨當一面方能收手。你心裡可是有主意了？總不能整天無所事事。」

衛烜眼珠轉了轉，說道：「外祖母覺得羽林軍如何？皇伯父曾提過讓孫兒進羽林軍。」

羽林軍的職責是守護宮闈，更要貼身護衛皇帝。羽林軍多選自勳貴子弟，少數來自軍中的優秀後生，且必須祖上三代家世清白。羽林軍常可在御前行走，前途無量，是很多宗室子弟的首選。人人擠破了腦袋想進去，為一個名額大打出手的都有，只是沒有過人的功夫和忠心是進不去的，還要經過層層考核，最後能被選上者，皆是優秀之人。

這對於衛烜而言，倒是容易的事。除了皇帝看重他，他的功夫也極好，時常在侍衛營中混，那些侍衛沒少被他摔摔揍揍的，還拿他無可奈何。

威遠侯老夫人欣慰地點點頭。

她並不會溺愛孩子，比起太后無條件的寵溺，她更想讓外孫掌握實權，擁有更多的說話權及保障，這樣在以後新皇登基時，方能更好地找準位置，不至於出什麼意外。故而每回衛烜過來時，皆是提點的多。

有些事情衛烜活了兩輩子才明白，又在外祖母這兒聽了一回，獲益匪淺。

太后確實溺愛衛烜，卻是當成女兒一樣地寵。於太后而言，她的孫子多的是，寵得起，不會想著將來自己若是身故，沒有自己的庇護，衛烜以後會經歷什麼災難，會不會被嫉妒他的皇子們給收拾了。

可對於威遠侯夫人來說，衛烜是唯一的愛女留下來的子嗣，自然是希望他好，所以才會輕易妥協，免得和太后再起爭執，讓衛烜夾在中間難做。

話了會兒家常，小夫妻倆要告辭時，威遠侯老夫人方用委婉的語氣對他們說，以後若無什麼事情，便不要過來了。

阿菀看了眼她滿布皺紋的臉，再看衛烜抿嘴不說話的樣子，不禁有些心酸。威遠侯老夫人是個乾脆俐落之人，為了外孫好，能忍著十幾年不與他親近。

衛烜握緊阿菀的手，恭敬地向威遠侯老夫人行禮後才離開。

過了兩日，阿菀進宮向太后請安，卻迎來太后的冷臉，讓她好生無奈。幸好有太子妃在旁周旋，太后才沒有朝她發火，可話裡話外都表達出一個意思：讓她認準自己的位置，別隨便親近不該親近的人。

阿菀感覺到自己沒有做姑娘時那般自在了，在開始履行為人媳婦的職責時，才知道很多事情很不容易，更對當初公主娘同她講的一些後宮祕辛略有領會。

老實說，對於回娘家或去威遠侯府，阿菀是極樂意的，但是進宮總感覺不自在。太后不僅是皇祖母，也是外祖母，只是這外祖母沒有血緣關係罷了。從理論來說，雖是親近的長輩，可惜皇室中人關係複雜，縱使再親，也是隔了層的。

進宮幾次後，阿菀再度敏感地察覺，太后對於自己親近威遠侯府有幾分不悅，可因為衛烜和太子妃幫她擋了幾回，她才沒遭什麼罪。

對此，阿菀很無奈，覺得自己夾在中間很委屈。

不管是太后或威遠侯老夫人，都是衛烜要敬重的長輩，即便他因為太后而疏遠威遠侯府，可那也是衛烜的母族，嫡親的外祖母，無緣無故的，哪能真的斷了來往，這不是讓人笑話嗎？虧得衛烜這些年都忍下來了，讓阿菀不免憐惜。

再者，阿菀嫁入王府後，只去了威遠侯府兩次，便讓太后惦記上了，真心感覺冤枉。由此可見，太后的病情指不定更嚴重了，方會如此小題大作。

對此，阿菀加倍小心，決定不往她老人家面前湊，要湊也要挑太子妃在場時。

進入臘月，天氣越來越冷，阿菀幾乎足不出戶了。

過了臘八，突然聽說威遠侯老夫人病了。

阿菀等衛烜回來，對他說了此事，寬慰道：「聽說只是偶感風寒，無甚要緊，明日我同母妃去瞧瞧她，回來再同你說。」

衛烜想了想，說道：「母妃便不用去了，我和妳一起去。皇祖母那邊妳不必擔心，由我去說，妳這幾日不要進宮了。」

對於太后的心病，衛烜是知道的，也知道太后患了癔症，有了輕微的症狀，才會如此喜怒無常。他可捨不得讓阿菀進宮受罪，也無須阿菀特地去討好宮裡的人，且再過兩年，太后的病會更嚴重，屆時便是他行動之時。

阿菀看他陰沉的樣子，識相地閉嘴。

翌日，阿菀便和衛烜一起去威遠侯府探病。

威遠侯府是皇帝的母族，聞得威遠侯老夫人生病，前來送禮探病的人極多，不過怕打擾老夫人休養，能進去見她老人家的人很少，慶安大長公主便是能見的人之一。

慶安大長公主和威遠侯老夫人算是同一輩的人，且在閨中時也有往來，後來慶安大長公主下嫁至鎮南侯府，遠離京城，這情分便淡了。如今慶安大長公主回京定居，很快便同京中勳貴有了來往，因她是皇帝的姑母，眾人也敬重幾分。

在阿菀和衛烜抵達威遠侯府時，恰巧慶安大長公主也攜著孫女莫菲到來，雙方便這麼湊巧地在門口相遇了。

見著慶安大長公主，衛烜這做晚輩的自然要過去請安。

慶安大長公主笑道：「你也是來看你外祖母的？有心了。」

她也是知道當年太后和威遠侯老夫人不對盤的事，尤其是文德帝登基後，太后越發踩娘家嫂子的臉面。當年這事沒少讓人暗地裡當笑話看，只是太后一朝得勢，上面沒了壓她的人，不免輕狂了些，無人敢在明面上說罷了。

如今衛烜夾在太后和威遠侯老夫人之間，看著也怪可憐的。

慶安大長公主不經意瞄了眼身邊的孫女，見她低眉順目地站在一旁，沒有忘形看向衛烜，心裡鬆了口氣。雖然知道這孫女很固執，一時半刻恐怕不會放棄，可也不能讓她在大庭廣眾之下做出輕狂的舉動，壞了姑娘家的名聲。

不過，欣慰的慶安大長公主不知道，莫菲只是怕自己克制不住，才不敢抬頭，但她的異樣，阿菀還是注意到了。

阿菀對莫菲一向在意，原因便是當年在小青山的別莊時，她看衛烜的眼神很古怪，還有每次見面時她對自己的審視。次數多了，不想歪也不行。於是，阿菀得出了一個結論。

這姑娘對衛烜有意思！

這是含蓄的說話，應該說這姑娘想嫁衛烜，卻被她這個程咬金給截胡了。

阿菀將事情擼了一遍，很快能猜測出這兩人有交集，也不過是衛烜六歲時，隨父親南下去鎮南侯府向慶安大長公主祝壽，在鎮南侯府住了一段時間。

雖說古人早熟，可是早熟到這程度，阿菀真心想跪了。

不知道衛烜當時是不是做了什麼事情，讓人家小姑娘從小到大忘不了，直到現在還念著他。而且這個傢伙是熊孩子，熊成這樣，還能騙到小姑娘對他念念不忘，真教人氣悶。

想到這裡，阿菀突然趁人不注意，伸手在衛烜腰間掐了一把。

衛烜腳步一頓，然後若無其事地繼續往前走，同時用眼神詢問她發生了什麼事。那表情很是莫名，分外無辜。

阿菀想了想，若是自己說出來，怕他會多想，以為自己吃醋，到時高興得非得做點什麼，還是自己受罪，於是決定什麼都不說了。

因男女有別，到了威遠侯老夫人居住的院子，阿菀隨著慶安大長公主一起進去，衛烜則被威遠侯請到一旁喝茶說話，等慶安大長公主帶孫女走了，再過去探望。

衛烜擔心外祖母，雖說沒事，可也要親自看了才能放心。問了威遠侯後，得知只是老人家年紀大了，容易犯病。太醫來瞧過，說喝幾帖藥休養些日子便好，方沒那麼焦急。

慶安大長公主也知道人家外孫過來，不好久留，同威遠侯老夫人說了幾句話，便識趣地帶著孫女離開。

上了馬車，慶安大長公主看著神思不屬的孫女，突然問道：「妳看瑞王世子妃如何？」

莫菲正沉浸在今日見了衛烜的喜悅及失落中，心裡覺得衛烜長得越發好看了，雖然可見面上仍是帶有些少年人特有的稚氣，可是遠遠看著，清貴非凡，再過一兩年定會更加出眾，無人能及。可是，看到伴在他身邊的是另一個女子時，不免黯然神傷。

聽到祖母的話，莫菲心中一驚，吶吶地小聲道：「看著是個文靜端秀的女子。」心中卻覺得阿菀沒什麼特色，身子又孱弱，能有如今的殊榮，也不過是有個公主娘，為她謀了這樁好親事，才能萬事不愁。

慶安大長公主笑了下，慢悠悠地說：「妳心裡是不是瞧不起她，覺得她沒什麼出色之處？菲兒，莫要忘記，康儀長公主是個厲害的，有那樣厲害的親娘，女兒會差多少？而且，姑娘家對外只需要貞靜嫻淑的名聲，不需要太顯眼，如此難免也讓很多人看走了眼。」

莫菲說不出話來，閨閣女子的名聲很重要，可她覺得阿菀很安靜，真的不出彩。

「傻孩子，她如何不重要，重要的是瑞王世子喜歡。這夫妻間的事情，唯有彼此，若是再插個第三者，難以兼顧，夫妻情分淡了，有什麼趣味？妳明白嗎？」

莫菲愣愣地聽著，突然淚如雨下，哽咽道：「可是，我不甘心……當初他明明說要娶我，我一直記著的……」

慶安大長公主將孫女摟入懷裡，拍拍她的背，說道：「小孩子的話怎能信？當年他才六歲，素來驕縱，萬事不過心，說的話如何能當真？只有妳這傻孩子才會記在心裡，讓自己難受。」她不好明著告訴孫女的是，衛烜那傢伙是個天不怕地不怕的熊孩子，當時恐怕他只是因為心虛，才會胡亂應和，連孫女同他說了什麼都不知道。

小孩子間的約定如何作數？

「別再惦記著他了，明年祖母為妳尋一個如意郎君。天下如此大，祖母就不信找不出一個比衛烜更好的男兒。妳瞧定國公府的錦之如何？那也是個少年得志的，不比衛烜差……」

莫菲只覺得天下間再也沒有比衛烜更好的人了，如果不當面問問他，她實在不甘心。

如果他還記得當初的約定，縱使為側室，被世人罵自甘墮落，她也要和他在一起。

♥ ♥ ♥

得知威遠侯老夫人病得不重，阿菀和衛烜都鬆了一口氣。

夫妻倆陪著老夫人說了會兒話，怕打擾她歇息，不敢久留，很快便告辭離去。

威遠侯親自送他們出去，面上帶笑，和氣地說道：「烜兒若是不忙，便帶你媳婦過來同你外祖母說說話，這人老了，就喜歡和小輩們說話。」

衛烜淡淡地應了聲，他和這個舅舅不熟，印象中他是個膽小無能之輩，被母親壓著，只會聽母親和媳婦的話，無甚大用。不過，此時他能說出這種話來，證明他是個孝順的。

如此，衛烜終於給了他好臉色，讓威遠侯受寵若驚。

回去的路上，因為天寒，衛烜也坐進馬車裡。

無所事事的阿菀便開始發散思維，一會兒想著威遠侯老夫人的病，一會兒想著先前和慶安大長公主、莫菲一起探望威遠侯老夫人時莫菲的態度。

只要見面，莫菲就會偷看自己，雖然她表現得很自然，可阿菀偶爾還是能捕捉到她的目光。雖然不知道小時候莫菲和衛烜有什麼接觸，可到底是五六歲的小屁孩，連男女七歲不同席的年齡都未到，能有什麼曖昧？雖不多想，但被人這般審視，著實不爽快。

阿菀自不會和一個小姑娘計較，可是次次被人這般估量著，實在憋屈得緊。只是這姑娘拿一雙眼睛看著，沒做什麼出格的事，她不好說什麼。

莫菲和他們同齡，今年也十五歲了，夏天時在慶安大長公主府裡舉行了笄禮，估摸著也在這一兩年內要訂親了吧……

正想得入神，帶著薄繭的手指撫上她的臉，將她的臉扳了過去，一張放大的臉幾乎蹭到她鼻尖上，彼此的氣息交融。

「妳在想什麼，想得這般入神？」正處於變聲期的男聲壓低聲音問道。

那聲音透著幾分磨砂般的沙啞，並沒有去年初期變化時那般的公鴨嗓難聽，甚至有幾分撩人，聽在耳裡，讓人心弦發顫。

阿菀下意識地道：「莫七姑娘。」

衛烜的眉毛瞬間豎了起來，氣息也有些變化，聲音倒是平靜，「妳想她做什麼？」

阿菀眨了眨眼睛，伸手糊到他臉上，將他的臉略略推開，淡然地道：「我只是在想，她今年也及笄了，不知道姑祖母會給她挑什麼樣的夫婿。她是個四角俱全的姑娘，想來將來的夫婿應該也不會太差。」

衛烜嗤笑道：「她要挑什麼夫婿與妳何干？」

阿菀被他這種陰陽怪氣的模樣弄得氣悶，這就是個有中二病的熊孩子，思想不成熟，也不知道哪裡惹著他了，為了點小事就炸毛，真難伺候。

為了不和衛烜吵架，阿菀覺得最好不搭腔。

她兩輩子因身體不好被迫壓抑喜怒哀樂等情緒，時間久了，便喜好平靜，覺得生氣吵架很無聊，所以縱使衛烜像小時候那般來撩她，也不想和他發脾氣。如今嫁了他，只要不犯著她的禁忌，更不想和他爭吵傷和氣。

誰知她想避開，衛烜卻不依不饒，在阿菀看不到的地方，寒毛都要炸起來了。若是莫菲在面前，他非弄死她不可，竟然讓阿菀這般在意她。

對一個只要涉及阿菀就會犯病的神精病來說，遷怒就是這樣，尤其是知道還有「磨鏡」這玩意兒，更要防備了，男人女人都得防。

磨鏡便是指女同性戀，衛烜忌憚得很。

「一個不相干的人罷了，妳不要理會，她與咱們無干。」

阿菀忍不住看了他一眼，竟然說莫菲是「不相干的人」，莫不是他根本沒發覺莫菲的異樣？或者是早已經忘記小時候幹的事情了？

見阿菀看向自己，衛烜再接再厲，務必要弄清楚她到底為何會關注莫菲。

阿菀極少會關注一些不相干的人，莫菲於她而言，應該就是被列在不相干的名單中，若是能讓她關注，那就說明了這個莫菲於阿菀是不同的。

兩輩子經事，他的性格早就扭曲了，讓他養成了多疑狠辣的性子。他在人前時還會收斂些，可是一碰到要命的事，他便控制不住自己。

阿菀就是個要他命的人。

阿菀被問得煩了，只得搪塞道：「我只是覺得，她堂姊既然是三皇子妃，指不定姑祖母為了幫襯三皇子，會在莫菲的親事上有所安排。」

衛烜仔細看她。

阿菀抬起頭，一臉誠懇，心裡卻嘀咕著，也不知道他怎麼這麼執著要弄清楚，難道是他越來越大，脾氣也大了，霸道得想要掌控她？

衛烜最終親了下她的臉，決定暫時相信她。不過，腦子也在回想著上輩子莫菲的事。想了一遍，竟然發現自己對她完全沒印象。

這也不怪他，上輩子十五歲的自己就是個渾的，擔心在家守孝的阿菀的身體，成天跑去阿菀住的地方偷窺，不務正業。太后和父親提了他的婚事，他當時一心吊死在阿菀身上，覬覦著旁人的未婚妻，自然沒心情，甚至整天不著家，京中的那些小事情更不會關注。

一個不相干的人，他哪會理會？

莫七就是無關緊要的人。

回到王府，兩人先去正院向瑞王妃請安。

衛嫤也在。

看到阿菀進來，小丫頭的眼睛亮了，但因為衛烜在，頭又垂了下來，縮著身子，向兄嫂請安完便不吭聲了。

瑞王妃詢問了威遠侯老夫人的病情，得知無甚大礙，雙手合十念了聲佛祖保佑，便對兩人道：「很快就要過年了，阿菀若是無事，便過來和我一起準備年禮吧。妳是府裡的長媳，這些事情得學學。」最後的話是對衛烜說的，省得這病得不輕的繼子以為她在搓磨他媳婦。

衛烜不想阿菀太辛苦，覺得主持中饋這種事勞心勞力，阿菀精力有限，就讓繼母管著便好。以繼母的年紀來看，再管個三十年也沒問題。到時候他們連兒媳婦都娶進門了，屆時讓兒媳婦繼續管……所以，到時候得娶個精於管家的兒媳婦進門。

總之，阿菀就順順心心過完這輩子，萬事不用她操心，反正有他在，這個家沒人敢給她氣受。在隨風院裡，更是由她怎麼擺弄都成，自在得很。

誰知阿菀應下了，還笑道：「我有很多不懂的地方，可要母妃多教我才行。」

瑞王妃也和氣地道：「這是應該的。」

兩人這麼說定，讓一旁無法插話的衛烜一臉不悅。

輪到衛嫤這軟妹子鼓著勇氣上前了，她將一條剛做好的抹額遞給阿菀，羞澀地道：「這是前天做好的，打算送去給大嫂，不想大嫂今日就來了。」

阿菀看了看，讚嘆道：「還是嫤妹妹做的精緻，看著就讓人喜歡，我都捨不得用了。」

衛嫤更羞澀了，被女神誇獎好開心，開心之餘，忘記了旁邊有個活煞星，笑道：「大嫂儘管用，沒了再和我說，我做給大嫂。」

「真乖！」阿菀摸摸衛嫤的頭，「不過，做這東西傷眼，不要做太多。若是真想做，也給父王和母妃做。我那裡的丫鬟閒著，我的可以讓她們做。」

衛嫤忙道：「我有做給父王和母妃了，可他們說府裡有繡娘，不需要我做這些東西。反正我也是閒著，就做給大嫂了。」

她是真心喜歡女紅，做給喜歡的大嫂更開心。

瑞王妃：「……」明明他們是心疼女兒來著，怎麼女兒卻當他們真的不需要，反而去給她大嫂做？真心酸……

心酸的瑞王妃看了眼旁邊黑著臉的繼子，決定什麼都不說了。

就在衛烜越看越覺得這同父異母的妹妹礙眼時，瑞王攜著從宮裡放學回來的衛焯進來了。見到長子和媳婦都在，便問道：「你們怎麼都在這裡？烜兒今日不是去看你外祖母嗎？她老人家身子如何了？」

阿菀和衛嫤忙起身向瑞王請安，衛焯則上前向母親兄嫂等請安，方才坐下。

衛烜回道：「只是感染了風寒，並無大礙。太醫說，老人家年紀大了，要好生休養。」

瑞王愣了下，嘆了口氣，對兒子道：「以後若是無事，你便多去看看她老人家，其他的不必管太多，有本王呢！」

瑞王話裡的意思，在場的人都懂。太后與威遠侯老夫人不對盤，連帶的衛烜也不甚親近外祖母，可是再不親近，那也是嫡親的外祖母，血緣關係斷不了。而衛烜小時候不懂事，沒人在他耳邊說他還有一個外祖母。他身邊伺候的人都是太后安排的，自不會和他說這些。等他長大了，終於知道了，多少得盡份心意。

瑞王身為人子，雖然拿母親無可奈何，可也是心疼兒子的，同時更是覺得愧對亡妻，便決定自己頂上去，讓兒子去向他外祖母盡孝。

衛烜瞥了他一眼，便道：「那就勞煩父王了。」

熊兒子難得說句軟話，瑞王開心了。

於是，覺得自己又偉大了一次的瑞王，翌日便特別進宮向太后請安，順便將心裡的想法說了，結果可想而知，被太后暴揍了一頓。

瑞王是太后的小兒子，因為與兄長有一段年齡差距，從小到大也是被寵著長大的，後來為了兄長而去平定西北，自有一股英武氣質，可這智商真是不高。

不高也沒事，誰叫他是最小的，有皇帝兄長和太后母親疼著，這是天下間獨一份了。因此，當初看中外祖家的表姊，想娶之為正妃時，明知道母親和外祖家不太和睦，仍是撒潑打滾地求得兄長和母親答應。

可見也是個熊的，衛烜多半遺傳了他的熊性。

這些年來，瑞王沒有經歷過什麼挫折，除了嫡妃之死讓他著實傷心了一陣子外，妻子留下的兒子讓他振作起來。故而，這沒經歷過挫折的人，在某些事情上仍是天真，自認為母親和岳母這些年鬥夠了，兩老太年紀一大把了，應該釋然了，就不要再折騰小輩了。

他自己想得很美，也認為應該是這個理，才會大膽去為兒子求情。可是，他不知道太后年紀大了，加上早年所做的虧心事，逼得自己生生患上了輕微的癔症，最是容易暴躁，一點小事也能讓她炸毛，結果就被親娘揍了。

「你這個不孝子，明知道哀家和她不和，竟然敢來哀家面前提她！就算再過個十年，哀家也不會將烜兒給她，讓她死心吧！」太后邊說，邊拿東西砸不孝子。

於太后而言，娘家嫂子是她此生最怨恨的人，曾經一度怨恨到想要兄長休妻。可她那懦弱無能的兄長不僅沒休，反而被強悍的嫂子給鎮壓了，讓她幾乎氣得暈過去。

這還不算，那女人生的女兒竟然將她兩個兒子的魂都勾了去，若非當時文德帝登基不久，朝中局勢不穩，且已有皇后，指不定那女人最後就進宮了。

可她即便沒進宮，最後仍是勾去小兒子的魂，讓小兒子鬧著要娶她，簡直就是個禍水。

對於一個當初在宮裡不得寵的女人而言，兒子是她的心靈安慰，但兩兒子都心繫一個女人，她自是要恨的。若是沒有兩個兒子牽掛著，對娘家的侄女，就算有那麼一個討厭的娘親在，太后也會高看一眼，偏偏長子念著，小兒子更是要娶之為妃，差點讓兄弟生了嫌隙，她如何不恨？

太后恨一個人的方式，就是要奪走那人所愛。

瑞王元配命不好，生下兒子便撒手人寰，留下還未滿月的孩子。太后當時聽罷，心裡雖然不喜歡這侄女，可也覺得那是她的孫子，便抱進宮裡來照顧著，順便氣氣娘家嫂子，也想好了，以後要教孫子好好認她這皇祖母，不要理外祖母，讓那女人氣得捶心肝。

可照顧著照顧著，發現孫子越長越像曾經早夭的女兒，那就更不能放手了。

不僅不放手，甚至在孫子成長的階段，讓人抹去了他對外祖母的印象，以致於衛烜小時候不知道自己還有個外祖母。等長大知道了，隔閡已經形成，自然也不親近外祖家了。

太后的執念很深，特別是現在犯了無人能察覺的癔症，那執念更深了，當然不容許有人要搶走她的烜兒。故而瑞王這會兒過來說這種話，便點燃了她的怒火。

她哪管是不是心愛的小兒子，先揍了再說。

瑞王挨了一頓揍，覺得自己很冤枉，也有些明白兒子昨天聽他說這話時，為何表情那般平靜，甚至看他的神情有些輕蔑和同情，原來是這個理。

瑞王被揍出了慈寧宮，怕太后在氣頭上會氣出個好歹，不敢再進去撩她，轉身便去了太極殿尋找兄長訴苦。

瑞王自小依賴這個穩重的兄長，有什麼事情都會跟他說。

文德帝正在批閱奏摺，聽到弟弟訴苦，眼裡滑過莫名的光芒，安撫道：「你也知道母后年紀大了，經不得刺激，以後莫要再說這種話了。既然這些年都這樣過來了，以後便也如此吧，就讓烜兒委屈些。」

瑞王聽得心裡不舒服，說道：「皇兄，舅母年紀大了，當年淼兒的死讓她悲痛萬分，因著母后，這些年也忍著不親近烜兒。如今她年紀大了，過一天便是一天，何不讓烜兒去向她盡盡孝，這也不影響烜兒與母后的情分。」

淼兒是瑞王元配的小名。

聽弟弟直呼威遠侯老夫人為舅母，文德帝便知道他對這件事情是上心的了。

他嘆了口氣，說道：「朕也知道舅母不容易，只是母后也不能不顧。這樣吧，以後讓烜兒去威遠侯府時別太張揚便是，宮裡讓皇后看著，別傳太多消息進來，母后聽不到就行了。」

瑞王心裡更不舒服了，覺得兒子去外祖家探望外祖母竟然要像作賊一樣躲著，還不如不去。可是皇兄說的也有道理，總不能氣著自己親娘吧？

文德帝不欲多說，見他在這兒，順手抽出一份奏摺讓他看。

瑞王看罷，原來是西北送過來的摺子，上面說西北通往西域那條商路的商隊，這一年頻頻遭到盜匪襲擊，損失慘重，連鎮守在西北的鎮安侯也於上個月剿匪時不慎重傷身亡。

瑞王敏感地嗅到了異常，當年他在西北活躍了一段日子，和那邊的蠻子打過交道，自然知道那群蠻人是什麼德行，那些盜匪恐怕不僅僅是盜匪那般簡單。

「你如何看？」文德帝問道。

瑞王撓了下頭，問道：「讓臣弟帶兵去收拾那群盜匪？」

順便將那群休養生息了十餘年的蠻子一窩端了。

文德帝卻搖頭，忍不住嘆了口氣。弟弟雖忠心，領兵打仗也有一套，偏偏對陰謀詭計不行，根本不會深想，只會看表面功夫。相比之下，侄子衛烜倒是可造之材。

文德帝無奈道：「快要過年了，這段時間你若是無事，便暫時在軍營待著。」

瑞王又摸了下腦袋，點了點頭。

雖然不懂什麼陰謀詭計，可是活了大半輩子，這點敏感度還是有的。

北地那一帶恐怕要有異動了。

瑞王進宮一趟，不僅被老娘揍了，去找皇帝哥哥訴苦，還訴出了北地有異動的消息來，讓他心裡著實不痛快，於是，趁著年前這段時間，他天天往西郊營地跑，將底下那群小兵操練得哭爹喊娘的。

要不是現在大夏境內外皆四海昇平，他們都以為要打仗了。

不得不說，眾人無意中的抱怨真相了，可是現在還沒人知道，大夏再過個一兩年，無論是境內境外都要不安穩了。

打仗是大事，不僅是耗財耗力，不小心還會動搖國之根本。大夏已經安穩了多年，大家都習慣了這種生活，自然不希望有戰事再起。所以，沒人會琢磨這種事，就算心裡有點想法，也會趕緊掐滅，當作沒這回事。

除了衛烜。

蓋因上輩子的親身經歷，甚至被丟到邊境磨練了一身本事，成就一個殺人不眨眼的修羅回來。故而衛烜對此十分上心，且他也有另一番心事。

在為文德帝辦事時，他藉著行事方便，暗地裡偷偷搞了些小動作。

和他一樣搞小動作的還有經常要他命的世子妃阿菀。

阿菀的小動作暫且不提，在這番忙碌中，轉眼便到了臘月二十七。宮裡封筆，衙門封印，大家都忙著準備過年。

瑞王從軍營回來了，衛焯這個小朋友也不必天天到昭陽宮報到了。

自臘月開始，阿菀便跟著瑞王妃準備各家年禮及過年事宜。雖然剛接觸有些手生，但瑞王妃很有耐心，手把手地教著，如此明年她便不必這般事事過問了。

「妳自個兒身子虛著，得好生將養，這些耗費精力的事情不必想太多，省得烜兒跟我急。」瑞王妃難得打趣道：「日子還長著，妳還年輕，不急。」

阿菀臉皮很厚，覺得這種打趣實在是小兒科，自是含笑接了，對瑞王妃道：「這陣子母妃也辛苦了，等過了年，也能輕省些。」

瑞王妃接過女兒貼心呈上來的茶啜了口，嘆道：「哪裡能輕省？皇家的年最是事多，怕會更忙碌，屆時妳自已保重身子，若是實在支持不住，便同我說，我幫妳和皇后娘娘說一聲。年後那些宮宴妳不必場場皆到，省得熬壞了自己。」

長子媳婦的身子太弱了，瑞王妃可不想讓她敗壞身子。

阿菀心知她是好意，便笑著應了。

到了年三十那天，文德帝在交泰殿擺宮宴，所有在京的宗室皆要進宮與宴。

這便是皇室的團圓飯了。

臨出門前，衛烜拿了一件雪狐鑲邊的緋紅色斗篷幫阿菀披上，垂在身後的兜帽往上一拉，便能擋去些冷風。他垂著頭，手指靈活地為她繫上斗篷的扣子。

過了一年，衛烜又長高了。

阿菀要抬頭才能看到他的臉，目測著衛烜此時身高應有一米八左右，比京中那些少年公子都略高些。大抵是瑞王的基因不錯，兼之他自小鍛鍊，才能長得這般高。

遠遠看著，身材修長，玉樹臨風。

不說話時，倒是能糊弄人，讓人覺得這是個翩翩佳公子，世間難得。

衛烜邊幫她繫扣子邊講宮宴上的事：「宮宴上的吃食多是提前做好的，再經過幾道程序溫著，等擺上桌時根本冷得不能吃，有些還會凝一層白花花的油脂，看著就倒胃口。吃這種東西很傷胃，可也要做做樣子，大家會意思意思地沾一點，不會真的吃，所以，到時候妳在鳳儀宮裡多吃兩塊點心墊肚子，等宮宴結束，回來讓再廚房做熱湯麵……」

阿菀點點頭，讓他不必擔心。

到了宮裡，阿菀和衛嫤跟著瑞王妃去向皇后請安，瑞王則領著兩個兒子去向皇帝拜年。

皇后的鳳儀宮裡，除了太子妃和宮妃外，也來了許多宗室女眷，大家熱熱鬧鬧地坐在一起話家常，氣氛頗為祥和。

向皇后請安後，瑞王妃坐到皇后下首，與周圍的人敘話，

阿菀跟著坐在瑞王妃旁邊，聽一群女人聊天。側頭往正殿看去，發現除了出嫁的清寧公主和二公主，餘下的幾個公主皆在此。

三公主一臉陰沉地坐著，彷彿全世界欠了她幾百萬。

阿菀看她的時候，她還瞪了幾眼過來。

三公主旁邊坐著四公主，四公主先前大病一場，讓她清減許多，看起來有種弱不禁風的小白花樣，頗惹人憐惜。對比之下，三公主顯得囂張跋扈，面目可憎。

雖然女人都不喜歡心機小白花，可世人就吃這一套，尤其是和張揚的三公主擺一起，大夥兒還是寧願憐惜小白花。於是，看著這兩人，想起前年那事情，皆忍不住嗤笑。

來的人漸漸多了，未出閣的姑娘及各府年輕的媳婦們被打發到偏殿去說話。

阿菀年紀輕，瑞王妃擔心她坐在這裡拘束，便打發她和女兒去偏殿，順便趁機多用些點心墊墊肚子。為了照顧小姑娘們，偏殿裡的點心都是剛做好的，呈上來時還熱乎著，不若正殿這裡的比較正式。

阿菀帶著衛嫤剛進偏殿，衛珠便迎了上來，親親熱熱地挽著她的手說話。

今年是阿菀第一次參加皇宮的新年宮宴，因為嫁的男人是個凶名在外的主兒，根本沒人敢得罪她，可也沒人搭理她就是，可見衛烜的名聲有多差。

多少人理她，倒是顯得衛珠的舉動很突兀。

「表姊，妳不必理她們，她們不了解妳的為人，以後有她們後悔的！」衛珠哼道。

阿菀笑了笑，拿了一塊山藥糕給衛嫤吃，對衛珠道：「妳近來如何？」

衛珠抿嘴道：「還不是那樣。」說著，她暗暗看了阿菀一眼，手指縮在袖子裡撓了撓，小聲地對阿菀道：「過了年，我大哥也要十七歲了，我有些擔心他的親事。」

見她愁眉苦臉，阿菀笑道：「小孩子家家的，操心這麼多做什麼？妳兩個兄長自己會處理。」她也知道這時代婚姻大事須得由父母作主，若是父母不同意，全都是白搭。

有耿氏這樣的繼母，衛珺兄妹幾個的婚事確實玄，做繼母的可以動的手腳太多了。只能盼著靖南郡王沒有被迷昏頭，對長子的婚事上心些，畢竟長子長媳以後可是要撐門面的，須得好生選擇方好。

這種事情連康儀長公主也說不上話，她可以在耿氏眼皮底下幫襯衛珺兄妹幾個，可是這婚姻大事，身為外人，實在無能為力。

衛珠對阿菀傾吐了一番自己的煩惱，擔憂繼母給兄長定一個不知所謂或者是懦弱無能的大嫂，說著說著，彷彿想到了什麼，對阿菀道：「表姊，我不想大哥的親事被耽誤，可是現下也無甚辦法，加上我年紀小，說不上話，也不時常在外頭走動，不知如今這京裡有什麼適合的貴女。妳能不能和媛姨說一聲，請她幫忙留意一下？」

「自然如此。」阿菀答應道：「只是，到時郡王那邊……」

衛珠咬咬牙，「沒事，媛姨能看中的定是好的，父親總會盼著大哥好。」

她看著阿菀，有心想試探一下，不過也知道這場合不適合，只得作罷。

其實衛珠心裡已經有了適合的人選，若是她大哥結親的對象是太子的小姨子，她那個爹恐怕只有答應的份。

衛珠對自己的父親也是有幾分了解的，雖然在女色上糊塗了些，可是也想振興靖南郡王府。若是他大哥能娶福安郡主，對靖南郡王府以後大有好處，他一定不會反對。

對於孟妡，衛珠是極滿意的，母親是長公主，長姊是國公府長媳，二姊是太子妃，又有郡主封號，加之性子活潑可愛，不是耳根子軟的人，必能轄壓繼母一頭。

只是，得讓康平長公主有這心思才行。

當然，她也知道康平長公主最是疼小女兒，若是孟妡自己看上眼，她定然不會反對。因此，關鍵還是在孟妡身上。那麼，要怎麼讓孟妡知道她大哥的好，繼而心動呢？

衛珠既然想要讓孟炘做自己的大嫂，便得在康平長公主幫孟炘訂親之前趕緊將她大哥推出來讓康平長公主知道這裡還有個青年才俊。

等孟炘自己有意，再加上康儀長公主從中說和，那這樁親事就是妥妥的了。

衛珠有了人選，卻又為如何讓雙方看對眼而著急不已。她此時年幼，又是個姑娘家，在家裡說話沒什麼分量，縱使到外面行走，也得繼母帶著，一舉一動都被人操控著。想得再好，也是白搭。

思來想去，衛珠決定從阿菀這裡下手。

因為阿菀和孟炘是好姊妹，能夠影響孟炘的決定。雖然此舉看來有利用阿菀之嫌，可是為了兄長，衛珠只能拚了，以後多補償便是。

阿菀不知道衛珠心中的百轉千迴，說了些話，吃了些點心墊胃後，看周圍的人疏離的模樣，也覺得無甚趣味，便又帶著小姑子離開偏殿，回正殿找太子妃，順便和皇長孫玩。

快一歲的皇長孫現在正喜歡學走路，一刻都坐不住。自己站不穩，就扶著東西站，然後像隻螃蟹一樣，扶著東西横向移動。若是身邊有人更好，可以伸出小嫩手，抓著那人的手，讓對方彎著腰扶著他慢慢走。

阿菀湊過去時，皇長孫正不耐煩地坐著。

只見他撅起屁股，滑下了皇后特地讓人給他準備的豪華嬰兒椅。這動作他做得很熟練，翻身趴著，小身子往椅子邊緣挪去，兩隻小手撐著椅子，先伸一條腿，再往外蹭一點，最後往下伸另一條腿，肚皮貼著椅沿，就能慢慢滑下去了。

旁人看著這一幕，著實擔心他摔著，恨不得抱他下去。皇長孫卻很有骨氣地拒絕了，甚至膽兒很肥，縱是坐在高炕上，也敢滑下去，不怵那炕頭比他這三頭身還高。

下了地，皇長孫見到阿菀在旁邊饒有興味地看著自己。先是抬頭仔細看了看她，許是想起這人好像時常能在宮裡見到，便朝她伸出小手，要讓她扶著走。

殿內的人雖然在說話，可也很關注兩位皇孫。

看到皇長孫如此活潑，眾人都忍不住抿嘴笑，紛紛奉承起皇后。

如今皇室只有兩個皇孫，皇長孫和三皇子妃生的皇次孫，因為孫子少，所以顯得金貴些。皇長孫生下來就很健康，還未滿周歲，雙腿就十分有力，喜歡學走路。反觀皇次孫，因是不足月出生，身子孱弱，都六個月了，看起來仍是懨懨的，小臉也有些蒼白，沒有皇長孫那般可愛討喜。

皇后被人奉承得通體舒泰，得意地看了鄭貴妃一眼。

宮裡的女人除了喜歡拚男人的寵愛，還要拚兒子和孫子。如今孫子給力，將鄭貴妃的孫子壓下去了，皇后自然樂得不行。

鄭貴妃哂然一笑，一副不與蠢貨計較的模樣，將皇后噎得不行，於是兩人又掐起來了。

這時，明妃來了。

明妃的到來，讓皇后和鄭貴妃有志一同地熄火，冷眼看著她進來。

接下來，就是幾個女人的撕逼大戲了。

阿菀邊和皇長孫玩邊圍觀，直到時辰差不多，皇后起身帶領眾人去仁壽宮向太后請安時，還有些意猶未盡。

向太后請安完，宴席開始了，眾人又移駕交泰殿。

這是阿菀嫁入瑞王府的第一個新年，雖然業務不熟練，不過跟著人走就是。

阿菀從體貼的小姑子那裡知道，年年宮宴差不多都是一個模式，沒有什麼不同，今年也是如此。不同的是，今年宮宴多了兩個皇孫，少了五皇子，五皇子還在幽禁之中。

五皇子以血抄經讓文德帝的態度軟化了不少，可是依然沒有放他出來，多半是要等到明年四月他成親前才放人。雖然五皇子沒有出來，但在宮宴上太后提了一嘴，又有鄭貴妃跟著求情，文德帝便命人送些吃食過去。

在場的宗室們除了幾個知情的，其他人都以為五皇子是犯了錯，被皇帝拘了起來，對他頗有些同情。而知情的，如成郡王府的衛珏等人，自然不會多嘴地說出來，甚至要裝作不知道，否則是敗壞皇室的名聲。若讓皇帝知道，自己少不得會被收拾。

文德帝雖對宗室頗為大方，可是收拾起人來，那也是個厲害的主兒。

自他登基以來，被清算的宗室可不少。

在太后和鄭貴妃為五皇子求情時，皇后又慢了半拍，等她反應過來自己這個做嫡母的得表示一下時，皇上已經遣人送吃食去給五皇子了，頓時怏怏不樂，覺得皇帝果然偏心。

她這份不樂雖掩飾得好，可在場的人精卻看得個分明，不由對這皇后很無語。

妳是中宮皇后，需要大度，就算心裡有什麼不滿，也別表現得太明顯啊。若是讓人瞧見，不是沒臉面嗎？若非她生了個好兒子，指不定早就被丟到邊兒上去了。

幸好，就在這當頭，太子出列了。

太子夫妻倆帶著被人牽著走得跌跌撞撞的皇長孫上前向皇帝拜年。

皇長孫被父母牽在中間，走得特別歡快，就算還走不穩，也不礙著他對走路這項運動的喜愛之情。見到父母跪地向皇帝拜年時，他好奇地瞅了瞅，突然朝文德帝咧嘴笑了，還呀呀呀地叫了好幾聲。

不知情的人以為這呀呀是「爺爺」呢，於是，文德帝被活潑可愛的孫子逗樂了，正好沒看到先前皇后的神情。

殿中眾人看著這一幕，紛紛感慨皇后生了個好兒子，而太子也生了個好兒子。唯一可惜的是，太子仍是個體弱的，只希望皇長孫身子健康，以後莫要像他父親才好。

說到身子孱弱，一些視線輕飄飄地移到了三皇子夫妻身上。

聽說皇次孫身子弱，也不知道是怎生的弱法，有太子小時候弱嗎？

因著文德帝實在是喜愛長孫，是以，太子夫妻退下後，竟自己抱著孫子接受下面的皇子等拜年，看得殿上的人再次心思浮動，暗中打著眼色。

衛烜冷眼看著上頭的作派，心裡嗤笑一聲，並不理會上面的人唱大戲，而是摸了摸阿菀面前的茶杯，叫旁邊的宮女去沏盞熱茶上來，又嫌棄面前的那些食物。等宮女將熱茶換上來，他並不忌諱什麼，將那茶推到阿菀面前，讓她喝些暖身子。

這簡直是在人前秀恩愛啊！

雖然兩人坐在瑞王夫妻下首，不太靠前，可架不住衛烜名聲太盛，又得帝寵，私底下仍是有很多人關注他的一舉一動。看到他的舉動，心中詫異，實在無法將這個正體貼地讓人給妻子換茶的少年和那個蠻橫霸道的小魔王當成同一人。

衛烜沒理會周遭人的目光，對阿菀道：「餓了嗎？」

阿菀搖頭，「放心，先前在鳳儀宮裡吃了些點心，並不太餓。」

衛烜點頭，這時楊慶過來了，傳皇帝口諭，宣他們夫妻倆過去說話。

除了皇子們，在場能得皇帝親自點名的宗室不多，卻代表了皇帝的態度，也代表皇帝這是記著你了，以後你定會前途無量，而衛烜便是被點名的第一人，可見他在文德帝心裡的地位頗重。是以，兩人上前時，能感覺到殿中各種複雜的目光。

衛烜坦坦蕩蕩的，阿菀略不自在。

下面那些宗室是各種羨慕嫉妒恨的，這裡能得皇帝召見的年輕宗室子弟不過是幾個人罷了，而讓他們五臟俱焚的是，這個混世魔王年年都得皇帝第一個點名要見的，擺明是對他的愛護。如此助長了他的氣焰，不說朝臣被他折騰，連宗室也沒少受他欺凌，真真是可恨。

衛珺的目光也隨著兩人而去，只覺得幾個月不見，阿菀似乎長得更好看了，臉上也有了血色，比出閣前精神更好些，應該是衛烜對她不錯吧？

想到這裡，不由得欣慰又黯然。

欣慰於她夫妻和樂，生活平順，黯然於自己沒有資格。

「大哥……」

衣袖微緊，衛珺側頭見到弟弟衛玥輕輕拽了下他的袖子，板著臉看了看旁邊的位置，正是父親和繼母的席位。

衛珺臉上的表情很快收斂起來。

衛珠也看到了兩位兄長的舉動，不過因為是在宴會中，不好說什麼。

她看向正對皇帝拜年的兩人，很是羨慕，又看了眼端坐在父親身邊的繼母，眼神變了變。在繼母回頭看她時，她低下頭掩飾了怨懟之色。

柒之章

各家歡樂各家愁

宮宴結束時，天色完全暗下來了。

在太后和帝后相攜離開後，眾人也陸續離開，出宮回府。

阿菀一行人回到王府，時間未到，還要守歲。

眾人移到廳堂坐下，下人們早就準備好熱水熱湯。一碗熱湯下腹，身子很快便暖和了。

「父王、母妃，兒子祝你們五福入堂、喜氣洋洋、丁財滿堂，紅包拿來！」衛焯拉著姊姊挨個過去討紅包，一臉歡快，看著就是個討人喜歡的小正太。

瑞王和瑞王妃笑著將早就備好的紅包發給他們，衛烜和阿菀也有，旨在討個吉利。

拿了父母給的紅包，衛焯這傻孩子又拉著姊姊跑過去向兄嫂拜年，一點也不怵衛烜，笑咪咪地道：「大哥、大嫂，花開富貴，和氣吉祥，紅包拿來！」

衛烜卻不忙著給蠢弟弟紅包，而是抬起下巴，用一種長輩訓斥的語氣對他說道：「想要紅包可以，不過你要聽話，快快長大，以後娶個聰明伶俐的媳婦，多生幾個孩子，知道嗎？」

瑞王夫妻正在喝茶，聽到他的話，當場噴出茶水。

這是對剛滿八歲的弟弟說的話嗎？

衛焯：「……」大哥在說什麼？

瑞王總覺得長子說這話頗有深意，一時間竟然沒有插嘴喝斥，而是看著長子要對小兒子說什麼。不過，小兒子怎麼這般蠢萌？

「大哥，為什麼要娶聰明伶俐的媳婦？娶個能陪我玩的行不行？」

「不行，娶個只會陪你玩的，萬一以後你們生下的孩子太蠢怎麼辦？」他可不想過繼一個蠢孩子讓阿菀傷腦筋。父母的智慧及言行對孩子的影響極大，蠢弟弟已經是個傻的了，不能娶個同樣傻的回來，「為了你以後的孩子著想，你媳婦也得是個優秀的才行。」

衛焯傻乎乎地點頭，想到什麼，又問道：「大哥，為什麼我要和媳婦多生幾個孩子？」

衛烜高深莫測地摸摸蠢弟弟的小腦袋，「自然大有用處。」

衛焯道：「哦，我聽大哥的。」

瑞王妃：「……」

阿菀：「……」

瑞王：「……」熊兒子這是將主意打到小兒子身上了！他不會是以為自己不舉，生怕以後沒有子嗣，想從弟弟那兒過繼孩子吧？

不得不說，瑞王在某方面真相了。

不過，衛烜不是不舉，而是覺得女人生孩子太可怕了，是要命的事情，稍不小心就會難產而亡。像他母妃、阿菀的身子這般嬌弱，萬一生孩子時出了意外怎麼辦？所以，還是不要生了，到時候從蠢弟弟那兒過繼一個聰明的孩子養著就行了。

瑞王再次堅定了要治好熊兒子隱疾的念頭，決定等出了年，就押著熊兒子去看大夫。就算傷自尊，也絕對不能放棄治療！

可能是衛烜的舉動太讓人心塞，瑞王此時不想見到熊兒子，更不想見他忽悠蠢兒子，於是大手一揮，讓衛烜帶著他媳婦回隨風院去守歲，他們夫妻則帶著衛嫤姊弟在正院守歲。

這正中衛烜下懷，不推遲地帶阿菀回去了。

回到隨風院，丫鬟們貼心地準備好了熱水熱湯和食物。兩人換下身上的禮服，淨了臉面，待得身子暖和些了，便坐在一起吃湯麵。

「你剛才和二弟說什麼呢？」阿菀奇怪地問道：「二弟是個好孩子，你別隨便欺負他。」

憑著直覺，阿菀覺得衛烜剛才那舉動不懷好意。

衛烜無辜地看著她，「他是我的親弟弟，我怎麼可能會害他？不過是盡兄長的職責罷了。」說完，見阿菀平靜地看著自己，便故作不悅地指責道：「難道妳不相信我？我是妳的相公，妳竟然不相信我！」

阿菀：「……」

阿菀懶得理他這無賴的模樣，低頭繼續吃麵。

在宮宴上沒怎麼吃，確實是餓了，結果吃太多，吃撐了。撐得沒有睡意，正好可以守歲，便在房間裡轉起了圈圈。等不太難受時，又和衛烜玩起了投壺遊戲。

當遠處傳來悠遠的鐘聲時，京城上空亮起了各種各樣的煙花，將夜空裝點得格外漂亮。

阿菀倚在窗口看煙花，享受難得的靜謐。

衛烜雙手攬著她的腰，將身上的披風拉開，把她擁入懷裡。

兩人安靜地站在窗前，一起看煙火。

不一會兒，衛烜突然扳過阿菀的臉，低頭給了她一個纏綿的吻，將自己兩輩子對她的執念由這個吻傳遞給她。

煙火漸歇，整個世界安靜下來。

因貪看煙花，雖然身子被捂得結結實實的，臉頰仍是被夜風吹得有些僵硬。阿菀揉揉臉頰，等洗漱完畢，直接跳上被熏得暖烘烘的床，抱著湯婆子，睡意很快上來了。

夜已深，早就超過她平時上床睡覺的時間，頭不免昏沉，感覺隨時都能睡過去。只是，當後背貼上一個更溫暖的身體，垂落到脖頸間的頭髮被人撩起來，濡濕的吻落在後頸處時，她的睡意稍微消了些。

「別鬧，明天還有得忙呢！」阿菀轉身，想要將身後的人推遠一點。大年初一，宮中大宴群臣，命婦們都要進宮向太后和皇后請安，阿菀也要陪瑞王妃進宮。接著，大年初二要回娘家，大年初三開始走親訪戚。

趁著阿菀轉身，衛烜又湊了過來，一隻大手扶住她的頭，吻了上來。嘴裡都是衛烜的味道，身體也被壓得動彈不得，阿菀不得不捶他的肩膀，掙扎著想讓他退開些，可是這一摩擦，他的身體起了變化，阿菀頓時不敢動彈，被他壓著啃了一頓。

「你……你不難受嗎？」她喘著氣問。

「難受……」

聽到他可憐兮兮的聲音，阿菀心裡罵了一句活該，明知道自己的身體經不得撩撥，還天天來動手動腳，害得她越來越習慣被他揩油。

再這樣下去，哪天被他直接撲倒吃了，她可能也不會抗拒。

「既然難受，就規矩一點，睡覺吧！」阿菀將被子拉過來，只是手又被拉住了。

「我難受，妳幫幫我，好阿菀……」衛烜摟著她又蹭又磨，聲音軟軟的，像在撒嬌。交纏在一起的身體因為衣衫凌亂，肌膚相觸，給了彼此一種悸動之感。

被他的聲音所惑，阿菀一時不察，問道：「怎麼幫？」

等自己的手被拉著覆到他身下某個鼓脹的位置時，阿菀差點想用頭去撞他。

不帶這麼欺負人的！

衛烜暗暗吞了口口水，五感中全是她的味道和氣息，腦子裡也被她的存在塞滿，更讓他血脈賁張，幾欲無法控制。只是，理智卻怕傷到她，只能苦苦忍耐著。以前也不是沒想過，但是同樣覺得羞澀，可還是忍不住會心動，同時也怕她拒絕。

今晚的氣氛太好，讓他終於忍不住了。

「阿菀……」

細碎而曖昧的吻一路蔓延而下，擾亂她的思緒，同時也能感覺到他拉著自己的手有些顫抖，卻死死按著不讓她放開。

阿菀遲疑了下，最終還是默許了。

反正，他們是夫妻，遲早要走到這一步……

這麼想著時，緊繃的精神一鬆，側過臉，由他拉著自己的手為所欲為。

等一切結束後，夜更深了，阿菀已經陷入半睡半醒的階段，實在是沒辦法熬著陪他，只感覺到有些發酸的手被仔細擦過，然後被那人小心按揉了會兒，方扣住她的五指，用一種更加親密的姿勢將她摟入懷裡。

趴在溫暖的懷裡，不用湯婆子也很暖和，阿菀的睡意更深，不久便沉沉入睡。

她放心睡著了，徒留抱著她的少年睡不著。

衛烜身體還殘留著那等銷魂感覺，身體懶洋洋的，精神卻亢奮著，甚至忍不住幻想著圓房時會是什麼滋味。

翌日，阿菀被叫醒時，便看到摟著她，幫她穿衣服的衛烜含情脈脈的臉。

那眉梢眼角殘留的春色，實在是讓人心猿意馬。

阿菀：「……」總覺得頭皮發麻……

「行了，我自己穿。」阿菀打了個哈欠，腦袋昏昏沉沉的，勉強地問道：「什麼時候了？現在要進宮了嗎？」

衛烜低頭幫她繫中衣的帶子，說道：「還早，不用急。」

等到她精神振作些時，身上的衣服已經穿妥，而她慵懶地坐在衛烜的大腿上，窩在他懷裡。這種擁抱的動作太親密了，同時也讓她意識到，身邊這個少年已經長大了，不再是小時候見到的那個一團孩子氣又熊得不行的小正太。

渾厚的氣息極具侵略性，時時刻刻宣告著他的存在。

阿菀忍不住抬頭看他，正好被他落下來的唇吻住臉頰。

很輕柔的吻。

「沒睡好？」阿菀伸手捏住他的下巴，仔細看他的臉，發現他眼底下有淡淡的青色，並不明顯，但仔細看能看清楚。

「沒有，睡得很好。」衛烜面不改色地說，又親了親她的臉，手放在她腰間，將她密實地抱在懷裡蹭來蹭去。絕對不能告訴她，昨晚心愛的姑娘肯用手幫他抒解，讓他太激動了，後半夜幾乎睡不著。

如果說了，她以後定然會拒絕讓他親近，所以絕對不能說。

阿菀又看了會兒，見他不肯說，也沒有強求，大不了今晚再押著他好好休息。雖然少年人身強體壯，熬個幾夜也行，可是熬多了身體也會敗壞。

不知道阿菀將自己當成沒定性的少年，衛烜摟著她挨挨蹭蹭，直到門外的丫鬟出聲提醒，兩人方才讓丫鬟們進來伺候洗漱。

吃完早膳，兩人便隨著瑞王夫妻一起進宮。

路上，坐在馬車裡，衛烜抱著阿菀，習慣性地用自己的唇輕輕磨蹭著她的唇瓣，聲音略微低啞，「向皇后和皇祖母請安後，看看時間差不多，妳便和太子妃說一聲，回府歇息，接下來的宮宴便不必參加了，反正也吃不下。」

雖是皇后掌鳳印管後宮，但太子妃會在一旁協理，且知情的人都知道，這幾年都是太子妃幫皇后處理宮務。若是想要中途出宮，只要知會太子妃，太子妃自會安排妥當。

「這樣能行？」阿菀擔心自己搞特殊，豈不是叫人笑話？

「放心，有太子妃幫襯，沒人敢說妳什麼。」

接著，阿菀又聽著他絮絮叨叨教她在宮裡怎麼躲懶，怎麼應對，怎麼早退……她聽得目瞪口呆，越發覺得衛烜這廝蔫壞蔫壞的。

「記住了？」衛烜不安地問。

阿菀見他一臉不放心的模樣，深吸了一口氣，然後捏著他的下巴，在他臉上咬了一口。

這回輪到衛烜目瞪口呆了。

他臉紅地看著她，一副盼著她再咬一口的樣子。

阿菀怕自己真的再咬一口，趕緊轉開臉，淡定地道：「放心，我記住了，不會拿自己的身體開玩笑的。」知他是為了自己著想，阿菀也不嫌他囉嗦，對他道：「你不必擔心，我的身體好多了，就這幾日累一點，事後補回來就行，不礙事的。」

衛烜還是不安心，又怕自己太囉嗦讓她厭惡，只能按捺下來。

到了宮裡，便分開各行其事。

接下來一天確實忙碌，加之天氣冷，雖然殿內燒了地龍，可是坐得久了，血液不通暢，手腳都不聽使喚了。想到接下來還有宮宴，阿菀終於知道為何衛烜那般不放心了。

今日同樣進宮拜見太后和皇后的康儀長公主一直關注著女兒，見阿菀的臉色不好，便拉著她冰冷的手問道：「還能撐得住嗎？若不行，我去跟太子妃說，讓她使人送妳出宮。」

阿菀搖頭，對她道：「沒事。」若是中途離開，指不定會被人說三道四。

見康儀長公主不放心，阿菀轉移話題，對她道：「娘，明天我和阿烜回家去看妳和爹。」一想到昨日衛珠的話，決定到時和母親提一句。雖不知道最後會如何，就當盡份心意。

康儀長公主面色柔和，用自己也算不得溫暖的手蓋在女兒的手上，對她道：「好，明日我們備好茶飯等你們過來。」

好不容易撐到宮宴結束，阿菀一上馬車就累癱了，軟綿綿地靠在衛烜的懷裡打了個哈欠，很快便睡了過去。

衛烜低頭親了親她的額頭，背脊挺得筆直，用大氅蓋住她的身子，讓她暖和些。

回到王府，與瑞王夫妻道別後，夫妻倆回了隨風院。

阿菀想直接爬上床睡，卻被衛烜拉住，硬是逼她吃了些東西果腹，才放她去睡覺。

「你也要好生休息，明兒要回懷恩伯府跟我爹娘拜年，若是讓他們瞧見你這模樣可不行。」阿菀強撐著精神，摸摸他眼底的青色，警告道：「今晚不准再鬧了。」

衛烜嘴硬道：「我沒鬧！」

阿菀一副信他自己就是傻子的表情，縮進床裡，翻身背對他。

衛烜咳嗽了一聲，看到她散落在枕上如水般的青絲，還有那線條優美的背部，喉嚨又有些發緊，滿腦子都是昨晚那銷魂的感覺，讓他不想也難。

今年他們十六歲了，過了夏天，一年的約定之期就到了。

翌日一大早，不用人叫，阿菀便精神奕奕地起床。

在伺候衛烜穿衣時，她踮起腳，捧著他的臉看了看，接著滿意地在他紅潤的臉蛋上親了下，「很好，沒有黑眼圈，精神也不錯。」說著，又趁機摸了一把，這皮膚養得真好。

衛烜略略彎腰，讓她看得更仔細些，笑道：「今日要回去向岳父岳母請安，自然要精神點。我很乖吧？」所以，昨晚他就算很激動，也沒有做什麼出格的事。

阿菀在他臉上獎勵地親了一記，正要退開，卻被他趁機按住，親了回來。

青雅帶著丫鬟捧著洗漱用具進來時，敏銳地發現世子妃臉上的紅暈及微腫的唇瓣，頓時明白了什麼，不禁頗為尷尬，只得當作不知情，該幹麼就幹麼。

用過早膳，帶上禮物，阿菀和衛烜去向瑞王夫妻請安後，便坐馬車回娘家了。

大年初二是出嫁女帶夫婿回娘家的日子，街上車來人往，甚至有些店鋪也未因過年而歇業，反而開門迎客，地上留有昨晚的紅炮碎紙，更添了幾分熱鬧。

阿菀掀簾子看了一會兒，突然想到什麼，回頭對衛烜道：「對了，今兒母妃好像不打算回娘家，可有這事？」

剛才他們去向瑞王夫妻請安時，夫妻倆似乎沒有要出門。瑞王妃出身名門武安侯府，可惜武安侯的子孫不爭氣，在皇帝那兒排不上號，在京城裡名聲漸漸不顯。

衛烜拉著她的手把玩，隨意地道：「聽說她出閣前和家裡有些齟齬，與父母長輩不甚親近，已有好幾年未曾回娘家了。」見阿菀感興趣，他繼續道：「聽人說，當年母妃出閣前，家中長輩不慈，傷了她的心，後來家中子弟鬧事，她幫忙收拾了幾次爛攤子後，便對娘家放話再也不管他們了。」

雖說大夏以孝治天下，可若是家族長輩不慈，子女何以為孝？所以，像瑞王妃這種例子的也不是沒有。做子女的固然不可不孝，但若長輩公然不慈，子女只要盡到孝心便可以了。

瑞王妃一生都端著個穩字，在對待娘家之事時乾脆俐落，雖然後來讓人詬病，可是因為她處理得好，倒是省了瑞王府許多麻煩。

如此，連太后和瑞王都對她滿意幾分，對武安侯府也冷落了幾分。

聽完瑞王妃娘家的事，馬車正好到了懷恩伯府。

懷恩伯府的大少爺羅弘和管家已經等在那裡，見兩人下車，羅弘忙帶著管家迎上來，笑道：「六妹妹、世子，你們可算是來了。」

管家躬著身子行禮，嘴裡奉承道：「知道世子和世子妃今日要回來，老夫人早早地打發大少爺和小的過來了，公主和駙馬已備好茶水在廳裡等你們。」

雖然衛烜和阿菀的身分比懷恩伯府高，君臣有別，按理說，懷恩伯府的人須出門相迎，可是康儀長公主輩分更高，但也是為人媳婦，最後便決定讓長房的大公子羅弘和管家來迎。

衛烜看了眼羅弘，施施然道：「有勞大舅兄了。」

羅弘受寵若驚，他常在京中行走，自是知道外界對這位世子爺的評價，此時能得他一句客氣話，真是天大的榮幸。原本聞得家中有姊妹與他訂親且於今年出閣，還得到很多同僚朋友的可憐，可現在看來，這位世子爺也不若傳聞般不講理。

正想著，不遠處又來了一輛馬車，待得近了，發現是景陽伯府的馬車。

馬車在門前停下，莫君堂扶著羅寄瑤下了車。

眾人少不得互相見禮。

莫君堂是個儀表堂堂的青年，白面無鬚，有勳貴子弟特有的驕奢之氣，但不顯眼。他與衛烜見禮時不免多打量了兩眼，面上笑道：「未想到六妹妹和世子先來一步，幸好我們沒有來得太晚，不然可就罪過了。」

衛烜矜持地淡應一聲。

阿菀正和羅寄瑤見禮，羅弘打量站在一起的連襟二人，看來看去，不得不承認，一襲錦衣的衛烜著實亮眼，莫君堂站在衛烜身邊，硬生生被當成了陪襯。不僅無衛烜的容貌之絕，更無衛烜那股清貴及氣勢。

有對比才有發現，羅弘再次肯定了衛烜不若世人所說那般不堪，心裡覺得父親不應該那般看他。想到迂腐的父親並不怎麼看好這位世子爺，時常在嘴裡念叨，羅弘不禁有些頭疼，暗自決定，待會兒得看著點父親，別讓他傻傻地去得罪了衛烜。

一行人進了懷恩伯府，到了廳堂裡，又是一番見禮。

老太爺和老夫人坐在上首，笑容滿面地接受晚輩們請安。今兒是出嫁女攜夫婿回娘家的日子，懷恩伯府嫁在京中的姑娘們都帶了丈夫回娘家，加上懷恩伯府的主子們，坐滿了整個廳堂，十分熱鬧，正是老人家喜歡子孫興旺的模樣。

不過，這子孫也太興旺了，人多味道也不好，衛烜有幾分不喜，若非看在這是阿菀的娘家的分上，不想讓阿菀難做，根本不想到這兒來，寧願去公主府。

上輩子康儀長公主夫妻去世時，懷恩伯府雖不至於落井下石，可因為三公主等人的囂張，懷恩伯府眾人不敢出面幫襯阿菀，讓他很是不快。

阿菀和衛烜上前向祖父和祖母請安，兩老不敢真的受衛烜的禮，意思一下就讓他們起來，大抵是覺得有一個王府世子做孫女婿，讓兩老與有榮焉。除了那些看不透的，看得明白的人都忍不住低頭喝茶，不忍卒睹。

衛烜懶洋洋的，不怎麼將兩老放在眼裡，被阿菀暗地裡掐了下，卻仍是不改態度，直到來到康儀長公主面前才變得恭敬。

拜見完長輩父母，男女分成了兩邊，各去敘話。

阿菀和羅寄瑤坐在一起，看了看，發現少了二房的三姑娘羅寄靈。

羅寄靈三年前出閣，丈夫是五城兵馬司中東城副指揮使的嫡次子，這門親事是二夫人削著腦袋爭取的。若非對方看在康儀長公主的面子上，否則是完全是看不上懷恩伯府的。懷恩伯府人丁雖旺，可子孫沒什麼出息，在京城裡名聲也不顯。後來康儀長公主下嫁，可也沒什麼出彩的，蓋因康儀長公主頗內斂，在宮裡不得寵。直到其女壽安郡主與瑞王世子訂親，懷恩伯府才讓人高看幾眼。

二房是庶出，羅寄靈和羅寄悠雖是二夫人所出，可是在外人眼裡這兩個姑娘的父母是庶出，不是聯姻的好對象。但二夫人眼高手低，硬是想要為兩個女兒謀個有出息有實權的夫家，於是看來看去，在朋友的引見下，搭上東城副指揮使，硬是攛掇著丈夫將親事定下來。只是，成親後羅寄靈的日子並不好過，時常回娘家哭訴，逢年過節也不見女婿帶女兒回來，被夫家的人輕慢。

「聽說三妹妹嫁過去後，過得並不如意。三妹夫是家裡的小兒子，長輩難免偏疼了些，便養出了不好的習性，加上家中的長嫂也是個厲害的，使得三妹妹有苦難言。」羅寄瑤小聲和阿菀說道：「二嬸雖然想要讓她們好，卻只看得見對方的家勢，沒有細問對方人品，只說成了親就定性了，可以慢慢調教。現在看來……」

阿菀看了眼二夫人，果然見到二夫人僵著臉坐在那裡。

阿菀和堂姊妹們不太親近，最親近的也不過是大房嫡出的羅寄瑤。若非羅寄瑤和她說，她還不知道有這事。去年過年時，羅寄靈夫妻倒是有回來，卻不想今年竟然沒有回來，只提前讓人捎句話說有事不回。

大年初二能有什麼事情回不來，這不是讓人笑話嗎？

二夫人十分憤怒，卻不得不忍下來，決定等過段日子要去親家那兒瞧瞧。

女眷們敘完話，阿菀便隨著公主娘到父母在懷恩伯府的院子裡說些體己話。

「妳和瑤丫頭剛才一起說什麼呢？」康儀長公主邊指揮著丫鬟上茶點邊問道。

阿菀便將三堂姊羅寄靈的事兒說了，納悶地道：「若是三姊夫這般不好，二伯母怎地當初還讓三姊姊嫁過去？」二夫人的想法真讓人費解。

康儀長公主撇了下嘴，說道：「妳二伯母就是這樣的人，只看到表面的好，心裡存著僥倖，以為靈丫頭嫁過去，便能收服那個浪蕩子。縱使收服不了，還有我這個妯娌在，以為對方會看在我的面子上，多少收斂一些，待靈丫頭好。她這種心態要不得，可憐了靈丫頭。」

阿菀無語了，二夫人果然無論過了多少年性子都不變。縱使羅寄靈的三嬸是當朝長公主，可也管不到人家夫妻房裡去，更不可能隨時護著，她怎麼就這麼放心呢？

「算了，不說她了，沒意思。」康儀長公主不欲讓女兒多慮，轉移了話題，詢問起女兒的身體及在夫家過得怎麼樣。

阿菀逐一回答完，便和母親提起了衛珠的擔憂。

康儀長公主神色平靜，待女兒喝完果茶，眼巴巴地看過來時，方慢悠悠地開口。

「妳說的我也明白，只是珺兒他們幾個有父有母，婚姻大事哪裡容得我操心？我最多也不過是在靖南郡王給他訂親時，看看女方的情況如何。若好便罷，若是不好，我便盡分力，讓靖南郡王明白幾分。」說完，她看向女兒，笑盈盈地道：「妳明白了嗎？」

意思是說，如果靖南郡王不能給長子擇個適合的長媳，公主娘便要暗中動手嗎？

依公主娘的能耐，若是給她時間，應該能做到吧？就怕到時候靖南郡王繼妃暗暗給衛珺定下，待事情成定局，打人一個措手不及，根本不給公主娘出手的機會。

阿菀點點頭，「行，我知道了，下次見到珠兒，我會和她仔細說，讓她別太擔心。」

康儀長公主笑了笑，對於衛珠尋女兒說這事，不置可否。到底是小姑娘，性情不定，沒有生母教養，移了性情。她縱使有心想要幫一把，可到底不是正經長輩，無法越過父母去。雖平時也接她過府來玩，但小姑娘這些年在繼母那兒討生活，受了些挫折，養成了執拗的性子，滿心憤懣，說再多也聽不進去。

康儀長公主心裡為好友嘆息，知道衛珠移了性情，只希望她現在年紀小，自己在旁多引導一些，讓她長大後不至於因這性情吃虧。若是當事人不領情，她也沒法子了。

至於衛珠的想法，她能理解幾分，不外乎是擔心繼母拿他們兄妹的婚事作筏子，所以想讓長兄娶個家世及性情都厲害的回來和繼母打擂臺，不讓他們兄妹幾個太吃虧。

這個想法很好，也是人之常情，若說適合衛珺的姑娘這京中也不是沒有，可惜靖南郡王府這幾年不上不下的，兼之衛珺現在還沒有被請封世子，靖南郡王又有些不靠譜，旁人如何敢將女兒許與衛珺？

衛珺人品相貌都很不錯，在外名聲也好，隨著年紀漸長，也有很多人家想將女兒許給他，可惜這些人家中不論那些姑娘的性情如何，家勢卻是有些不夠。而家勢夠的，自然看不上一個日漸沒落的郡王之子了。

種種想法轉瞬即過，康儀長公主含笑拍拍女兒的手，也不多說什麼。衛珠縱使性情有變，對女兒來說也不甚要緊，至少瑞王府現在不是隨便的人能算計的。有些事情於旁人而言，只是舉手之勞的事，康儀長公主不會阻止女兒施與，這是為人處事之道。

至少，現在看來，衛珺兄妹幾個只是可憐人罷了，能幫就幫一把。

畫扇突然進來，稟報道：「公主、郡主，前邊好像有些不愉快。」

康儀長公主奇道：「怎麼了？」

畫扇蹙著眉道：「好像是世子和大老爺起了衝突。」

康儀長公主無語地問道：「沒打起來吧？」

畫扇答道：「這倒沒有，因為大老爺才說了幾句，駙馬便過去和大老爺吵了。」

阿菀：「……」

康儀長公主：「……」

母女倆很快便清楚外面為何吵起來了，原來是大老爺羅昀看不慣衛烜的囂張，覺得衛烜沒本事，只是投了個好胎，還仗勢欺人，若是他日失勢，少不得要吃虧，甚至會連累身邊的人。以前衛烜未娶羅家的姑娘便罷，現在他娶了他們羅家的姑娘，是羅家的女婿，也算得是他的晚輩，少不得要說教一二。

可衛烜是能讓人說教的主嗎？連瑞王這個做老子的都沒訓斥過他，大老爺算是哪根蔥？就算是長輩，可是君臣有別，一個伯府的大老爺跑過來湊什麼熱鬧？

即便要訓斥，也有羅曄這個正宗的岳父在。

阿菀無言了，她是知道這位大伯父的。羅昀是個耿直之人，耿直得腦子不好使，黑白太過分明，在京城這種地方，也不知道怎麼養成這性子的。

怎麼養成的？不就是父母不作為罷了，只讓他死讀書，且不怎麼交際，便讀成這德行了。可以說，懷恩伯府六位老爺便是六種性情，都是讀書讀出來的，長輩並不怎麼管教。

康儀長公主倒是淡定，當初嫁過來之前，她便知道懷恩伯府這一窩都是什麼德行，對大伯那不會轉彎的性格也知道。簡單地說，羅昀就是個棒槌。幸好懷恩伯府已經沒落，在京中勳貴世家排不上號，少有人和他打交道，倒是讓他平平安安蹦躂到現在，只待小一輩長成，撐起門楣，想來懷恩伯府會好一些。

而這一窩人的性格雖然不太靠譜，但有個好處，不惹事生非，也不像其他勳貴子弟一樣，成天在外頭吃喝玩樂嫖賭，家風還算是清正，這也是能外道的一個優點了。

「駙馬又怎地和大老爺吵起來了？」康儀長公主又問道。

畫扇看了眼阿菀，小聲地答道：「駙馬不喜大老爺訓斥世子，說世子是他跟前看大的，是個好的，然後和大老爺意見不合，就吵起來了。」

這真是小孩子吵架嗎？

康儀長公主很是無奈，等詢問清楚幾個羅家的女婿都看到了，想要遮掩也已經來不及，反而淡定了。

「娘，要去瞧瞧嗎？」阿菀問道。她想去力挺自家駙馬爹。大伯父的性子她知道，心裡也不喜歡大伯父不分清紅皂白地訓斥衛烜。縱使大伯父是一片好心，可她就是不樂意。

只能說，阿菀也是個護短的人。

康儀長公主失笑道：「不必，他們都是斯文人，只會動動嘴皮子，打不起來的，而且還有晚輩在，他們不會吵太久。」

果然，過了一會兒，畫扇便過來說，老太爺已經制止兩個兒子。若非還有孫女婿在，已要斥責兩個兒子為老不尊了。

就如畫扇所言，老太爺原本因為有個王爺世子做孫女婿正美著，誰知卻聽到腦子不開化的大兒子竟然訓斥孫女婿。正急著，又聽說三兒子跳出來幫他女婿，和長子吵了起來。

老太爺氣得吹鬍子瞪眼，親自過來收拾兩個兒子。

老太爺訓斥兒子時，女婿和孫女婿們皆肅立一旁，除了衛烜，這傢伙正站在他岳父身邊，冷眼看著老太爺，那冷颼颼的眼神，看得老太爺不敢罵三兒子，轉而罵棒槌的長子。

若不這是棒槌逮著人就想說教，他會在女婿們面前丟臉嗎？也不想想瑞王世子的凶名，竟然還想教化他向善，只能說這兒子不愧是棒槌，這膽子無人能敵。

一場讓人啼笑皆非的鬧劇很快停止，除了成為旁人茶餘飯後的笑談，沒怎麼讓人上心。

等老太爺離開時，衛烜感動地對羅曄道：「爹，您對我真好。」竟然當眾駁了兄長，算得上是無禮了，讓他有幾分感動。

羅曄一振衣袖，笑道：「雖說是長輩，但若是無理取鬧之輩，便要理直氣壯，不可因為對方是長輩便生受著，這是愚蠢之舉。」

所以，這位爺從小到大除了讀聖賢書外，一旦認準了，也是個不輕易妥協的主。

聽這話，這位其實也是棒槌。

在場的羅家女婿們心裡暗忖，突然覺得做羅家的女婿很心累。

衛烜卻高興地直點頭，可不是嗎？他總是有理的，所以他最愛同父親對著幹了。上輩子和他對著幹有些遲了，這輩子卻不晚，還能對著幹一輩子呢！

等衛烜高興地去尋岳母說話時，羅曄被兄長叫了過去，見自己的父親也在場，不由挑起眉梢，不待羅昀發話，便先抱怨起來了。

「大哥，你是不是又誤聽傳言了？烜兒是我看大的孩子，他是什麼性情我會不知道嗎？你也甭聽外面說什麼，耳聽為虛，眼見為實，大哥要慎言啊！還有，烜兒現在是我的女婿，縱使有不對之處，在人前你也該給他面子，私底下和我說，讓我去勸他不就行了？」

羅昀被不著調的弟弟說得一陣臉紅，氣得說不出話來。

還是坐在一旁喝茶的老太爺出聲拯救他，省得長子氣壞了，「行了，三郎莫要和你兄長胡說，你兄長叫你來有事情。」

羅曄自覺兄長知道自己先前錯了，終於住嘴，問道：「有什麼事？」

羅昀先端起茶來喝了口讓自己冷靜冷靜，方道：「如今菀丫頭已經嫁了，你和弟妹是個什麼章程，心裡可有主意？」

「什麼？」羅曄迷糊問道。

「子嗣之事。」

羅曄蹙起眉頭，說道：「大哥，怎麼又提這事了？你知道弟弟不愛聽。」

「縱使不愛聽，也得有個章程。若無子嗣，將來你和弟妹百年之後，誰給你們供奉香火？」羅昀苦口婆心地勸道：「你還年輕，若是努力點，指不定還能再生一個。若是你不想生，也可以過繼一個。現下菀丫頭出嫁了，你時常在外尋友，弟妹一人在府裡豈不是寂寞？」

羅曄看了他一眼，並不吭聲，不過看起來不反對，羅昀知道他算是聽進去了。

用過午膳，羅家的女婿們陸續告別岳家，攜著各自的妻子回府。

羅寄瑤和父母親人道別後，隨丈夫一起踏上景陽伯府的馬車。

莫君堂俊臉微紅，身上可聞到酒味，帶了幾分醉意，讓羅寄瑤忍不住嗔怪了幾句。

莫君堂笑道：「我喝的不多，不過是被二叔和瑞王世子灌了幾杯。」說著，他看向妻子，又道：「瑞王世子倒是海量，喝了酒後，看著有些……咳咳！」

丈夫的話未說完，羅寄瑤也可以想像衛烜臉帶薄暈的模樣，只是這話由著連襟說出來，未免有些輕狂，不由瞪了他一眼。

莫君堂也知道自己不慎說了不該說的話，忙轉移話題，「對了，我前陣子隱約聽說三妹夫好像做了得罪瑞王世子的事，當時以為是莫虛有之事，誰知今兒三妹妹和三妹夫都沒來，我便琢磨著是不是三妹夫怕瑞王世子報復，不敢出現在他面前，所以今兒就不來了？」

羅寄瑤吃了一驚，忙問道：「有這事？你可問清楚了，真是三妹夫開罪了瑞王世子？」

「我也不確定，不知內情不好說。」莫君堂不是無的放矢之人，也怕自己猜錯惹到衛烜那個有名的煞星。

今兒見到瑞王世子，因是連襟，衛烜態度還算友好，他也以為外面傳得不堪些罷了，衛烜並沒有那般糟糕。可是當他岳父才說了兩句，便被衛烜嘲諷回去，便覺得這小子果然「名不虛傳」，一點虧也吃不得。

想到那場鬧劇，不由得啞然失笑，覺得兩位舅舅性格還真是讓人不知道說什麼好。

羅寄瑤更不放心了，她是家裡的大姊，雖然在家時姊妹幾個有些不愉快，可是出嫁後經歷的事情多了，只覺得那些不過是小事，無傷大雅，心裡對家族中的姊妹仍極是照顧，不希望她們過得不好。

如今三妹妹過得不如意，她很為她揪心。三妹夫也不知道怎麼得罪了衛烜，讓她越發擔憂了。雖然衛烜現在算是自己的妹夫，可這個妹夫的級別太高，高得連她也不敢在他面前端著大姨子的架子。

「妳若是擔心，不如找個日子去看看三妹妹問問她。」莫君堂還是了解妻子的，妻子不僅是表妹，還是從小一起長大的，情分自然不一般。

羅寄瑤感激地笑了笑，點點頭。

阿菀拿帕子幫衛烜擦臉，嗔怪道：「你怎地和爹喝成這樣？喝酒傷身，你年紀還小，以後莫要如此貪杯了。」

衛烜俊臉微紅，雙眼因為醉意彷彿含了水一樣潤澤。若是讓人看到，不免會產生遐想。阿菀也不例外，看他這模樣，著實擔心讓人瞧了去。

不過，聽到阿菀的話，某人瞬間炸毛了。

阿菀正嘮叨著，不想天旋地轉，反應過來時，已經仰躺在衛烜懷裡，被他按著胸口，然後帶著酒意的吻霸道地侵占了她的氣息。

被吻得迷迷糊糊之際，突然感覺到手被抓著往下移，然後覆到了一個硬長的物事上。隔著衣服，可以感覺到那東西的分量，讓她瞬間嚇得清醒。

帶著酒味的呼吸噴拂在她臉上，阿菀聽到衛烜沙啞地問道：「我哪裡小了？我已經長大了，是男人了……」

阿菀無言，「我是說你年紀還小……」

聽到她的話，按著她的手就要扯開自己的腰帶，將她的手往他褻褲裡拉去。

阿菀心跳飛快，智商瞬間上線，忙道：「你才十六歲，還未成年，不應該喝酒。」

「未成年？」衛烜的聲音有些含糊。

「咳，是還未及冠，待你行了冠禮，便是大人了！」阿菀忙道。

衛烜垂下眼眸，琢磨著這難道是阿菀上輩子的說法？

男子二十及冠方是成年？

他明白她的意思了，不是嫌他那兒小，而是嫌他年紀小，不由更沮喪了。

阿菀看他長長的睫毛輕輕顫著，覆住那雙如黑葡萄般漂亮的眼眸，心肝也顫顫的，擔心他發酒瘋，到時候真的要丟臉丟到外面了。

幸好衛烜沒有發酒瘋，而是滾到她懷裡，頭枕在她大腿上，嘟囔道：「今天岳父幫我和妳大伯父吵架，岳父人真好，我就和他多喝了幾杯。妳出嫁後，他和岳母很孤單，妳說，是不是要找點事情給他們忙？」

阿菀用手指按著他的太陽穴，柔聲道：「那要看什麼事了，可不許折騰他們。」

衛烜嘟囔了聲，無意間瞥見她臉上溫柔至極的笑容，瞬間癡了。

醉酒是不講理的，於是，某位世子爺借酒耍流氓一事，阿菀最終決定不和他一般見識，打算今後看著他點，別再讓他喝醉酒，不然這流氓耍起來，連下限都快沒了。

至於衛烜真的是喝醉酒耍流氓嗎？

衛烜當然不會老實告訴阿菀，他確實如連襟莫君堂所說的，千杯不醉，只因他長得好，白皙的面頰容易顯醉，但神智是清醒的，也知道自己做了什麼。他絕不會做出什麼喝酒誤事的事情來，例如羅曄當初便是喝酒誤事，答應女兒提早出閣。

這種耍流氓之事，對著自己的妻子兼心愛的人耍，那是自有一番趣味。

這是絕對不能讓阿菀知道的，不然下回就沒這種福利了。

如此，翌日衛烜清醒時，被阿菀看了許久，他還坦然回視，問道：「有事？」

阿菀心裡嘀咕，看他的樣子，彷彿已經酒醒了，甚至不知道自己昨兒做了什麼尷尬事。或許只是她尷尬，這廝卻是坦坦蕩蕩得很。

不過，接下來也沒有時間讓她追究了，因為到了年初三，宴會多了起來，遞拜帖給王府的人家極多，而王府也要舉辦宴會，宴請京中勳貴和瑞王的下屬等。

皇帝最忌朝臣往來密切，不過，新年之際的酒宴卻是官員們往來不怕被人測目的機會。

除了瑞王府自己舉辦的宴會，他們也接到了各種請帖，瑞王妃篩選一番後，留了幾家的帖子打算去赴宴，其中便有慶安大長公主府的宴會。

新年就在各種宴會中度過，待到正月初七時，朝廷開朝了。

不過未出十五元宵，不算是過完年，男人們即便開始上朝，也不影響女眷們的交際。每日都有大小宴會，許多夫人會趁機攜家中未出閣的姑娘赴宴，形成一種變相的相親宴。

阿菀隨著瑞王妃去了幾次，看到了不少打扮得嬌俏可人的姑娘被長輩帶來讓人暗地評論，連孟妡都不可避免地被她娘捎來了。

去年及笄的孟妡也要訂親了。

孟妡好不容易應付完一群小姑娘，趁機坐到阿菀身邊，抱怨道：「天天都是吃酒戲樂，沒什麼新意，真是無聊透了，還要給那些人相看，也不知道她們看出什麼了。阿菀，我娘好像對定國公府的嫡長孫很滿意，我見過一回，不太喜歡，是個喜歡裝腔作勢的小子。」

「定國公？」阿菀很快回想起有過幾面之緣的沈磐。沈磐字錦之，是位容姿才華皆出眾的世家子，也算得上是少年有為的代表之一，康平長公主會看上眼並不奇怪。

不過，因為男女有別，阿菀對於沈磐的認知只有短短的幾面，並無其他印象，遂問道：「真這般不好？妳怎麼知道的？灃表哥告訴妳的？」

孟妡眼珠轉了轉，小聲地道：「不是，是我自己發現的。」

待阿菀要問她如何發現時，衛珠帶著幾個小姑娘過來了，她只得閉嘴，稍後再問。

「福安表姊！壽安表姊！」衛珠親親熱熱地過來打招呼。

跟著衛珠一起來的宗室姑娘，比起深得皇帝寵信的瑞王府，她們的家族已經沒落了，甚至有些成了皇室的窮親戚，混得連三流勳貴也不如。每年領著朝廷派發的微薄補貼，連帶的宗室出身的姑娘也不值錢了，並不是聯姻的好對象。

她們見衛珠與兩位郡主交好，眼裡皆流露出些許羨慕來。

阿菀看了眼衛珠，面上掛著淡淡的笑容。

她明白小姑娘有炫耀之意，卻無傷大雅，便由著她去了。

衛珠更高興了，拉著阿菀絮絮叨叨，又和孟妡攀談起來。

在宴會結束前，衛珠都膩在兩人身邊，且頻頻看向孟妡，讓阿菀確定了曾經的猜測。

於是，她的感覺有點不好了。

她母親固然和衛珠兄妹的生母有交情，可是這交情卻沒有深到讓阿菀為此將孟妡這個可愛的姑娘許給衛珺的程度。其一是婚姻大事由長輩作主，阿菀不想決定別人的親事，其二是靖南郡王府太亂了，靖南郡王簡直是個老不修，她不希望孟妡嫁過去受罪。

衛珺再好，可太過君子，並不適合孟妡。

阿菀回到瑞王府，拖來一個大迎枕，趴在炕上發呆。

這麼一呆，直到衛烜回來都不知道，被他攔腰抱了起來。

被人這麼陡然騰空抱起，嚇得她驚喘一聲。雖然很快安下心來，可仍忍不住伸手揍了他幾拳，結果因為他肩膀肉少骨頭多，反而讓自己的手疼得緊。

於衛烜而言，她揍的這幾下不痛不癢可以忽略，倒是阿菀似乎頗精通人體穴道，有時會扣住人的命脈，施以微薄之力，讓人疼得緊。衛烜以前就被她揍過，所以不敢輕易惹怒她。

「想什麼呢？」衛烜將臉湊到她嫩嫩的粉頸邊，聲音有些沙啞。

他的呼吸拂過耳畔，帶著清淡的酒香，讓阿菀瞬間寒毛直豎，當下一手攫住他的下巴將他的臉推開，反手再揪住他的衣襟，把他拖到面前。

這一連串的舉動一氣呵成，使得原本被少年壓在身下的她，反過來將他壓到身下。

門邊候著的青雅探頭看了一眼，趕緊縮回腦袋，心想郡主何時變得這般彪悍了？

彪悍的阿菀捏著某人的下巴，皮笑肉不笑地道：「又喝酒了？」

「……只喝了幾杯，沒有醉。」衛烜乾巴巴地說道。

阿菀仔細打量，見他神色正常，也沒有酒醉之態的妖孽樣子，終於相信了他，放開了對他的箝制，叫丫鬟端醒酒湯來給他。

「對了，妳還沒說妳剛才在做什麼。」衛烜一邊嫌棄地喝著醒酒湯，一邊問道：「難道是今天出門有人給妳氣受？」

「沒有，只是遇到阿妡和珠兒。」遲疑了下，阿菀又道：「我看珠兒的模樣，似乎對阿妡極為熱情，你說，她是不是有什麼想法？」

「什麼？」衛烜順嘴問道，心裡卻在回想著上輩子的事情。

「例如，她似乎覺得她兄長與阿妡挺般配的。」

衛烜差點被醒酒湯嗆到，不禁錯愕地看著她，「有這回事？」

「應該吧，以前也沒見她對阿妡這般熱情，而且我覺得她好像想要從我這兒下手，畢竟我和阿妡的情分不一般。」說到這裡，多少有些不愉快，但是對著個十歲出頭的小姑娘，也不能太過生氣。

衛烜嘴角微扯，眼裡流露出幾分嘲諷，果然無論是上輩子還是這輩子，靖南郡王府都是一群小人，成天算計來算計去，一窩都是噁心透頂的人。衛珺兄妹固然因有那樣的父親和繼母可憐，可上輩子的阿菀不可憐嗎？難道沒了用處，就可以讓人這般糟踐嗎？

他們也不想想，若非有康儀長公主處處關照，他們兄妹幾個未必有現在的舒心，早就被耿氏那惡毒女人除了。可上輩子在康儀長公主夫妻去世後，阿菀得罪了三公主，這一家子為了奉承得勢的三公主，對阿菀的態度很差。縱使三公主權勢滔天，但也沒必要落井下石，反而淪為小人，人品可見一班。

「你怎麼想？衛珺在京中的風評不錯，聽說很多夫人見過他，對他極是滿意。」衛烜裝模作樣地說道，也想知道這輩子衛珺不是阿菀的未婚夫了，阿菀對他有什麼看法。

「那又怎麼樣？以阿菀如今的地位，並不需要特意聯姻，只要尋個她喜歡的人便行。衛珺是不錯，可是太過君子，對上小人容易吃虧。」

這小人說的便是其繼母耿氏了，若是他不能在繼母手下護著妻兒弟妹，不談也罷。世人雖崇尚君子，可是某些時候所處地位不同，需要非常手段時，便不能太君子。連朝中那些以讀書人自居的朝臣，也不敢真說自己是君子，反倒是衛珺真真是賢德無垢的君子。

衛烜眉梢眼角微微舒緩開來，開心地抱起阿菀往上一拋，再穩穩地接住。

阿菀嚇得臉色發白，被他摟住後，又揍了他幾拳。

衛烜笑吟吟地挨揍，然後說道：「妳自己明白就好，若是衛珠真起了什麼心思來尋妳說項，妳可別心軟亂應。」省得那小話嘮太聽阿菀的話，被人設計，真的進了靖南郡王府。

想到這裡，衛烜想到了孟妡上輩子的夫婿，摸了摸下巴，猜想那人應該快要回京了。

雖說孟妡最後下場不好，卻未必沒有她心甘情願與那人做對生死鴛鴦之意。若是他自己，也寧願隨了心愛的人赴死，不願獨自苟活。

不過，聽阿菀說康平長公主滿意定國公嫡長孫，有意為女兒說親時，衛烜再次嗆到了。接著又聽她說了孟妡對於沈磐的看法時，忍不住哈哈大笑，覺得十分奇妙。

「笑什麼？」

「不，我只是笑那蠢丫頭挺有眼光的。」

阿菀白了他一眼，看看時間，便起來讓人去布膳。

❤ ❤ ❤

忙碌中，轉眼到了元宵。

元宵佳節，最讓人期盼的便是燈節了，也稱之為上元節。古來有不少詩人為此節賦詩稱頌，而阿菀上輩子最熟悉的一首關於元宵燈節的詩便是辛棄疾的《青玉案》。

東風夜放花千樹，更吹落，星如雨。

意境何等之美，也吸引了無數人對燈節的嚮往。

今年是阿菀嫁給衛烜所過的第一個上元節，衛烜有心帶她出去轉一轉，讓她開懷。

早上出門前，衛烜對睡眼惺忪的阿菀道：「傍晚我會早點回來，帶妳出去玩。妳好生歇息，養足精神。」

阿菀睡意正濃，胡亂地應了幾聲，又縮回被窩裡，卻不想被衛烜掀開被子，壓著她好生廝磨了一頓，方起身離開。

阿菀咬牙切齒，直想揍他。

衛烜在年前入了羽林軍，不過，比起那些七日輪一班的真正的御前侍衛，他十分好命，天天可以在御前露臉不說，時間一到，便可以往家裡跑。當然，代價是等到需要他做事時，他也要隨時失蹤，而這不影響羽林軍中的值班。

有人對衛烜這個走後門的側目不已，可人家是不經過考核便被皇帝欽點的，自然不同。

衛烜離開後，阿菀也睡不著了，想著今天是十五，得去向瑞王妃請安，便也不再賴床，叫了丫鬟過來伺候她梳洗。

到了正房時，衛嫤也在，小丫頭見到大嫂，朝她甜甜一笑。

阿菀和婆婆、小姑子坐在一起聊天，因今日是正月十五，便聊起了燈節。

「聽說每年的燈節街上都極熱鬧，宮裡也有燈籠，供給娘娘們觀賞。不過，宮裡再好，也沒有街上熱鬧。」瑞王妃說著，笑看向阿菀，「烜兒可是說了要帶妳去街上走走？」

這種看透一切的揶揄，真是讓人羞恥。

阿菀略略定神，點了點頭，有些不好意思地說道：「夫君恰好說了這事。」

若是親婆母，指不定會心酸兒子娶了媳婦忘了娘，可瑞王妃是繼母，且對這繼子素來睜隻眼閉隻眼，便大手一揮，由著他們去了。

稍晚，衛烜回來了。

看著天色還早，阿菀便讓人端了元宵過來，夫妻倆邊吃元宵邊聊燈節之事。

因為是上元節，宵禁時間推遲了幾個時辰，方便人們出遊。衛烜早上出門時，打發了人去安排，打算帶阿菀好好地玩。

阿菀換了一身外出的衣裳，上裳是碧水天青的廣袖長衫，下著一條月白色煙染水綠長裙。頭髮綰成倭墮髻，簡單簪了以金絲纏繞珍珠玉翠的珠花。

穿戴好的阿菀，盈盈然如夜色中的一盞明燈，整個人看起來清新淡雅。不算驚豔，卻散發著瑩潤的光澤，讓人移不開眼睛。

衛烜知道阿菀生得好，可平時低調，不愛打扮。如今看她特意著裝，教人眼睛一亮，突然生出不樂意讓人瞧見的念頭。

阿菀的美不是那種具有侵略性的美，而是一種柔和的、細雨潤物無聲的美，其中最出彩的便是她那雙眼睛，眼波流轉，如秋水盪漾，使人不自覺沉溺其中。

很多次被這樣一雙眼睛凝視著，他心中的殘暴、血腥、殺戮、陰暗等等負面情緒，便會慢慢地平靜下來，直至消失。

上輩子固然因為無防備被她揍了一頓而關注她，但是後來迷上這個人時，每每遠遠看著，被那雙眼睛的主人瞅著，焦躁的心就會平靜下來。

在他邊境征戰的那幾年最困難的日子，他常會閉上眼睛，回憶她的目光，告訴自己，不能死，他要回京城，以最風光最得意的勝利者姿態回去，出現在她面前。

可惜，想法還來不及實現，她的死訊便傳來了。

「表姊真好看！」

心中千迴百轉，衛烜不自覺攬著阿菀纖細的腰肢，在她耳畔輕聲笑語，甚至滿足地將唇輕輕烙在她耳畔邊。真好，這輩子他們在一起了！

阿菀被這種若有若無的挑逗弄得發癢，不禁拍拍他的臉，道：「你今日也是玉樹臨風。」

「真的？」

「……假的。」看到他那般激動，阿菀立刻改口，省得他一激動，幹出什麼事情來。

如今她算是明白了，這廝激動時會抱著她親親啃啃、挨挨碰碰。除了未破最後的防線，該做的事情不該做的事情都做得差不多了，也因此她覺得自己的羞恥心似乎低了不少。

衛烜長得極好看，若非她看習慣了，真真會被他迷惑住。

想罷，阿菀又拍拍他的臉，心說，縱使這位爺在外名聲不好，可是光憑這長相，還是有很多姑娘受騙，莫菲估計就是一例。

等丫鬟捧來一件兔皮披風，阿菀終於將衛烜的激動火焰按熄。

正是春寒料峭之時，阿菀的身子比常人嬌弱，衛烜十分注意她的保暖。

被結結實實地裹成了個球後，阿菀跟著衛烜快快樂樂地出門了。

瑞王自是帶著妻兒一起進宮賞花燈，得知長子的作為，罵了一聲臭小子，便不管了。熊兒子和兒媳婦感情越好，瑞王越覺得悲催。你一個不舉的，夫妻感情再好有什麼用啊？

帶著某種無人能知的憂鬱，瑞王進宮了，決定去皇兄那兒找存在感。

馬車行至熱鬧的街市前，阿菀聽到了外頭熙攘的聲音，讓她忍不住掀起車簾往外看去。外面的街市燈火輝煌，兩邊的店鋪門口各自掛著各式各樣的花燈。遠遠望去，整條街延展而去的花燈匯集成一條火龍。男女老少絡繹不絕，添了一種華夏特有的古典喜慶味道。

看著行人們的笑臉，阿菀也跟著露出笑容。

馬車停下，衛烜將披風披在阿菀身上，又幫她整了整髮飾，便扶著她下車。

這裡是內城河的河畔，河岸兩邊俱懸掛著花燈，另有猜燈謎賣花燈的攤販，河中則停泊著數十艘畫舫。

「先去看花燈，等妳逛累了，我們再去畫舫歇息。」衛烜牽起阿菀溫涼的手。

他的手溫暖而乾燥，兩人的手攏在寬大的袖子裡，遮住了空氣中的冷意，那種暖意彷彿從手心傳遞到了心坎間。

阿菀笑著點頭，和衛烜手牽著手走在燈市中，讓她有種正和男朋友談在約會的小清新感覺，早就消失的少女心似乎甦醒了。

「猜燈謎嗎？」衛烜詢問道。來到一個攤子前看了看，他讓老闆將最上面的一個最漂亮的花燈拿下來，取出裡面的謎題。

身後跟著的路平趕緊上前付錢，其他侍衛皆喬裝打扮，隱在周圍護衛兩個主子。

阿菀湊趣去看，發現這燈謎是打一富貴花卉。若是普通老百姓自然是無法解開，若是見識廣的勳貴子弟倒是很好猜了。

當衛烜輕易解開謎底，得到那盞攤主贈送的牡丹花燈時，阿菀忍不住樂了。

「笑什麼？難道高興傻了？」衛烜曲起手指在她額頭上彈了一下。

阿菀捧著花燈，笑呵呵地道：「我有點懷疑這些攤主是不是為了討好你們這些貴人，才會出這樣的燈謎。雖然這盞花燈所費不貲，可是你先前給的銀子也足夠付這花燈的錢了。」

衛烜想了想，再結合往年的經驗，不得不承認，他們確實被攤主當成肥羊宰了。

有錢有閒的勳貴子弟自是瞧不上作工平凡的花燈，大多會取做得漂亮的花燈來猜，所以上面的燈謎相對而言便也要按照他們熟悉的物件來選，沒接觸過上層社會的百姓確實是解不出來的。而對於勳貴子弟來說，最不缺的便是錢了。他們猜中了燈謎得了盞喜歡的花燈，攤主也得了比花燈還要高的銀錢，皆大歡喜。

可能是被阿菀這麼沒情趣地一說，衛烜頓時對猜燈謎失去了興趣。

見衛烜心情不好，阿菀忍著笑，說道：「這些花燈很漂亮，我們繼續看吧，不猜也行。而且，我有你送的這一盞花燈了，其他的就不要了。」

衛烜這才開懷起來。

真好哄！

阿菀和路平同時想，不過路平想的是，無論世子妃做什麼，這位世子爺都會照單全收。若是旁人，沒直接踹你一腳就好了，根本哄不住他。

走了一會兒，看到迎面走來的一行人，饒是阿菀平時淡然，也忍不住有幾分驚異。

「烜弟？壽安也在，真是巧。」

來人露出和煦的笑容，如同親切的兄長般，看人的眼神也是親切的，正是三皇子。

三皇子來了，身邊自然也有三皇子妃莫茹，更讓人驚訝的是，莫茹身邊還跟著莫家的兩個姑娘，正是莫芳和莫菲。

看到兩人，莫菲一雙盈盈水眸落在衛烜身上。只是，看到衛烜和阿菀牽著的手時，眼睛又不由自主黯淡下來。

縱使她如何傾心，他身邊也有了明媒正娶的世子妃，這個世子妃還是他心之所悅，不是父母媒妁之言強迫定下的，這使得她心中那股不甘越發強烈了。

雖然她想要鼓起勇氣上前質問，可她根本找不到機會與一個無任何關係的外男單獨相處，也無法確定他是否忘記當年孩提時的約定。

衛烜懶洋洋地看了他們一眼，說道：「是挺巧的。」

三皇子發現他目光有異，下意識轉頭望去，卻見到相攜而來的四皇子和四皇子妃，他們身邊還有靖南郡王府的衛珺兄妹幾人。

等大夥兒站到一起，互相看了看，不得不承認，京城確實太小了。

「三哥、三嫂，還有烜弟、壽安，你們也在啊！」四皇子上前拱手行禮，「真是巧。」

衛珺兄妹幾個也上前作揖，因是在外頭，所以稱呼也改了。

三皇子笑著道：「難得今年的上元佳節天公作美，不若去年般下雨，為兄便想帶你嫂子出來逛逛，四弟和烜弟想來也是如此吧？」

衛烜的好心情被破壞了，皮笑肉不笑地道：「真是好巧，不過壽安累了，我先帶她去歇息，你們隨意吧。」說罷，和他們一拱手，帶著阿菀轉身離開。

衛烜的動作太快，強硬得沒給人拒絕的機會，讓眾人只能眼睜睜看著他們兩人走掉。

三皇子眼神深沉，望著他們的背影不語。

四皇子有幾分尷尬憤懣，卻又無可奈何。縱使衛烜當眾不給他們臉面，他們也不能怎麼樣，誰讓父皇就是吃他這一套。

其他人也是神色異常，原本在這兒遇上還有幾分驚喜，誰知衛烜這般不給面子。

莫菲的目光隨著他們的背影移動，有些魂不守舍，直到被莫芳暗中扯了扯，方才驚醒，轉頭便看到莫芳古怪地笑道：「七妹妹，小心腳下的路，莫摔著了。」

莫菲很快收斂情緒，淡淡地應了一聲。

兩人的動作極輕，卻是落入一雙眼睛中，那人不由得沉吟起來。

因著衛烜不給面子地走了，眾人說了幾句後，便又分開各玩各的。

衛珺兄妹三人也往一個方向行去，衛珺和衛琊護著妹妹，三人邊走邊說著剛才的事情。

「想不到衛烜那樣凶狠的一個人，會如此兒女情長，真能待一個姑娘如此好，壽安表姊好福氣。」衛琊笑著說，因兩家母親的交情及康儀長公主的照拂，他也希望見到阿菀好。

衛珺淡然地應了一聲，心不在焉的。

衛珠也提著花燈發呆。

衛琊繼續道：「大哥也十七歲了，你的親事最多再拖一年便不能拖了。大哥，你可是有什麼想法？」說著，他湊近衛珺，用耳語般的聲音小聲道：「先前我看了下，莫家的兩個姑娘不錯，不過慶安大長公主可能不會同意。」

衛珺聽了，連忙斥道：「胡說八道什麼，這事自有父母作主！」

衛珝冷笑，「大哥，你真以為老頭子會為你作主？」

衛珺默然。

「咱們家這樣子，無論以後的大嫂是誰，她都會很辛苦。不若娶個身分高些的回來，給予她應有的尊重，許下女子期盼的誓言與她，算是對她的補償。大哥，你自己好好想想。」

衛珺看了眼弟弟，見他滿臉諷刺，突然感到茫然。

他知道自己的親事已然成為弟弟妹妹的心事，可他又能如何？婚姻大事自來由父母作主，私相授受絕對不行，縱使弟弟妹妹有主意，他又怎能自己下決斷？

捌之章

烏龍約定

三皇子攜著莫茹慢慢走著，街市兩邊除了各色花燈，還有各種小吃攤，偶有食物的香味飄來，極是誘人。隨父母一起出來的很多孩子總會在旁邊駐足，一臉饞樣。

三皇子帶了幾個女眷出來，女子身子弱些，他便提議先去畫舫歇息，吃些東西驅寒。河上賞花燈，別有一番趣味，所以這內城河上的畫舫，幾乎都是那些有權有勢的勳貴之家包圓了，三皇子也早早叫人備了畫舫。

莫茹當初聽丈夫說要帶她出門看花燈時，心裡還有幾分詫異，繼而有些感動。雖然對這個男人已經心冷，但到底是要過一輩子的丈夫。

然而，巧遇到娘家的姊妹們後，她便不那麼想了。

娘家的姊妹們也大了，留在京裡未出閣的，便只有行六和行七的兩位妹妹。而七妹妹莫菲因為是家中長房嫡女，地位比旁的姊妹尊貴些，也得祖母偏疼。偏生她生了不好的心思，竟然看上那瑞王世子。

年前她還和祖母一起談論兩個妹妹的親事，誰知從祖母那兒得知莫菲的心思，當時莫茹真真是有種想要暈厥的衝動。莫菲嫻靜溫柔，祖母疼她，不想將她嫁入皇室。比起祖母對莫芳的安排，莫菲真是好太多了。

衛烜世子秉性暴烈，囂張霸道，不是個好相與的人。他自己看上的便罷，若是趕著上去，只會讓他不喜，屆時他可不會管你是什麼身分，落到他手裡非死即傷。而今又聽說他與剛進門不久的壽安郡主感情融洽，根本沒有旁人插足的份。

得知這個消息後，她既焦急又難受，想要打消七妹妹的主意。連祖母都不敢輕易得罪衛烜，這傻妹妹怎麼就不明白呢？

更讓她震驚的，還是丈夫的心思。

他們來到停泊岸邊的畫舫，畫舫有兩層，還備有歇息的艙房。進入艙房更衣，莫茹突然聽到丈夫說：「先前觀七妹妹神色，她可是與烜弟見過？」

莫茹瞬間寒毛都炸起來了，表情也有幾分變化，就是這變化，讓一直盯著她的三皇子了然，也讓她心中喊糟。莫菲再如何不好，到底是她娘家妹妹。娘家好，她這出嫁女才能好。若是娘家姊妹壞了名聲，或是讓丈夫得知莫菲的心思，會連累她們這些已經出閣的姑娘。

知道三皇子已經看破，莫茹不再遮掩，腦子急速運轉，開口道：「夫君觀察敏銳，確實是如此。說來這事也好笑，夫君可是記得當年瑞王攜世子到鎮南侯府向祖母賀壽之事？」

三皇子點頭，心情有些微妙。

那時，他們才六歲吧？

莫茹用故作輕鬆的語氣說道：「當時瑞王世子在府裡住過一段時間，他常去祖母那兒玩，恰好七妹妹養在祖母身邊，兩人便見面多了些。三妹妹記性好，一直記得他。對了，還有一件事，有一日七妹妹不慎落水，當時瑞王世子恰巧路過，救了七妹妹一命。七妹妹心裡極是感激，一直想著要報恩。」

這話說得委婉，但三皇子是聰明人，如何不明白。

自來女子所謂報恩不過是藉口，自是看上那個救命恩人了，便喜歡做出以身相許的戲碼。而他這位小姨子因為當年的救命之恩，看上了衛烜，所以這些年來一直心心念念著，誰知正也是同年回京路上，衛烜遇到了從江南回來的康儀長公主夫妻及其女兒壽安郡主，兩家訂了親，是父母之命媒妁之言，莫菲滿腔情意只能付諸東流。

莫茹說完，看向丈夫沉吟的神色，只覺得頭皮發麻，心中忐忑不安。等看到他臉上的笑容時，她的心不斷往下沉，有了最壞的預感。

七妹妹恐怕要成為丈夫手裡的一枚對付瑞王世子的棋子了。

這一刻，她深悔先前竟然同意讓兩個妹妹結伴同行。

直到來到畫舫二樓賞河燈，莫茹心中依然有悔意，看向莫菲的目光深沉難測。而更讓她絕望的是，畫舫行了不久，便聽下人來報，遇到了同乘畫舫來遊玩的四皇子、靖南郡王府和衛烜等人。

三皇子居長，又是此間身分最高者，自是讓人去邀請他們過來同遊。

❤ ❤ ❤

阿菀被衛烜強行拉走時，根本沒來得及和衛珺兄妹多說幾句話。因為周圍人多，她也不會貿然駁了他的面子，便由著他拉走。

走了一段路，回頭已經不見那群人的身影。

阿菀還未說話，便聽到衛烜道：「可是餓了？有什麼想吃的？」

阿菀抬頭看他，見他神色柔暖，全無先前面對那些人時的輕慢及囂張，又恢復成了在她面前時的那個乖巧及愛笑的少年。

阿菀沉默了下，朝他笑道：「你不是說我累了嗎？那就去畫舫歇息吧。」

衛烜面上有些尷尬，不過也僅僅是尷尬，很快就恢復正常，厚臉皮地道：「我是糊弄他們的，一看到他們，我就不痛快。要不是看在皇伯父的面子上，我早就……」

早就什麼？

阿菀眉心跳了下，決定不追問下去。

沿著河岸走了一會兒，來到碼頭邊，這兒停泊了好些畫舫，皆有侍衛或家丁打扮的人守在那裡。因著皆是穿便服，也不知道那些畫舫主人的身分。

等衛烜帶她到一艘畫舫前時，阿菀同樣看到了隨風院的幾名侍衛守在那裡。他們雖也身著便服，但是精神氣一看就與旁人不同，連帶的那艘畫舫周圍竟然也無其他畫舫停泊，彷彿極是忌憚他們，分外張狂。

衛烜攜了阿菀入畫舫，畫舫上早就備好了熱水熱湯及茶果點心。

進到船艙，阿菀坐在鋪著貂皮的靠窗位置上，身後墊著軟枕，手裡捧著熱茶，熱氣升騰，氤氳了她的眉眼，同時也驅散了春夜的寒意，讓她舒服得想伸展身體，而且轉頭便能看到河岸兩邊的花燈，還有飄落在水面上的各式花燈，簡直是絕妙的享受。

衛烜忽然湊過來，搶過她手裡喝了一半的茶，一口飲盡。

阿菀嘴角抽搐了下，掐了他的臉一把，「你若想喝，這裡還有很多，做什麼和我搶？」

「我又不嫌棄妳的口水……」衛烜嘟囔道。

阿菀無語至極，這麼情緒化，讓她怎麼將他當成成年男子？

正這麼想著，嘴唇猛地被柔軟的唇貼住，牙關被滑溜的舌尖撬開。

呼吸漸粗時，阿菀終於又換了另一種心情。

嗯，暫時忘記他是成年男子沒關係，他總會時時讓她明白。

衛烜將阿按在懷裡好一陣揉搓親吻，直到她氣喘吁吁躺在他懷裡，他才移開唇，放她自由。只是身體卻也緊繃得難受，對懷裡的這個人兒的渴望又深了一層。

如此一天天忍耐，他真怕自己會控制不住地傷了她。

於是，他將臉埋到她頸窩，不讓她瞧見自己猙獰的表情，想在她心裡留下美好的形象。

阿菀已經習慣這種半途而廢的事情，頂在臀部的那東西讓她好生尷尬，她也擔心他日日這樣忍下去會不會忍壞。少年人貪歡，要克制這種慾望實在困難。

十六歲……總比十五歲要強點，咳咳咳！

正當她神遊時，外面響起了路平的聲音：「主子，前方有一艘畫舫靠近，上面似乎是孟少爺和福安郡主。」

阿菀聽罷，忙拍著壓在身上的少年，讓他起來。

衛烜不情不願地起身，將她拉了起來。見她髮髻微亂，俏臉泛著紅暈，一看就是被狠狠疼愛過的模樣，頓時不想讓她見人。

阿菀整理好自己，才和衛烜一同出了船艙。

站在甲板上，便見到對面的畫舫上某人上竄下跳的。

「像隻猴子，真不愧是個蠢丫頭！」衛烜毒舌地評道。

「喂！」雖然是事實，但這廝也太沒口德了。

另一條畫舫上的孟妡卻很高興，在甲板上朝他們揮手。能在這裡見到阿菀，讓她覺得真是太幸運了，當下邀請阿菀和衛烜到他們畫舫上來玩，而且畫舫裡不僅他們兄妹，還有柳氏兄妹幾人，人多才熱鬧。

阿菀欣然應邀，比起和衛烜一同待在畫舫裡被他毛手毛腳地調戲，和孟妡他們一起遊河看花燈更好，這種事要人多才能顯現出那種氣氛。

下人很快在兩艘畫舫間搭起板子，阿菀和衛烜踏著板子上了孟家的畫舫。

孟灃親自迎了出來，跟在孟妡身後的還有兩女一男。除了見過的柳清彤外，其餘兩人年紀比較小，是柳清彤同父異母的弟弟和妹妹。妹妹叫柳清霞，弟弟叫柳清明。

柳清霞只比姊姊小兩歲，今年正好十五歲，長得清純。身材與柳清彤一樣嬌小，但是胸部豐滿，堪稱是童顏巨乳。

阿菀羨慕嫉妒恨地看了眼小姑娘鼓鼓的胸脯，忍住低頭看自家小籠包的衝動，在柳氏姊妹上前行禮時，溫和親切地回以微笑。

「原來妳就是壽安姊姊，果然名不虛傳，是個極和善的美人兒。」柳清霞清清脆脆地說，那天真的神情極配她的長相，看起來就像不諳世事的小姑娘，全然想像不出她會是那種不滿姊姊與孟灃訂親時撒潑的人。

阿菀用帕子掩嘴笑道：「柳二姑娘客氣了。」

柳清彤和阿菀見過了，並不拘束，對她笑道：「你們能一起過來玩真是太好了，人多才熱鬧，剛才阿炘一直念著妳呢！」

柳清明正在未來姊夫的引見下同瑞王世子行禮，他今年十三歲，正是半大少年，因是家裡唯一的嫡子，父親極為看重，偶爾也會聽父親評論朝中的人物，他對這寵冠所有皇子之上的瑞王世子更是耳熟能詳，現在直面他時，難免緊張。

在親眼看到這位世子的容貌時，饒是柳清明是個男子，也忍不住受了些影響，表情有些異樣，又深怕自己得罪這位脾氣不好的世子，忙低頭致歉。

孟灃長得也很好看，卻是一種屬於男性的俊美，加之那雙眼睛生得太好，眼含桃花唇角含春，簡直是人形春藥。但若論長相之精緻，孟灃是遠遠比不過瑞王世子的。

那邊的柳清霞在兄姊忙著見禮時，也偷偷看了衛烜一眼。乍然一看，也倒抽了口氣，覺得這是她平生所見的長得最好看的人了，沒有一個人能越得過他。

只是，在他一雙眼睛冷冷地掃過來時，那眼裡的煞氣讓人心頭一跳，懼意瞬間將那驚豔之感壓下，只剩下對他的懼。

大家說笑幾句，相偕進了船艙。進去後才發現孟家兄妹真是會享受，還將康平長公主所養的樂伎都叫過來助興。絲竹之聲再起，邊聽音樂邊品美酒佳餚邊賞夜景，確是一大享受。

不僅是物質上的享受，更是一種精神上的享受。

因這裡都是認識的人，阿菀和衛烜皆給孟家兄妹面子，氣氛很容易便炒熱起來。

可惜阿菀和衛烜屁股還沒坐熱，下人來報，三皇子請他們到其畫舫裡一聚。

三皇子年紀長，身分又高，眾人皆要給臉，唯有衛烜不需看人臉色，若是他不想去，三皇子不僅不敢相逼，還得好好哄著這位爺。

是以，孟灃有些擔心這位囂張又心思難測的世子爺直接甩袖離去，留下他們豈不是尷尬？幸好衛烜在問清楚三皇子船上有什麼人時，突然笑著應了。

這笑容些陰狠啊！

孟灃覺得以自己對他的理解，這位世子爺肯定在打什麼壞主意。

就在孟灃的擔心之中，眾人移駕上了三皇子的畫舫。

三皇子親自帶人過來迎接，能有這般大的面子的，自然是衛烜了。

柳家兄妹落在最後，柳清霞今日接連見到這麼多皇家子弟，興奮得臉蛋浮現淡淡的紅暈。若非弟弟在旁邊警告地看著她，討厭的姊姊也用一指按著她的腰，讓她動彈不得，她早就忍不住上前攀談了。

柳清霞的目光在眾人面上逐一滑過，英俊雍容的三皇子、俊雅內斂的四皇子、俊美優雅的孟灃、溫潤如玉的衛珺，最後是無人及的瑞王世子。

他們每個都是青年才俊，其身分放在京中都足以傲視群倫，甚至極少能見到，今日她也是託姊姊的福才能上孟家兄妹的畫舫。可是這些人中唯有瑞王世子囂張如斯，也當得起這般的囂張，連兩位皇子都得避其鋒芒。

柳清霞此時方意識到，瑞王世子的地位及其所受到的榮寵，讓他能凌駕於皇子之上。真……好！

三皇子與眾人寒暄過後，看向衛烜，親切地道：「烜弟能賞臉過來，為兄真是高興，今兒為兄便與烜弟共飲幾杯。」

衛烜傲慢地道：「可。」

四皇子看了他一眼，攥了攥拳頭。早就知道他的德行，不值得生氣。

因為有未出閣的姑娘在場，所以男女分席而坐。

衛烜暗暗皺眉，雖然不喜與阿菀分開，不過看到路雲跟著她，還是放心幾分，便坐下來與三皇子、四皇子、孟灃和衛珺舉杯共飲。

「烜弟好酒量，這酒可不是平常的酒，而是進貢的竹葉青，比往年還要烈上幾分。」三皇子笑著說道。

衛烜斜睨他一眼，懶洋洋地道：「原來是這樣，怪不得年前皇伯父說要讓我去挑幾罈，可惜我不好這東西，便沒有要，改拿走了進貢的珊瑚樹。」

眾人：「……」好想掐死這個在他們面前炫耀的貨！

三皇子微微一笑，心知若是要拚在父皇心中的地位，所有皇子絕對都拚不過衛烜，如今聽他說這話，自不會再糾結這事。

衛烜和三皇子一起喝酒，來者不拒，兩人你一言我一語，似是聊得極為融洽，旁聽的幾個人卻知他們言語中的機鋒。

酒喝多了，便會想要去更衣。

衛烜藉著酒意，起身離了船艙，由內侍引路。

待他更衣出來，便看到一道柔美的身影站在不遠處的走道上。河風吹來，掀起了她身上的斗篷，勾勒出少女玲瓏的曲線，少女的幽香也被冷風吹了過來，若有若無，撩人心弦。

廊下掛著大紅燈籠，橘紅色的光芒灑在轉頭看來的少女臉上，為她的美顏罩了層柔光。

男人是視覺性的動物，若是尋常男人，早對少女一見傾心。

可惜衛烜不是尋常男人。

兩輩子他的眼睛都瞎了，就看上一個病秧子，心眼又小，根本無法將目光分給別人一點，反而還要防來防去，防男防女，防磨鏡防斷袖，忙得不行。

看到路邊的野花野草，只將之當成兩種人：擋路的和識相的。

而眼前的少女，明顯就是擋路的。

對於擋路的東西，不管是人或事，世子爺喜歡用簡單粗暴的方法解決。

於是，在那少女蓮步款款地走過來時，衛烜負手而立，準備出腳，可少女忽然開口了。

「你可還記得當年你說過的話？」

「……」

「你明明說過長大以後會娶我，為何一直杳無音訊，甚至……啊……」

撲通一聲，伴隨著尖叫聲，少女落水了。

特意將衛烜引到這邊的內侍眼珠差點瞪凸。身為一個男人，看到夜色中的美人，美人還說這種引人遐想的話，不是應該心動地行動了嗎？

就在內侍驚呆的當口，走廊那邊又來了一個人，錯愕地看著他們，「世子，你怎麼……」

來人正好看到衛烜將少女踹下河的舉動。

衛烜看向來人，冷淡地道：「如何？」

衛珺白皙的臉頰浮現些許憤怒的紅暈，急道：「你怎麼可以做這種事？還不快去救人？」說著，他瞪向內侍。

可惜內侍還來不及開口，焦急地準備要去喚人的衛珺毫無防備地也被衛烜踹下河了。

「我記得你水性很好，那你就去救她吧。」

內侍眼珠又瞪凸了，原本想去喚人下水救人，可衛烜一看過來，他立刻出了一身冷汗，只覺得那目光如毒蛇般刺人。

因四周喧囂吵鬧，船艙裡的絲竹聲也不小，所以沒人發現此處發生的事。

衛珺確實會水，雖然突然被衛烜踹下河，不過到了水中很快適應下來，第一個想法便是去救人。衛珺品行高潔，做不到見死不救。

至於救上來會是什麼結果，他卻是沒有想過。

在衛珺找到水中掙扎的人托著她往上浮時，船艙中有人走了出來。

衛烜漫不經心地看過去，當下色變，幾步上前，握住她的手，側身擋住她的視線，略微沙啞的聲音含著笑意，「阿菀，妳怎麼來了？外面風大，妳身體不好，咱們先進去可好？」

阿菀瞥了他一眼，已然注意到河面上有人破水而出，那人還抱了一個姑娘，正往畫舫游來。光線不明，她看不清河裡的兩人是誰，不過想到莫菲先離開，心中了悟。

「怎麼回事？還不救人？」阿菀朝呆在旁邊的內侍低聲喝道。

內侍僵硬地看著她，目光又移向衛烜那個凶神惡煞。

他也想救人，可是不敢啊，他甚至不敢去叫人。幸好這回衛烜沒有什麼表示，方趕緊拋繩索下水。他也沒有叫侍衛過來幫忙，畢竟方才落水的是他們皇子妃的娘家姊妹，若是傳出去，於她的名聲可不好。

內侍心裡已經覺得瑞王世子妃真是個好人了，配那煞星可惜了。

雖然內侍極力想隱瞞，不想三皇子見衛烜久不歸來，便帶著四皇子、孟灃、衛珝、柳清明等人出來，正巧見到衛珺抱著莫菲在內侍的幫助下爬上船。

「大哥！」衛珝驚得跑過去，小心地拉著衛珺上來，目光陰沉地看著被兄長護在懷裡的少女，等認出這是慶安大長公主的孫女莫菲時，登時驚訝了。

他瞬間想到了什麼，一時沒有說話。

三皇子又驚又怒，目光不善地看向衛烜，沉聲道：「這是怎麼回事？」

沒有人回答他，莫菲正拚命咳嗽，她的臉上黏著濕髮，水珠沿著臉頰滑落，襯得那張臉異常慘白。衛珺也有些力竭地癱坐著，雖然他會水性，可是天氣寒冷，河水冰冷，身上的衣服又吸飽了水，讓他行動不便，耗費了不少力氣。

三皇子沉默地看著衛烜，以及站在衛烜身邊的阿菀，接著目光轉到衛珺和莫菲身上。一陣寒風吹來，兩人冷得瑟瑟發抖，特別是莫菲，嘴唇發紫，可是待她緩過氣後，眼睛卻直直地望著衛烜，眼裡有痛苦有不解。

痛苦於這人竟然狠心如斯，將她踹下河，這已經算是謀害人命了。

不解的是他冰冷的容顏，難道他真的什麼都不記得了？

三皇子搞不清事情為何會發展至此，不過已經無意義了，他擔心莫菲被凍壞，忙道：「來人，先送莫姑娘回去換衣服。」

兩個侍女過來攙扶起莫菲，突然被她掙脫，她踉蹌地走上前幾步，慘然地問道：「那年我落水時你恰巧經過，救了我一命……當時我被你救起時，心裡是極感激你的，便說長大後嫁給你，你也說好……為……為什麼……」

莫菲的身體抖得厲害，「我知道你有世子妃了，只要你還記得當初的約定，我並不……」

「哦，那我剛才踹妳下水，將它還給妳了。」衛烜不耐煩地打斷她的話，省得聽得再多，他又想要踹她下水了。

不知羞恥！明知道他有世子妃了，還有非分之想！

想到自己竟然在不知道的時候，被一個女人癔想著要嫁自己，衛烜噁心得想要弄死她。

莫菲神情呆滯，喃喃地道：「怎麼會這樣？為……什麼……」

看著衛烜一臉冷酷，她清楚地意識到，這人將自己完全當成了陌生人。她無法再自欺欺人，身體和精神承受著雙重刺激，終於受不住暈厥了。

見她昏倒，三皇子忙讓侍女將她扶進船艙換衣服。

等安排完這事，他正想質問衛烜，卻不想衛珺已先他一步開口了。

「世子，你為何要這麼做？」衛珺盯著他，露出受傷的神色。雖然大家都說衛烜不好，可是從小的接觸，讓他相信衛烜除了任性些，秉性還是好的，至少他待阿菀便是極好。

衛烜挑眉，「這裡只有你會水，你下去救她不是應該的嗎？」

衛珺還來不及開口，孟灃已經迎過來了，拍著衛珺道：「聽說你的水性很好，救人一命勝造七級浮屠，真是好樣的！珺兄弟，這次多虧你了，不然莫七姑娘可就不好了！」

衛珺：「……」

被孟灃一頓搶白，饒是涵養再好，衛珺也被氣得夠嗆。三皇子等人聽得不是滋味，若衛烜不將人踹下河，還有這些事嗎？現在說這種話，分明是將衛烜給摘出來。

只是，心裡雖明白，可剛才莫菲豁出去說的那些話，在場的人聽得一清二楚。只要有點腦子的人，就能聽出她的言下之意，她竟是願意委身為妾，只要衛烜想起他們小時候的約定。

因莫菲是三皇子的小姨子，大夥兒有志一同地沒有說什麼。

衛珝有些噁心，後槽牙咬得死緊，怕自己一不小心露出什麼，只得低下頭。他雖然覺得莫菲的身分足以匹配自己的兄長，卻不想要一個不檢點的姑娘當大嫂，沒得辱沒了兄長。只是，此時已經容不得他們說什麼了。

三皇子雖然知道莫菲的心思，可是見她當眾說出來，還是頗瞧她不起，覺得她太輕浮了，連帶的也遷怒莫茹，怨她娘家姊妹沒腦子，都做到這程度還無法打動男人，甚是無用。

他看向和孟灃言笑宴宴的衛烜，下顎微緊，強笑道：「烜弟，你今天太魯莽了，七妹妹雖然大膽了些，也是一片真心，你怎可將人踹下河去？七妹妹可是慶安姑祖母疼愛的孫女，若是父皇知曉你如此狠心，可饒不得你。」

看他一副「姊夫要為小姨子討公道」的嘴臉，衛烜覺得膩歪，以為他不知道這人的心思嗎？莫菲會出現在這裡，到底是誰安排的？

他不禁冷笑道：「三皇兄盡可去說，我等著。」

「你……」

見三皇子被衛烜的無賴相氣得臉色鐵青，孟灃很是高興，面上卻假惺惺地道：「珺兄弟身上還濕著，三殿下，還是讓人先帶他去換身衣服，省得凍著了。」

三皇子聽罷，只得掩下滿心怒氣，叫了個內侍帶衛珺下去，同時眼神不善地看向衛烜，表示這事情還沒完。

衛烜不再理他，而是扶著始終沉默不語的阿菀離開，對她道：「這裡夜風大，咱們進船艙歇息。」然後叫來一個內侍，讓他帶路到一樓無人的船艙去。

看著他們離開的背影，三皇子再次氣得身子發顫。

明明大家都知道莫菲和衛珺落水之事不簡單，卻沒人敢質問衛烜，任由他囂張之極。那種憋屈怨恨，簡直難以用言詞形容。

四皇子鄙夷地看了眼衛珺和莫菲離開的方向，又隱晦地掃了眼衛烜所在處，故作關心地對三皇子道：「皇兄，這衛烜著實囂張，你先消消氣，反正咱們也習慣了他的脾氣……」

柳清明縮在角落，今日目睹的這一幕再次刷新了他對衛烜之狂的認知。此時聽到四皇子這種明面勸慰，暗地煽風點火的話，不由扯了扯唇角，覺得皇室的人果然沒一個簡單的。

孟灃走過來，拎起未來的小舅子，說道：「走了。」

柳清明乖乖地跟著未來的姊夫走，發現這船上的人他娘的都是混球，連原本被認為豪爽的未來姊夫其實也是個黑心肝的，不過心沒有黑得太徹底。

明明慶安大長公主的孫女被人踹下水是很嚴重的事，可這群人偏偏輕描淡寫地當場揭過了，雖說事後會追究，可是這情景仍是讓他意識到，原來皇室的奪嫡風雲已經在暗地裡緩慢而驚心動魄地展開了。

莫菲落水一事，自然瞞不過莫茹的，女眷那邊很快都知道了。

「菲兒如何落水的？」

來稟報的內侍為難地看了眼周圍的女眷，莫茹了然，又詢問了莫菲的情況，便帶著莫芳起身去探望她，留了其他女眷在船艙裡繼續談天。

可孟妡哪是聽話的主，馬上跳起來，笑道：「壽安去得也久了，我去瞧瞧她。」

衛珠趕緊黏上去，對她笑得甜甜的，「表姊，我跟妳一起去。」

柳清彤要照顧好未來小姑子，便也起身跟著去。

柳清霞不願意自己待在這裡，也跟了出去。

於是，阿菀被衛烜帶到一處船艙，夫妻倆還沒有好好說話，便被孟妡帶來的一票娘子軍給打斷了。

阿菀給了衛烜一個回家再算帳的眼神，轉頭便笑容溫煦地看向來到這裡的姑娘們。

「阿菀，聽說莫七姑娘剛才不小心落水了，這是怎麼回事？」孟妡忙不迭地問道，雙眼眨巴眨巴地看著她，一副「快點告訴我吧」的神情。

阿菀還來不及開口，衛烜已經說道：「也不是什麼大事，後來衛珺那小子跳下去救她上來了。這救命之恩……嘖！」

這嘖聲聽得在場的姑娘們眼皮一跳，特別是衛珠，臉色大變，手心都出汗了。

她是一點也瞧不上莫菲的，雖然莫菲有一個皇帝姑母作祖母，還有一個三皇子妃的姊姊，可是她沒有郡主品級，比起孟妡來，差得遠了，而且她的性子太軟，放在平時是很好相處，卻少了些手段。她處心積慮，正打算過完年後就去尋阿菀，讓她去和孟妡打探，可還沒採取行動，就發生了這種事。

這一瞬間，衛珠心情糟糕至極，可又不能表現出什麼，只能僵著臉聽大家說話，偏偏一句也聽不進去。

直到有內侍過來告訴他們，因為莫七姑娘和靖南郡王大公子落水，需要送他們上岸看大夫，所以這次畫舫賞花燈之行結束了。

對莫菲和衛珺如何並不關心的人，覺得十分掃興。

衛烜也是感覺掃興中的一人，不過想到今晚一次解決兩個礙眼的人，又止不住地高興。

畫舫靠岸後，眾人紛紛向三皇子告辭。

三皇子的臉色不太好，勉強招呼了幾句，便吩咐人去尋轎子。莫菲落水，又受了刺激，精神有些萎靡，姑娘家比不得男人，只得讓人叫輛轎子抬她回去。

衛珺已經換上了乾淨的衣服，髮尾還有些水氣，剛剛被灌了一大碗薑湯，白皙的臉龐上浮現淡淡的紅暈。夜風掀起衣袂，飄飄然如謫仙，說不出的俊逸非凡。

莫茹和莫芳站在後頭，看到衛珺的風采，心情終於好了些。

莫茹鬆了一口氣，與其被丈夫設計，將莫菲送進瑞王府給瑞王世子當側室，不若嫁入靖南郡王府給衛珺當正妻，至少衛珺是靖南郡王府的長子，以後會繼承靖南郡王府，還能夠幫自己一把。

所以，這次莫菲雖然吃了苦頭，甚至被衛烜如此狠心對待，莫茹惱恨之餘，也生起了幾分感激，同時對丈夫再次冷了心。

「三哥，弟弟回去了，這次多謝款待。」四皇子笑吟吟地說著，瞥了眼面露失望的衛珺，心裡罵了聲傻子，倒是好豔福。

更傻的是衛烜那廝，美人都投懷送抱了，竟然將之推給旁的男人，自己守著一個病秧子，有什麼樂趣可言？

正想著呢，突然發現正和那病秧子說話的衛烜陰惻惻地看過來，四皇子趕緊陪笑。雖然沒骨氣了點兒，但只要這廝不當場發瘋就行。現在且讓他狂，他日待新皇登基，可不是縱容他的文德帝，看他還如何狂，估計到時候只有被收拾的份了。

如此一想，四皇子覺得自己得仔細看看，要將寶押在哪位兄弟那兒好。

◆　◆　◆

夜已深，眼看已近宵禁時間，街上的行人越來越少。

阿菀靠著馬車車壁，身後墊著褥子，雙眼打量著對面的衛烜。車廂裡放了一盞先前衛烜送給她的花燈，倒是沒有漆黑一片，也照出了衛烜酡紅的臉。

「又喝酒了？」

衛烜唔了一聲，伸手就要去扯她的衣袖，也不提先前在船上的事。見她沒拒絕，就藉著酒意黏過去，攬住她的腰，將臉蹭進她的脖頸處，還特意多蹭幾下。噴出的灼熱氣息，帶著濃濃的竹葉青味道。

「沒醉吧？」阿菀擔心他又發酒瘋，這廝一發酒瘋，就會很沒下限，吃虧的是她自己。

「沒醉！」衛烜斬釘截鐵地道：「不過是喝了幾罈竹葉青罷了。這竹葉青本是貢酒，比街上賣的那些都烈上幾分，是難得的好酒，三皇子竟然能從皇伯父那裡要過來，還特地灌我酒，真不是個東西。要不是我還清醒，就著了他的道了……」

聽他絮絮叨叨地罵三皇子不是東西，阿菀確定他醉了，也不急著問他什麼，伸手扶著他的肩膀，摸著他的髮冠，手指插進他的髮間，輕輕為他按摩著頭上的穴道，好緩解酒意。

一路上，她已經將先前的事情過濾一遍，想起莫菲離開前的那個在畫舫上伺候的侍女，阿菀覺得衛烜罵的對，三皇子真不是東西。自己喜歡當種馬就算了，竟然敢拐她的男人去當種馬，更不要臉的是，還想用莫菲來陷害衛烜，將莫菲塞給衛烜。若是莫菲真的和衛烜發生點什麼事，慶安大長公主第一個就會生氣，到時候必會跑到文德帝那裡說道一番。文德帝縱使再寵衛烜，也得給這姑母幾分面子，衛烜便會吃掛落了。其次，若是事已成定局，即使莫菲貴為侯府嫡女，這名聲一敗，進瑞王府給未來的瑞王當妾也不算吃虧。如果莫菲真的要進瑞王府，慶安大長公主少不得要為莫菲爭取些什麼，屆時又是一連串麻煩。

三皇子的計謀若能成，不僅可以膈應到太子，甚至也算是在瑞王府裡安插上自己的人。當然要是衛烜能看中莫菲，將她這病弱的世子妃擱一旁就更好了。

用莫菲籠絡住衛烜，那時還怕衛烜向著太子嗎？

說來說去，其實後院的爭寵也不過是朝堂上的縮影，輕忽不得。

阿菀心裡將三皇子從頭罵到腳，真是好狠毒的計策，竟然捨得用侯府的嫡女給衛烜當妾，利用莫菲的心態來設計衛烜，讓衛烜在文德帝那裡失寵，吃個悶虧。即使是文德帝那裡沒事，可是莫菲真的進門，以後又有無數可能。

幸好當時還有個衛珺在，若是改成了衛珺，莫菲嫁過去就是正妻，比側室好多了。

見阿菀不吭聲，衛烜竊喜，果然說自己沒醉，阿菀就會認為他醉了，不會追究太多。

可惜，他的竊喜等回到王府後就沒了。

回到王府時夜已深了，瑞王夫妻帶著衛嫤姊弟從宮裡回來，吃過元宵便睡了。聽聞長輩們歇下，阿菀不好去打擾他們，便和衛烜一起回了隨風院。

回到隨風院，阿菀一面叫人去準備醒酒湯，一面架著醉鬼去沐浴。

期間，阿菀被他扯下浴池，弄得渾身濕漉漉的，當下氣得一巴掌呼到他腦門上去，卻被他不痛不癢地避開，硬是纏著一起洗了個讓阿菀無比心塞的鴛鴦浴。

洗完澡，阿菀讓丫鬟幫自己擦乾頭髮，便去給衛烜擦頭髮，邊盯著他喝醒酒湯。

此時屋裡只剩下夫妻倆，丫鬟們都被揮退到外面，正好可以聊些體己話。

「那個莫菲是怎麼回事？」阿菀用帕子仔細幫他擦拭濕髮，順便問道。

衛烜無辜地道：「就是三皇子心術不正，想用她來坑我，幸好我先發制人，將她坑了，還送了個如意夫婿給她，這不是很好嗎？」

話剛說完，便被阿菀捶了下肩膀，聽到她哼道：「誰問你這個？」

衛烜還想裝無知，阿菀突然捏住他的下巴，湊過去在他唇角親了下，又舔了舔，舔得他雙眼發直時，繼續道：「說吧，我聽著。」

衛烜暗暗吞了口唾沫，盯著她濕潤的唇瓣，小聲地道：「我真的不記得了，六歲的事情誰還記得？」而且還是過了兩輩子的事，他會記得才有鬼。

「真的？」阿菀明顯不信，「你倒是記得你六歲的時候如何纏著你父王給咱們訂親。」

衛烜：「……」太犀利了，無話可說。

最後，衛烜想起一個人來，忙道：「路平應該知道。」他趁機摟住她的腰，將她抱在懷裡，說道：「不如我叫路平過來問問。當時我在鎮南侯府時，是他跟著的。」他也奇怪，這個莫菲到底是怎麼回事，為何上輩子他光棍一個都不見她來找他，這輩子他成親倒是找來了。

難不成上輩子自己是個真正的紈絝，後來又遭宮裡厭棄，在宮裡的地位發生天翻地覆的改變，所以她看不上眼？如此一想，越覺得就是這樣，頓時又感到噁心。

雖然夜已深，但是當人家下屬的，那是一天十二個時辰隨叫隨到的。路平被叫來時，挺平靜的，甚至已經知道他們要問什麼。

果然，聽到衛烜說：「路平，文德十二年時，在鎮南侯府是怎麼回事？我怎麼不記得和鎮南侯府的姑娘有個什麼鬼約定？」

路平看了他一眼，目光掃過旁邊安靜坐著顯得沒什麼存在感的世子妃。雖然她總是很安靜，但隨風院的人從來不敢真的忽視，路平也一樣。他想了想，說道：「莫怪世子沒印象，您當時才六歲，又素日不上心，自然不記得了。」

路平小小地為自家世子辯解了下，才又繼續道：「當時在鎮南侯府，世子您得了一隻機關木馬，您和屬下一起在湖邊的草地上玩，莫七姑娘正好路過，被機關木馬嚇了一跳，自己不慎跌進湖裡，還是屬下下去救她上來的。當時莫七姑娘神智有些不清了，恰好看到世子您在旁，就以為是您救的。」

衛烜：「……」

阿菀：「……」

衛烜覺得自己真是冤枉死了，竟然給路平背了黑鍋。明明救莫菲的是路平，她要以身相許的人也是路平才對。再看看這些年來跟著他一起吃香喝辣的路平，沒有小時候的營養不良，已然長成一個英武的青年，加之經事多了，心性比同齡人成熟，倒是姑娘會喜歡的類型。

見世子眼神不善地看著他，路平忙又加了一句：「不過屬下會救她，也是世子您的吩咐，相當於是世子您救的。」

說完這話，果然見對方凶狠地瞪了過來，路平只得垂下頭，當作沒看到。

有世子妃在，他從來不擔心凶殘的世子會生氣，世子妃就是他們這些下屬的保命符。

等路平退下去，衛烜看向阿菀，見她若有所思，連忙伸手又攬住她，親了親她的臉，柔聲問道：「妳在想什麼呢？」

「莫七姑娘到底是鎮南侯府的嫡女，你今晚貿然踹她入河，明日姑祖母定然會進宮找皇上哭訴。」阿菀抓了把他的頭髮，突然感覺心累，這廝果然是愛犯險的，「你可真是膽大包天，明日父王知道了，指不定要罵你了。」

衛烜無所謂地道：「罵便罵吧，反正我也沒少挨罵。皇伯父那裡，我自有交代，隨她去哭訴。至於皇祖母那兒，我倒是不擔心。」說著，他瞇了下眼睛，這輩子他準備得充分，得知太后有疾，自不會像上輩子那般錯失良機，弄得自己最後遠走邊境。

阿菀想了想，知道以他的手段應該能抹平這事，便不再糾結了。

兩人洗漱上床後，阿菀突然想到什麼，翻身壓在他身上，扯著他的衣襟問道：「你當時真的不心動？若不是三皇子設計的，你也不心動嗎？」

她的雙眼直視他的面容，彷彿要看出朵花來。

衛烜被她看得毛骨悚然，大家都說她是個沒用的病秧子，只有他知道，這病秧子心態平和，不惹到她，她懶得與人爭，若是惹毛了她，她也可以做得很決絕。

若有一次犯錯，那便沒有任何機會挽留了。

「動什麼心？噁心死了！」衛烜抱怨道：「我都不知道她長什麼樣，就被個不知道什麼模樣的女人暗暗窺視，實在讓人想吐！」

阿菀仔細看了看他，又問：「如果來個絕色美女，讓你看得眼珠都轉不動呢？」世人愛皮相之美，再堅定的心也經不住外物的誘惑。

「不可能！我的眼睛不好，看不清楚！」衛烜斬釘截鐵地道。

阿菀：「……」

衛烜將她摟到懷裡，兩人的身體緊緊貼合，他輕輕碰觸著她的臉，「我以前眼睛好，看中了妳，就沒旁的心了。自從娶了妳，我又覺得我眼睛不好了，看不上別人了。」

阿菀忍不住噗哧笑了起來，沒想到這位世子也有說笑話的天分。

笑著笑著，她突然又沉默了，接著吻了下他的嘴角，說道：「你要記住自己的話，絕對不准有二心，若是有二心……」

「我知道！」衛烜飛快地說：「我現在眼睛不好，有妳一個就夠了！」

想起七歲那年聽到她和孟妡的對話，他瞬間有點蛋疼。

阿菀又笑了起來，伸手摟住他的脖子，和他交換氣息，心中再無芥蒂，只想全然地和他好，和他走完這輩子。

翌日，衛烜起床時，阿菀還在睡。

他小心地挪開身體，將她的手塞進被子裡。起身時，飛快掩好被褥，不讓冷空氣進來冷著她。為她掖好被子，見她畏冷地將半顆頭往被子裡縮去，便伸手幫她攏了攏長髮，免得壓著頭髮害她醒過來。

又摸又弄了一會兒，方依依不捨地起床。

衛烜慢慢穿上衣服，不知想到什麼，唇角不自覺挑起了一個弧度。抬頭時眼角餘光不經意瞥到梳妝檯的鏡子，看到鏡中自己癡傻的笑容，趕緊又板起臉，努力壓抑。直到覺得自己正常了，方起身出了內室，叫丫鬟進來。

板著臉用過膳，衛烜便帶著路平出門，準備進宮值勤。

剛離開隨風院，衛烜便被瑞王身邊的人請了過去。

衛烜心中微動，知道父親請自己過去是為了什麼。雖然不以為意，不過時間還早，便給面子地去了一趟。

到達正房的廳堂時，迎接他的是黑著臉的瑞王。

「你這個臭小子！」瑞王抄起桌上的茶碗砸了過來。

衛烜微微側身閃開，不滿地撇嘴道：「一大清早就火氣如此旺盛，該請個太醫過來給你開些降火的藥了！」

「本王沒病！」瑞王氣得半死，「看看你昨晚幹的好事，別以為本王什麼都不知道！」一大早醒來，貼身侍從過來稟報，說昨晚世子和世子妃乘畫舫出遊，竟然將同船的慶安大長公主的孫女踹下河。

聽到兒子幹的好事，瑞王驚得出了一身冷汗。

這熊兒子太亂來了！

「今天本王和你一同進宮。」瑞王深吸了口氣，「你給本王好生向你姑祖母道歉。」

衛烜看了他一眼，不置可否。

這模樣又氣得瑞王想要揍他，可惜時間來不及了，只得匆匆忙忙換了衣服，和兒子一起進宮。到了宮裡，果然聽到慶安大長公主進宮來了。

衛烜淡淡一笑，笑容卻未達眼底。

（未完待續）

綺思館
晴空強檔新書
戀愛吧！一切的不可理喻都好可愛
大神，笑一下嘛
上
雲端／著
AixKira／繪
大神虐她千百遍，她讓大神很哀怨！
寧欺閻羅王，莫惹唐門郎
遇見大神之後，她才知道有些人是不能招惹的
一旦惹上，便是一輩子的事
甜蜜爆笑的網遊愛情小說
晴空
更多精彩書介與活動請上
「晴空萬里」部落格：http://sky.ryefield.com.tw

漾小說
晴空強檔新書
享受吧！一個人的妄想
傾城毒姬
1
秦簡／著
畫措／繪

漾小說 178

寵妻如令 3

國家圖書館出版品預行編目資料

寵妻如令 / 霧矢翊著. -- 初版. -- 臺北市：
晴空, 城邦文化出版：家庭傳媒城邦分公司發行,
2017.03
冊； 公分. --（漾小說；178）
ISBN 978-986-94467-0-9（第3冊：平裝）

857.7 105024890

作者	霧矢翊
封面繪圖	畫措
責任編輯	施雅棠
國際版權	吳玲瑋 蔡傳宜
行銷	艾青荷 蘇莞婷 黃家瑜
業務	李再星 陳玫潾 陳美燕 杻幸君
編輯總監	劉麗真
總經理	陳逸瑛
發行人	涂玉雲
出版	晴空 城邦文化事業股份有限公司 104台北市中山區民生東路二段141號5樓 電話：（886）2-2500-7696 傳真：（886）2-2500-1967
發行	英屬蓋曼群島商家庭傳媒股份有限公司城邦分公司 104台北市中山區民生東路二段141號2樓 客服服務專線：（886）2-25007718；25007719 24小時傳真專線：（886）2-25001990；25001991 服務時間：週一至週五上午09:00~12:00；下午13:00~17:00 劃撥帳號：19863813；戶名：書虫股份有限公司 讀者服務信箱：service@readingclub.com.tw
晴空部落格	http://blog.yam.com/readsky
香港發行所	城邦（香港）出版集團有限公司 香港灣仔駱克道193號東超商業中心1樓 電話：852-25086231 傳真：852-25789337 E-mail：hkcite@biznetvigator.com
馬新發行所	城邦（馬新）出版集團【Cite (M) Sdn Bhd】 41, Jalan Radin Anum, Bandar Baru Sri Petaling, 57000 Kuala Lumpur, Malaysia. 電話：(603) 9057-8822 傳真：(603) 9057-6622 Email：cite@cite.com.my
美術設計	洸譜創意設計股份有限公司
印刷	沐春行銷創意有限公司
初版一刷	2017年03月09日
定價	250元
ISBN	978-986-94467-0-9